Herbert Schida

Die Rebellen vom Rynnestig

Ein historischer Roman aus
der Völkerwanderungszeit

AF221110

Herbert Schida

Die Rebellen vom Rynnestig

Ein historischer Roman aus
der Völkerwanderungszeit

Bibliografische Information der Deutschen Nationalbibliothek:
Die Deutsche Nationalbibliothek verzeichnet diese Publikation in
der Deutschen Nationalbibliografie; detaillierte bibliografische
Daten sind im Internet über http://dnb.de abrufbar.

Band 6 der Thüringen-Saga

© Herbert Schida, Wien 2020

Cover und Bilder: Herbert Schida, www.schida.net
Lektorat: Ursula und Heinrich Jung
Korrektorat: Reinhild Schida, Manuela Schida-Taudes
Herstellung und Verlag: BoD – Books on Demand, Norderstedt

ISBN: 978-3-7519-9510-8

Rebellengebiet im Thüringer Wald um 536

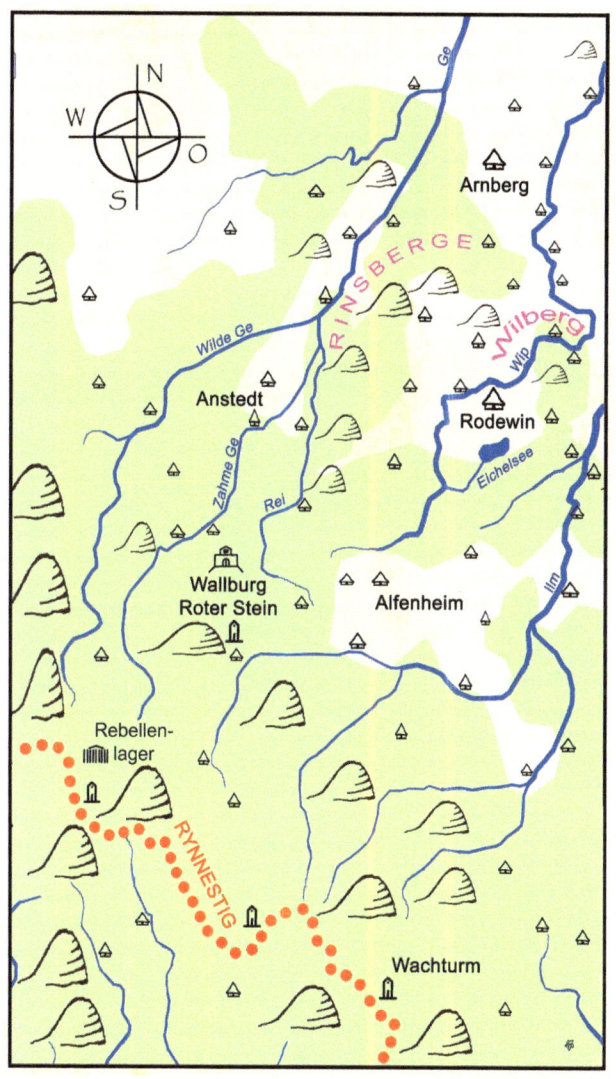

1. Rodungen

Im Lenzmond (März 536)

Ein leichter Wind wirbelte die Schneeflocken vom Boden auf und trieb sie an den Rand des Weges. Dort bildeten sie hohe Wechten, die den Zugang in das Unterholz versperrten. Siegbert ritt vorsichtig auf dem Rynnestig, dem Kammweg des Thüringer Mittelgebirges, entlang. Sein Pferd hatte ein gutes Gespür, wo es hintreten durfte und er überließ ihm die Zügel. In der Ferne sah er eine Holzhütte. Es war nicht zu erkennen, ob sie bewohnt war. Langsam näherte er sich und bemerkte, dass Rauch am First durch das Schindeldach aufstieg. Niemand war zu sehen. Siegbert wusste, dass er sein Ziel erreicht hatte. Er glitt aus dem Sattel und band seinen Hengst an einen Baumstamm vor dem Haus. Ohne sich vorher bemerkbar zu machen, öffnete er die Tür und trat in den kleinen Raum. Ein alter Mann stand vor der Feuerstelle und legte ein paar Holzscheite in die Flammen.

„Kommst du endlich mal vorbei", bemerkte der Alte mürrisch, ohne aufzusehen.

„Es ging nicht früher. Wie ich sehe, bist du noch nicht erfroren."

„Spotte nicht, du Bengel! Obwohl ich kein freier Mann bin, solltest du mich respektvoll behandeln."

„Es war nicht bös gemeint, mein lieber Jaros, das weißt du. Hast du einen heißen Tee für mich? Ich bin lange unterwegs gewesen und hier oben auf dem Rynnestig ist es noch grimmig kalt."

„Woher kommst du?", wollte der Pferdesklave Jaros wissen. Er schob einen kleinen Wasserkessel über das offene Feuer.

„Direkt von zu Hause, aus Rodewin!", antwortete Siegbert und sah sich in der Hütte um.

„Ich habe dir Proviant mitgebracht und soll dich von deiner Frau fragen, ob du ohne sie auskommst."

„Besser wäre es, wenn ich sie hier hätte und sie sich um das Feuer kümmert. Ich muss alles selbst machen. Mir fehlt die Zeit für die anderen Arbeiten."

Jaros legte Brennholz nach und sah den Flammen zu, die sich in Richtung Decke streckten. Der Rauch zog durch die Schindeln ab.

„Wie kommt ihr mit den Rodungen voran? Habt ihr schon größere Weideflächen geschaffen?", wollte Siegbert wissen.

Jaros sah Siegbert von der Seite an.

„Die Arbeit ist nicht leicht. Die Lichtungen werden von Tag zu Tag größer. Wenn sich die Sonne sehen lässt, kann bald überall frisches Gras sprießen. Wie sieht es bei euch im Tal aus? Liegt da noch Schnee?"

„Er ist zum Großteil weggetaut und die Bäche sind kräftig angeschwollen. Viele Wege stehen unter Wasser oder sind aufgeweicht."

„Der warme Wind wird alles schnell trocknen", beruhigte der alte Mann.

Jaros entnahm aus einem Leinensäckchen eine Prise zerstampfter Hagebutten und gab sie in zwei Tonschalen, die auf den Steinplatten neben dem Herdfeuer standen. Darüber goss er heißes Wasser aus dem Kessel. Ein angenehmer Duft breitete sich in dem kleinen Raum aus.

„Es ist ein sonderbares Wetter. Der Himmel zeigt sich in allen Farben. Ich habe das noch nie erlebt. Was soll das nur bedeuten?", fragte Jaros nachdenklich.

„Wenn du dich nicht auskennst, wer soll es sonst wissen?"

„Vielleicht eure germanischen Priester?"

„Mein Bruder Harald hat sie gefragt. Sie konnten ihm nichts Genaues sagen."

Jaros trug die Teeschalen zum Tisch.

„Verbrenn dir nicht den Mund!", bemerkte er.

Siegbert schlürfte langsam das wohlschmeckende Getränk. Er erinnerte sich, dass er als Kind diesen Tee am liebsten getrunken hatte. Damals war er in der Sommerzeit oft mit dem Pferdesklaven Jaros auf den Bergwiesen, beidseits des Rynnestigs. Sie hüteten die Pferde seines Vaters und Jaros erzählte ihm viele Geschichten aus seiner fernen Heimat. Sie lag am nördlichen Ende der Bernsteinstraße im Baltikum. Niemand kannte sich mit Pferden besser aus als er. Deshalb hatte Siegbert seinen Bruder Harald gefragt, ob er ihm den Pferdesklaven für eine gewisse Zeit ausborgen würde.

Hier oben, in den dichten Wäldern des Thüringer Mittelgebirges hatte er eine große Anzahl der weißen Pferde vor den Frankenkriegern versteckt. Sie wollten die Tiere aus den ehemaligen Thüringer Königsgütern ins südliche Frankenreich bringen. Siegbert konnte mit seinen Rebellen viele der Zuchttiere den neuen Machthabern entreißen. Die Pferde mussten mit Futter versorgt werden. In den dichten Wäldern gab es nicht genügend Gras. Deshalb rodeten die Jungkrieger in den Wintermonaten große Waldgebiete, um Weideflächen zu schaffen.

„Was willst du mit den vielen Pferden tun?", wollte Jaros wissen.

„Ich kann es nicht sagen. Ich weiß es nicht. Für mich ist wichtig, dass die Franken sie nicht bekommen."

„Du kannst sie nicht alle hier oben ernähren. Die gerodeten Flächen reichen nicht aus, um sie satt zu bekommen."

„Das restliche Futter müssen wir uns aus den fränkischen Gütern holen", meinte der Rebellenführer.

„Wenn die auch nichts mehr haben?"

„Dann bleibt uns nur noch, die Tiere den Göttern zu opfern."

Jaros saß da und starrte mit ernster Miene in die Flammen. Er wusste, was das bedeutete. Ihm tat es im Innersten weh, wenn er bei einem germanischen Fest mit ansehen musste, wie ein Pferd getötet wurde.

Vor vielen Jahren hatte er eine Massenabschlachtung miterlebt als durch eine anhaltende Dürreperiode das Futter im Winter ausging. Jetzt bahnt sich die gleiche Katastrophe an. Für die nächsten Wochen hatten sie noch genügend Vorräte, doch was kommt danach? Wenn sich das Wetter nicht bessert, muss ein Großteil der Tiere sterben.

„Warum lebst du in unserer alten Blockhütte und nicht in den Hütten der anderen, auf den Rodungsplätzen?", wollte Siegbert wissen.

„Dort ist es mir zu laut. Die jungen Leute sind lieber unter sich. Es reicht, wenn ich am Tag ein paarmal auftauche und ihnen sage, was zu tun ist."

„Lass uns zu ihnen reiten. Ich bin gespannt, wieviel sie geschafft haben!", sagte Siegbert und stand vom Tisch auf.

Jaros legte große Holzscheite ins Feuer und folgte dem Anführer der Rebellen nach draußen.

„Wo steht dein Pferd?", wollte Siegbert wissen.

„Ich habe es im Schuppen."

„Warum nicht im Gatter neben dem Haus?"

„Die Wölfe schleichen jede Nacht um die Hütte."

„Haben sie schon Tiere aus unseren Herden gerissen?", wollte Siegbert wissen.

„Bis jetzt noch nicht. Wir bewachen sie am Tag und in der Nacht."

Jaros holte sein Pferd aus dem Anbau zur Blockhütte und sattelte es. Danach ritten sie auf dem Kammweg in östliche Richtung.

Nach kurzer Zeit hörten sie aus der Ferne Axtschläge. Der Rodungsplatz schien nicht mehr weit zu sein.

Sie gelangten zu einer Lichtung.

In der Nähe des Weges waren große Haufen von gefällten Holzstämmen aufgeschichtet. Über weite Flächen ragten in Kniehöhe noch die Baumstümpfe aus dem Boden.

„Die Wurzeln graben wir aus, wenn die Erde nicht mehr gefroren ist", bemerkte Jaros.

„Das ist eine Menge Arbeit. Da werdet ihr bis zum Sommer zu tun haben."

„Das reicht nicht aus. Ich glaube, dass deine Jungkrieger ein paar Jahre damit beschäftigt sind."

„Willst du den ganzen Thüringer Wald schlägern?", fragte Siegbert lachend.

„Wir werden nur kleine Flächen freilegen können. Du hast keine Ahnung, wie schwer die Arbeit ist. Es geht nur langsam voran. Wenn du willst, kannst du es selbst versuchen", erwiderte Jaros verstimmt.

Siegbert überlegte eine Weile.

„Dein Vorschlag ist gut. Ich bleibe ein paar Tage bei euch. Wo ist das Lager der Männer?"

Jaros zeigte mit der Hand nach Osten.

„Hinter dem Hügel, bei der alten Lichtung oberhalb des Quellteichs, siehst du das Haus. Dort steht der Großteil der Pferde in einer Koppel."

Siegbert ritt eilig voraus. Von der Höhe des Hügels sah er das mit Schindeln bedeckte Langhaus. Starker Rauch quoll aus einer Luke im Dachgiebel. Vor dem Haus waren Frauen mit der Essenzubereitung und dem Aufschichten von Brennholz beschäftigt. Als sie die beiden Reiter in der Ferne sahen, unterbrachen sie ihre Arbeit und griffen zu Stöcken und Gabeln.

„Wir sind keine Franken!", rief ihnen Siegbert von weitem zu. Jetzt erkannten sie ihn und Jaros.
Sie freuten sich. Der Besuch war eine willkommene Abwechslung. Den ganzen Winter über lebten sie hier in der Wildnis der Berghöhen und wussten nicht, was im Tal passierte. Sie bestürmten Siegbert, dass er ihnen vom Leben im Rebellenlager und den Kindern in Rodewin berichtet.

„Jetzt habe ich keine Zeit dafür. Wenn ihr mich zum Abendessen einladet, erzähle ich euch alles, was ihr hören wollt."
Die Frauen waren damit einverstanden und gingen freudig ihrer Arbeit nach.

Siegbert ritt mit Jaros weiter zu den Pferdeweiden. Die Tiere standen in der Nähe der Futterraufen eng aneinandergedrängt, um sich vor dem kalten Wind zu schützen. Ihr dickes Winterfell ließ sie besser genährt erscheinen als sie es waren. Neugierig sahen die Pferde zu den herankommenden Reitern. Sie machten keine Anstalten zu fliehen. Siegbert stieg ab und ging langsam auf die Gruppe zu.
In einem kleinen Lederbeutel am Gürtel bewahrte er Salz auf. Er benetzte seine Finger damit und hielt sie den Pferden entgegen. Die Tiere rochen es und leckten

gierig daran. In seiner Satteltasche hatte er ein paar große Salzsteine. Die legte er abseits auf eine Steinplatte
und ritt mit Jaros weiter zu den Holzfällern.

Die Axtschläge wurden lauter und der Schall brach sich
an den gegenüberliegenden Berghängen. Es entstand der
Eindruck als wäre ein ganzes Heer von Holzfällern hier
am Werk. In kleinen Dreiergruppen arbeiteten sich die
Jungkrieger langsam vor. Die Trupps waren weit voneinander entfernt, dass sie sich nicht durch die umstür-
zenden Baumstämme gefährden konnten. Erst spät
erkannten sie die Besucher und mit einem besonderen
Pfiff informierten sie die anderen.

Kein Axtschlag war mehr zu hören und der Wald schien
wie ausgestorben. Aus allen Ecken strömten die Männer
zusammen, um Siegbert zu begrüßen.

„Ich halte euch hoffentlich nicht von der Arbeit ab",
rief er ihnen freundlich zu.

„Wenn du uns hilfst, können wir das heutige Pen-
sum schaffen", erwiderte einer der Männer scherzend.

„Ich bin gekommen, um zu sehen, wie ihr voran-
kommt. Ihr habt die Fläche der alten Lichtung bereits
mehr als verdoppelt. Das ist eine ausgezeichnete Leis-
tung. Wenn ihr noch Hilfe benötigt, müsst ihr das sagen."

„Die würden wir dringend brauchen!", rief ein anderer.

„Was benötigt ihr?"

„Lass die Sonne scheinen!"

Alle lachten laut auf.

„Das würde ich gern für euch tun. Leider habe ich
dazu keine Macht. Ich freue mich, dass ihr darüber noch
scherzen könnt. Unten im Tal sind bereits viele Leute
verzweifelt und glauben an den nahenden Weltenuntergang."

„Davon haben wir gehört! Ist an dem Gerücht etwas dran?"

„Das kann ich euch nicht sagen. Nach dem Abendessen werde ich davon erzählen, was Odin vor langer Zeit gewahrsagt wurde."

Ein begeistertes „Hurra" schallte durch den Wald und alle gingen zurück zu ihrem Arbeitsplatz.

Es war Nachmittag und schon dunkel, wie in der Nacht. Die Männer kehrten in ihre Unterkunft zurück. Sie lebten gemeinsam in dem Langhaus mit einem Satteldach aus Schindeln. Geeignetes Holz hatten sie als Baumaterial im Überfluss. In der Mitte des Firstes befand sich eine überdachte Öffnung, durch die der Rauch des Herdfeuers abziehen konnte. Die offene Feuerstelle leuchtete den ganzen Raum aus und spendete Wärme in der kalten Winterzeit. Tische und Bänke standen auf der einen Seite des großen Innenraums und auf der anderen war trockenes Laub für die Schlafplätze aufgeschüttet. Neben der Feuerstelle befand sich ein großer Holztrog mit frischem Wasser. Es kam aus einer hölzernen Rinne. Der findige Baumeister hatte einen Teil des Wassers der Quelle ins Haus abgeleitet und die hölzerne Wasserleitung tief in der Erde verlegt, damit sie nicht einfrieren konnte. Das war eine große Erleichterung für die Frauen, die vorher mit Holzkübeln das Wasser von dem Quellbach herantragen oder Schnee schmelzen mussten.

Mehrere Kessel standen auf eisernen Dreiböcken über dem Feuer und die Frauen rührten kräftig darin herum. Der Duft von Pilzen strömte durch den Raum.

Siegbert und Jaros mussten an der Stirnseite der mittleren Tischreihe Platz nehmen, damit sie von allen gesehen und gehört werden konnten.

Die Frauen, die nicht mit der Zubereitung und dem Auftragen der Suppe befasst waren, saßen neben den Männern. Sie waren verheiratet oder lebten mit einem der Jungkrieger zusammen. Andere konnten sich bei der großen Auswahl an schönen und kräftigen Burschen noch nicht für einen Bestimmten entscheiden. Sie ließen sich gern von ihnen umwerben.

Während des Essens schwiegen alle. Nur Schmatzen und Rülpsen war zu hören. Zufrieden sahen die Köchinnen den Männern zu, wie sie genüsslich die Suppe schlürften. Wer seine Holzschale geleert hatte, bekam Nachschlag, wenn er danach fragte. Manche ließen sich mehrmals ihre Schale füllen und hofften, dass sich der Kessel nicht zu schnell leerte. Wer schnell aß, war im Vorteil.

Eine der Frauen hinter den Kesseln schien das Heft in der Hand zu halten. Siegbert erkannte, wie sie die anderen in ihren Arbeiten anwies. Sie war eine resolute Frau, der man ansah, dass sie keinen Widerspruch duldete.

Nach dem Essen wurde Siegbert aufgefordert zu berichten, was es im Tiefland Neues gab.

„Es hat sich nicht viel ereignet, nicht mehr als hier bei euch. Der Schnee ließ das Leben erstarren und die Dunkelheit betrübt die Gemüter. Wir haben die Sonne nicht mehr gesehen."

„Wir auch nicht, obwohl wir weit oben, in den Bergen leben", rief einer der Männer dazwischen.

„Es scheint überall so zu sein. Den Grund kennt niemand, auch nicht unsere Priester. Ich habe sie danach gefragt. Manche meinen, dass der Untergang der Welt bevorsteht."

Siegbert schwieg eine Weile und es wurde still im Raum.

„Ich werde euch die Geschichte von der Weissagung berichten, wie sie mir mein Vater erzählt hatte. Wenn ich damit fertig bin, können wir darüber reden, was die Wettererscheinungen bedeuten."

Viele nickten und manche bejahten lautstark den Vorschlag.

Siegbert begann zu erzählen, wie Odin von einer Wahrsagerin erfuhr, dass eines Tages die Welt der Götter untergehen würde und welche Vorkehrungen er traf, um sie zu schützen. Der nordische Hauptgott Odin hatte in der Götterburg der Asen eine prächtige Halle errichten lassen, in der die Einherjer lebten. Sie waren ehrenvoll gefallene Krieger, die von den Walküren nach Walhall gebracht wurden und dort ein gewaltiges Totenheer bildeten. Von ihnen erhoffte sich der Göttervater große Unterstützung im Kampf gegen die Riesen und ihren Verbündeten, wenn die Zeit gekommen war.

In bewegenden Worten beschrieb Siegbert den Kampf und das bittere Ende. Es gab noch Hoffnung auf eine neue, bessere Welt, in der die Menschen in Frieden aufwachsen und leben konnten. Balder, der Sohn Odins, sollte aus dem Totenreich der Göttin Hel zurückkehren und helfen, die neue Welt zu erschaffen.

Als Siegbert die Göttergeschichte beendet hatte, entbrannte eine hitzige Diskussion. Es ging darum, ob die Zeichen am Himmel und die Verdunkelung der Sonne, den angekündigten Weltenuntergang bedeuteten. Hier gingen die Meinungen auseinander. Jeder glaubte, etwas sagen zu müssen und versuchte sich Gehör zu verschaffen. Es wurde im Raum laut. Keiner konnte den anderen mehr verstehen. Siegbert beobachtete das Geschehen und erkannte, dass die Diskussion durch die Angst um die Zukunft bestimmt war.

Die meisten waren noch jung und wünschten sich, heldenhaft im Kampf gegen die Feinde zu sterben, damit sie im Heer der Einherjer für Odin weiter kämpfen konnten. Es war nicht leicht, nach Walhall zu kommen. Im Wald, beim Schlägern der Bäume konnten sie keinen heldenhaften Tod erlangen. Sie brauchten den Kampf, Mann gegen Mann. Den würden sie nur gegen die Franken erzielen können. Begierig hofften sie, dass ihnen Siegbert diese Möglichkeit verschaffen würde. In die fränkischen Königsgüter wollten sie einfallen und deren Wachen töten oder durch diese selbst umkommen. Das Roden des Waldes schien ihnen nicht der geeignete Weg zu sein, um Odin zu gefallen. Siegbert musste sich hierzu etwas einfallen lassen. Er machte sich bemerkbar, um zu sprechen.

„Der heldenhafte Tod im Kampf gegen die Franken ist ein Weg, um den Göttern zu dienen. Ebenso gefällt ihnen aber auch eure Arbeit mit den Äxten. Ihr schafft damit neues Grünland, um die weißen Pferde, die Odin und Thor erfreuen, zu ernähren. Wir haben sie den Frankenkriegern entrissen, die diese edlen Tiere in ihrem Heer gegen unsere Freunde, die Ostgoten, einsetzen wollten. Das war damals ein heldenhafter Sieg, den ihr für Odin gefochten habt und für den er euch dankt." Die überzeugenden Worte von Siegbert zeigten Wirkung und alle sahen ihre Aufgabe beim Roden des Waldes aus einem neuen Blickwinkel. Stolz und Freude erfasste sie, den Göttern mit ihrer Arbeit zu dienen.

Das Geheul von Wölfen drang aus der Ferne zu ihnen. Keiner schien verwundert oder erschrocken zu sein.

„Habt ihr nach den Pferden gesehen?", fragte Siegbert.

„Wir zünden jeden Abend vor dem Gatter Feuer an und bewachen die Tiere. Die Wölfe trauen sich nicht in unsere Nähe."

„Bleibt wachsam! Ich habe einst erlebt, wie ein Wolfsrudel Pferde in einer Koppel angegriffen hat und viele von ihnen tötete. Ihr Blutdurst ist ungezügelt."

„Die sollen nur kommen. Ich ziehe ihnen gleich das Fell über den Schädel", rief einer der Burschen in die Runde und die anderen stimmten ihm zu.

Jaros forderte mit einer Handbewegung zur Ruhe auf.

„Seid still, damit wir sie hören können!"

Das Geheul schien nah zu sein. Es klang als wäre das Rudel bereits in Reichweite. In diesem Moment erschallte ein Signalhorn.

„Es ist einer der Wachmänner. Schnell eilt ihm zur Hilfe!", schrien mehrere wie wild. Sie griffen nach ihren Waffen und rannten zu der Koppel.

Die Pferde waren unruhig und drängten sich auf einem Platz zusammen. Im Schein des Feuers konnte Siegbert Wölfe erkennen, die sich dem Zaun näherten. Das wilde Geschrei der Männer schien sie nicht zu stören. Wölfe waren scheue Tiere und wenn sich Menschen ihnen näherten, flohen sie. Dieses Rudel ließ sich jedoch nicht beirren.

Siegbert rannte mit den Jungkriegern zu den Pferden und hatte die weniger ausgeleuchtete Seite der Koppel im Auge. Dort sah er viele Augen aufblitzen. Mehrere Wölfe waren in die Einzäunung gelangt und fielen die verängstigten Tiere an. Mit den Hufen wehrten sich die Pferde und mancher Wolf blieb am Boden liegen oder zog sich zurück. Es kamen immer mehr. Siegbert warf seinen Speer in die Meute. Er traf. Ein Wolf heulte auf und sank zu Boden.

Mit dem Langmesser in der Hand rannte Siegbert auf die anderen zu. Ein besonders Großer sprang ihn von vorn an. Er riss sein Maul auf und schnappte nach seinem Hals. Siegbert stach zu. Der Stahl der Klinge drang der Bestie direkt ins Herz und sie fiel vor ihm in den Schnee. Zwei Wölfe griffen von der Seite an. Auf dem schneebedeckten Boden rutschte Siegbert aus und sein Messer fiel ihm aus der Hand. Einer der Wölfe fasste sein rechtes Bein. Er zerrte daran als wollte er es ihm ausreißen. Der zweite Wolf verbiss sich in seinen linken Unterarm. Siegbert wälzte sich blitzschnell auf ihn und brach ihm das Genick.

Er hatte jetzt beide Arme frei und schlug mit der Faust auf den Kopf des Wolfs, der von seinem Bein nicht abließ. Dem Tier schienen die harten Schläge nicht viel auszumachen. Wie bei einem Fangeisen umklammerten die Zähne des Raubtiers seinen Unterschenkel und Siegbert wusste nicht, wie er sich befreien konnte. Der Wolf zerrte unermüdlich an seinem Bein. Siegbert schrie ihn an. Es half nicht.

Ihm gelang es ein Holzscheit zu fassen, das neben einer abgebrannten Feuerstelle lag. Damit hieb er auf den Schädel des Wolfs, bis dieser losließ und winselnd in der Dunkelheit verschwand.

Der Kampf gegen das Rudel war noch nicht zu Ende. Siegbert wollte aufstehen. Es ging nicht. Durch den Sturz im Schnee hatte er sich den Knöchel verletzt. Dazu kamen die Bisswunden am Unterschenkel und Unterarm. Alles passierte in einem kurzen Moment. Jaros hatte ihn entdeckt und kam zu ihm geeilt. Er zog Siegbert aus der Koppel und half ihm auf die Beine.

„Pass auf, dass die Pferde nicht durch den Zaun brechen! Wenn sie fliehen, haben die Wölfe ein leichtes Spiel, sie zu reißen. Ich hole mir einen neuen Speer", sagte Siegbert zu ihm. Humpelnd bewegte er sich allein zum Blockhaus und suchte nach einer Waffe. Er fand nur einen Köcher mit Pfeilen und einen Bogen. Die resolute Frau aus der Küche besah sich sein verletztes Bein und den linken Unterarm.

„Du kannst nicht zurück. Deine Verletzungen bluten zu stark. Ich werde die Wunden verbinden."

„Dafür habe ich jetzt keine Zeit. Stütze mich. Ich muss zu den Pferden."

Die Frau wusste, dass es sinnlos war, ihn zurückzuhalten. Sie nahm eine Fackel und entzündete sie am offenen Herdfeuer. Dann half sie Siegbert, bis zu der Stelle zu kommen, wo ihn die Wölfe zuvor angegriffen hatten. Die Bestien waren noch da. Ihre leuchtenden Augen im Scheine der Fackeln wanderten vor der Koppel hin und her. An den Zaun gelehnt, zielte Siegbert und schoss. Der Pfeil schnellte in die Dunkelheit.

„Du hast ihn getroffen!", rief die Frau begeistert auf.

„Es sind noch mehr von ihnen da. Halte die Fackel hoch!"

Als er die Hälfte der Pfeile verschossen hatte, zog sich der Rest des Rudels an dieser Seite der Koppel zurück. Siegbert beruhigte mit Worten die ängstlich umherlaufenden Pferde, die in seiner Nähe waren. Ihm wurde schwindlig und er brach zusammen. Die Frau schrie laut um Hilfe und zwei Burschen kamen zu ihr geeilt. Sie trugen den Bewusstlosen ins Haus.

Der Rebellenführer hatte viel Blut verloren. Seine Wunden am Bein und Arm wurden versorgt. Er kam zu sich und wollte aufstehen. Es ging nicht. Er musste liegenbleiben und die Köchin reichte ihm einen heißen Tee mit Heilkräutern.

Das verstauchte Fußgelenk war stark angeschwollen. Durch die Verbände am Arm und Bein sickerte das Blut.

„Hast du mich verbunden?", wollte Siegbert von der Frau wissen.

Sie nickte und wechselte den Lappen aus, mit dem sie das Fußgelenk kühlte.

„Wie ist dein Name?"

„Hildegard!"

„Bist du schon lange bei den Rebellen?"

„Vor einem Jahr bin ich ins Hauptlager gekommen."

„Hast du eine Familie?"

„Sie sind alle tot."

„Es tut mir leid! Was ist passiert?"

„Ich kann darüber nicht sprechen."

Hildegard musste ihre Tränen unterdrücken.

Die anderen Männer kamen zurück und waren froh, den Angriff der Wölfe erfolgreich abgewehrt zu haben. Ein paar Jungkrieger hatten leichte Verletzungen. Ihre Wunden und Prellungen, durch Fußtritte der Pferde, wurden von den besorgten Frauen behandelt.

Die ganze Nacht gab es keinen Schlaf und aufgeregt berichteten die Männer von dem erfolgreichen Kampf gegen das Wolfsrudel.

Jaros blieb bis zum Morgen bei den Tieren in der Koppel und beruhigte sie. Mit ein paar Jungkriegern brachte er die getöteten Wölfe, die Großteils innerhalb der Koppel verstreut herumlagen, zu einer alten Eiche. Gekonnt zog Jaros den Bestien das Fell über die Ohren und hing die Häute über die starken Äste des Baums. Die Kadaver wurden auf einen Reisighaufen gelegt, um später verbrannt zu werden.

Als es hell wurde, sah Jaros nochmals nach den Pferden. Einige hatten Bisswunden, die nicht weiter gefährlich schienen.

„Wir bringen die verletzten Tiere zum Blockhaus. Dort können wir sie leichter behandeln", sagte er und die Männer versuchten sie einzufangen. Nach der nächtlichen Aufregung war das nicht leicht zu bewerkstelligen.

Jaros sah nach Siegbert. Er war besorgt, wie stark sein Fußgelenk angeschwollen war und betastete es.

„Es sieht nicht aus als wäre es gebrochen. Bleib ein paar Tage liegen", beruhigte er ihn.

„Mit einem straffen Verband werde ich gehen können", erwiderte Siegbert barsch.

Hildegard schüttelte den Kopf. Sie wusste, dass es nicht möglich war.

„Ich will mir den Schaden ansehen, den die Wölfe in der letzten Nacht angerichtet haben. Hilf mir auf!", befahl Siegbert und streckte Jaros seine Hand entgegen. Nach vergeblichen Versuchen aufzustehen, begnügte er sich damit, dass Jaros ihm berichtete.

Der Pferdesklave hatte bereits angewiesen, die schadhaften Stellen des Zauns zu reparieren. Wieviel Wölfe getötet wurden, konnte er nicht sagen. Er schickte einen Jungkrieger hinaus zu der Eiche, um die Kadaver zu zählen. Die Verletzungen bei den Pferden waren geringer als in der Nacht angenommen.

„Wie lange wird es dauern, bis ich auftreten kann?", fragte Siegbert die Köchin.

„Eine Woche mindestens", antwortete sie

„Da reite ich nach Hause und lass mich von meiner Frau kurieren."

„Glaubst du, ich kann dir nicht helfen?", entgegnete Hildegard beleidigt.

„Das wollte ich nicht sagen. Du machst alles gut, aber daheim ist eben daheim."

„Ich verstehe dich! Ich wechsle noch einmal die Verbände und gebe dir von der Heilsalbe etwas mit. Die soll dir deine Frau dünn auftragen."

Die Wunden bluteten nicht mehr stark. Deutlich waren die Spuren der Bisse zu erkennen. Hildegard bestrich die offenen Stellen vorsichtig mit der Salbe.

Mit großem Geschick wickelte sie Leinenstreifen um die verletzten Gliedmaßen und die Jungkrieger sahen ihr bewundernd zu.

Ein paar Männer halfen dem Rebellenführer in den Sattel und Jaros wollte ihn nach Rodewin begleiten. Es war eine gute Gelegenheit seine Frau und Tochter Rosa wiederzusehen.

Im Schritt ritten sie vorsichtig auf dem verschneiten Höhenweg entlang und bogen in das Tal ein, das zu den Quellen der Wip führte. Der Schnee war in den unteren Höhenlagen an vielen Stellen bereits geschmolzen.

Sie kamen am Eichelsee vorbei und besuchten kurz die Kräuterfrau in ihrer Blockhütte. Sie sah sich die Wunden und das geschwollene Bein an und erkannte, dass alles gut versorgt war.

„Wer hat das gemacht?", wollte sie wissen.

„Eine Frau, die bei den Rebellen lebt."

„Sie kennt sich aus, das sehe ich. Morgen werde ich zu dir nach Rodewin kommen und mir die Bisswunden erneut ansehen. Damit ist nicht zu spaßen. Wenn sie sich entzünden, kann es sein, dass du dein Bein und den Arm verlierst."

„Das fehlte noch, da könnte ich mich gleich in meinen Speer stürzen."

„Sieh dir deinen Bruder Harald an, wie tapfer er ist."

„Wie er, könnte ich niemals leben. Mit nur einem Bein wäre mein Leben nichts mehr wert."

„Sag das nicht! Du hast eine liebevolle Frau und ihr werdet viele Kinder haben. Für diese da zu sein, ist Erfüllung genug."

„Ich bin Krieger! Da zählt nur der Kampf, ob auf dem Schlachtfeld oder später in Walhall", entgegnete Siegbert überzeugt.

„Was die Nornen für dich vorgesehen haben, dem kannst du nicht entfliehen. Füge dich deinem Schicksal", beschwor die Kräuterfrau.

Siegbert schwieg. Er konnte und wollte sich nicht vorstellen, jemals behindert zu sein.

„Wo sind deine Töchter?", versuchte er das Gespräch in eine andere Richtung zu lenken.

„Sie sind im Wald und sammeln trockenes Holz. Wenn du sie sehen willst, musst du bis zum Nachmittag warten."

„So viel Zeit habe ich nicht. Wir reiten gleich weiter."

„Sei vorsichtig mein Junge und belaste das Fußgelenk nicht", sagte die alte Frau und half Jaros, den humpelnden Siegbert aufs Pferd zu setzen.

Bis nach Rodewin war es nicht mehr weit. Der Weg war frei von Schnee und sie ritten hinab zu dem Schwemmteich. Dort befanden sich die Pferdekoppeln von Harald, seinem Bruder, der im Oberwipgau als Gaugraf das Sagen hatte.

Jaros sah nach den Pferden und war zufrieden über ihren Zustand. Sie waren alle gut über den Winter gekommen.

„Reiten wir heim! Ich kann es nicht erwarten, meine Brunhilde wiederzusehen", rief Siegbert begeistert aus.

„Du bist erst ein paar Tage von zu Hause weg", entgegnete Jaros erstaunt.

„Mir kommt es wie eine Ewigkeit vor. Es wird Zeit, dass die Waisenkinder zurück in die Rebellenlager kommen und Brunhilde bei mir, in der Wachstation am Roten Stein, sein kann."

„Das wird wohl noch ein paar Tage dauern. Solange der Schwemmteich zugefroren ist, liegt auf dem Rynnestig Schnee. Das hat mir einst dein Vater gesagt."

„Wir könnten auf dem Eis ein großes Feuer machen und es zum Schmelzen bringen. Es würde helfen, die Tage zu verkürzen", meinte Siegbert scherzhaft.

„Was für Ideen du hast", entgegnete Jaros kopfschüttelnd.

Er schwang sich in seinen Sattel und sie ritten zur Siedlung.

2. Das Unglück
Im Ostermond (April) 536

Die Kinder liefen den beiden Reitern vor dem Tor entgegen. Sie rannten neben den Pferden her und schrien begeistert durcheinander. Vor Siegberts Haus blieben sie stehen. Alle wunderten sich, dass der Hausherr nicht aus dem Sattel glitt und gleich zu seiner Frau eilte.

„Macht Platz, Kinder! Siegbert ist verletzt. Holt die alten Krücken des Gaugrafen", schrie Jaros.

Der große Sohn von Harald rannte ins Haus und kam mit den alten Gehhilfen seines Vaters zurück. Jaros half Siegbert vom Pferd zu gleiten. Als er mit einem Bein auf dem Boden stand, stützte er sich mit den Krücken ab.

„Das geht besser als ich dachte", rief er begeistert und bewegte sich zur Eingangstür seines Langhauses.

Brunhilde, seine Frau, kam ihm vor der Tür entgegen. Sie hatte den Tumult auf dem Vorplatz bemerkt und war neugierig, was los war. Als sie ihren Mann auf die Stöcke gestützt sah, schrie sie vor Schreck auf.

„Beruhige dich! Ich habe mir nur das Fußgelenk verstaucht."

„Leg dich gleich hin", bestimmte sie und lief ihm voran ins Haus.

Draußen musste Jaros berichten, was sich zugetragen hatte. Er schilderte den Überfall der Wölfe auf die Pferdeherde in bildhafter Sprache. Den Zuhörern, ob klein oder groß, kam das Grausen. Sich selbst vergaß er nicht zu erwähnen.

„Ich stand neben Siegbert als ihn gleich drei Bestien ansprangen. Alle, die uns zu nah kamen, haben wir getötet."

„Wieviel waren es?", wollte ein Junge wissen.

„Genau kann ich dir das nicht sagen. Die Jungkrieger haben die Kadaver zusammengetragen und ich musste sie häuten. Bis zum Morgen hatte ich damit zu tun."

„Sind die Wölfe nochmals zurückgekommen?", wollte ein Mädchen wissen.

„Die haben sich in den Wald verzogen und werden nicht mehr angreifen. Möglicherweise haben wir den Rudelführer getötet."

Die Fragen der Kinder nahmen kein Ende und gern erzählte Jaros weiter. Vieles von dem entstammte seiner Fantasie.

Siegbert hatte sich auf seine Liege gelegt und Brunhilde sah nach seinem Fußgelenk. Es war stark angeschwollen. Sie holte einen Eimer mit kaltem Wasser und kühlte es. Erst jetzt fielen ihr die beiden blutenden Verbände auf.

„Was ist das?", fragte sie erschrocken.

„Zwei Wölfe hatten Hunger und dachten, sie könnten mich verspeisen", antwortete er scherzhaft.

„Damit ist nicht zu spaßen. Das kann sich entzünden."

„Die Wunden sind gut versorgt und die Kräuterfrau hat sie selbst angesehen und kommt morgen früh zu uns."

„Dann bin ich beruhigt. Soll ich dir die Verbände erneuern."

„Bevor wir schlafen gehen kannst du es tun. Jetzt setz dich zu mir und erzähl, was es Neues gibt!"

„Nicht viel! Zwei Kinder sind verkühlt und eines hatte sich beim Sturz den kleinen Finger ausgerenkt. Es war nicht weiter schlimm. Erzähl du mir endlich, was mit dir passiert ist!"

Siegbert begann zu berichten und sie hörte ihm still zu. Sie wusste, was ein Wolfsangriff in der Nacht bedeutete.

Als sie noch ein Kind war, griff ein Rudel die Schafherde ihres Vaters an. Die Bestien töteten beinahe die gesamte Herde und ihre Eltern sammelten in der Nacht mit der Fackel in der Hand, die verletzten Tiere ein. Seitdem hatte sie große Angst vor Wölfen.

Die Ankunft von Siegbert sprach sich schnell herum und alle eilten herbei, um ihn zu sehen. Jeder wollte wissen, wie das mit den Wölfen war. Spuren der Bestien im Schnee hatten sie im Winter gesehen. Ein leibhaftiges Tier war ihnen nicht begegnet. Sie galten als scheu. Siegbert verwies auf Jaros. Er sollte ihnen die ganze Geschichte von dem Überfall auf die Herde erzählen. Der Pferdesklave war darüber froh. Er fürchtete, dass Siegbert das Geschehen etwas anders schildern könnte. Schmunzelnd hörte der Rebellenführer ihm zu und erinnerte sich daran, wie Jaros auf der Sommerweide ihn und die anderen jeden Abend mit seinen schönen Geschichten erfreute. Sie stimmten wahrscheinlich nicht alle, doch das machte nichts. Wichtig war, dass sie die Zuhörer fesselten.

Brunhilde hatte Suppe geholt, die Siegbert genüsslich schlürfte. Sie war stolz auf ihren Mann. Wie Jaros den Kampf gegen das Rudel schilderte, musste er eine große Anzahl dieser Bestien getötet haben und dann passierte das mit dem Sturz. Jaros rettete Siegbert aus den Fängen der Wölfe, die von allen Seiten auf ihn einsprangen und ihn zu Boden rissen. Dabei soll er sich die Verstauchung des Fußgelenks zugezogen haben.

Siegbert ließ Jaros weiterreden, obwohl nicht alles der Wahrheit entsprach, wie es sich zugetragen hatte.

Als Jaros seinen Bericht beendete, fing der Sippenälteste Harald an, von seinen Erfahrungen mit Wölfen zu berichten. Über einen Angriff in der Rudelstärke, wie ihn Siegbert und Jaros in der letzten Nacht erlebt hatten, konnte keiner mithalten.

„Das hängt bestimmt mit der Wetterverschlechterung zusammen. Wölfe sind schlimme Vorboten. Einige Priester sagen, dass die Welt untergehen wird", bemerkte Haralds Onkel.

„Es wäre zu früh, dies anzunehmen. Odin und Thor werden uns beistehen und das Schlimmste abwenden", beruhigte Harald.

Die anderen wollten nicht schweigen. Seit dem letzten Mond war die Sonne selten zu sehen. Schemenhaft konnte man sie tagsüber hinter der dichten Wolkendecke erahnen. Ob es sie noch gab, bezweifelten einige. Es musste ein Zeichen der Götter sein. Von dieser Meinung ließen sich die meisten nicht abbringen. Alles passte zu der Beschreibung über den Endkampf der Götter gegen die bösen Riesen. Drei Jahre sollte er sich vorher durch Zeichen ankündigen. Das schlechte Wetter war der Beginn. Davon waren sie überzeugt.

Der Hunger ließ die Diskussion beenden. Alle suchten ihre Essplätze auf.

Unter den vielen Kindern aus dem Rebellenlager waren auch die von Harald. Es gefiel ihnen, wenn sie mit den Waisenkindern zusammen waren.

Während des Essens durfte nicht gesprochen werden, bis der Sippenälteste fertig war und seinen Löffel auf die Tischplatte legte. Danach ging die Diskussion weiter. Siegbert musste ihnen zum wiederholten Male von dem Kampf der Götter gegen das Heer der Riesen erzählen. Aufmerksam achteten sie auf jedes Wort und korrigierten ihn sofort, wenn er von den früheren Erzählungen abwich.

Es war spät und Brunhilde brachte mit ihrer Freundin Ratlind die Kinder in die Schlafkojen.

Danach wechselte sie die Verbände von Siegberts Bein und Arm. Sie war entsetzt, wie schlimm die Bisse aussahen. Vorsichtig bestrich sie die offenen Stellen mit der Heilsalbe, die ihr Siegbert gab und umwickelte die Wunden mit sauberen Leinenstreifen. Ihr Mann sah ihr zu und es freute ihn, wie gut sie das tat.

„Man könnte denken, dass du öfter Wunden versorgt hast."

„Wie meinst du das?", fragte Brunhilde erstaunt.

„Weil du weißt, was zu tun ist."

„Als du mit der Königin nach Ravenna gezogen bist und ich im Rebellenlager war, habe ich unserer Schamanin geholfen. Sie hat mir gezeigt, was ich tun muss und wie ich die Heilsalben anfertigen kann."

„Dann bin ich bei dir in den besten Händen und werde morgen die Kräuterfrau heimschicken, wenn sie nach mir sehen will."

„Wenn sie sich selbst angeboten hat, nach den Wunden zu sehen, soll sie das tun."

„Hildegard sagte, dass ich mich schonen muss."

„Wer ist Hildegard?", fragte Brunhilde verwundert.

„Sei nicht eifersüchtig! Du weißt doch, dass ich nur dich liebe und keine Augen für eine andere habe."
Prüfend sah Brunhilde ihrem Mann in die Augen. Es gefiel ihr, wie er sich zu erklären versuchte.

„Man kann ja nie wissen!", bemerkte sie zögernd.

„Hildegard versorgt die Männer, die den Wald roden und kennt sich in der Heilkunst gut aus. Von ihr habe ich die Salbe."

„Wenn sie nur deine Wunden behandelt, will ich das durchgehen lassen", sagte seine Frau lächelnd.
Siegbert zog sie zu sich auf die Liege und küsste sie.

„Es hat lange gedauert, bis ich einen Willkommenskuss von dir bekomme", beschwerte sich Brunhilde.

„Wir sind erst jetzt allein."

„Schon wieder eine gute Ausrede", entgegnete sie keck.

„Wie geht es denn unserem Baby?"

„Es scheint sich in meinem Bauch wohl zu fühlen. Ich spüre es noch nicht."

„Das ist zu früh", sagte Siegbert.

„Du kennst dich in diesen Dingen aus. Wieviel Kinder hast du selbst bekommen", erwiderte sie schmunzelnd.

„Ich weiß, dass ich als Mann nicht mitreden kann, doch ich habe gut zugehört, wenn die Frauen darüber sprachen."
Brunhilde lachte laut auf. Sie amüsierte sich über die Einfältigkeit ihres Mannes.

In den nächsten Tagen blieb Siegbert brav liegen. Der Gedanke, durch Unachtsamkeit seinen Arm und sein Bein zu verlieren, ließ ihn die Untätigkeit tapfer ertragen. Die Kinder boten eine willkommene Abwechslung. Ihnen musste er jeden Tag viele Göttergeschichten erzählen und von der Reise der Königin nach Ravenna berichten.
Er war gern zu Hause und erkannte, welche Mühen Brunhilde und ihre Freundin Ratlind mit den Waisenkindern auf sich genommen hatten. Ein Teil von ihnen kam als Vollwaisen ins Rebellenlager und sie fanden dort ein neues Zuhause. Gern sah er den Frauen bei der Arbeit zu, wie sie das Essen bereiteten und für alle Belange der Kleinen ein Ohr hatten.

Nach dem Frühstück zogen die Kinder in den nahen Wald, um trockene Äste für das Herdfeuer zu sammeln und der Nachmittag war zum Spielen da. Es folgte das

Abendessen und im Anschluss die Erzählstunde mit Siegbert. Danach mussten sie sich schlafen legen.

Das Lärmen der vielen Plappermäuler schien andere in der Siedlung zu nerven. Siegberts Onkel und Tante gingen ihnen deshalb aus dem Weg. Die übrigen Erwachsenen störten sich nicht daran und sie zeigten den Kindern, die sich für ihre Arbeit interessierten, wie man es machen musste. Am liebsten putzten und striegelten sie die Pferde. Jetzt, wo Jaros da war, durften sie es in seinem Beisein tun.

Nach einem Mond waren Siegberts Wunden verheilt und das Fußgelenk schmerzte nicht mehr, wenn er auftrat. Die Kräuterfrau erlaubte ihm vorsichtig zu gehen. Das Reiten fiel ihm leichter und er besuchte seinen Freund, der das Lager auf dem Roten Stein bewachte. Sie hatten sich längere Zeit nicht gesehen und es gab viel zu erzählen. Das kleine Lager war in einer Höhenlage, wo sich die Schneewechten beharrlich hielten. Es war dort bedeutend kälter als in Rodewin. Siegbert störte es nicht. Ein Packpferd hatte er mit Lebensmitteln beladen und es waren auch ein paar Schläuche mit Met dabei. Harald hatte sie ihm mitgegeben. Darüber waren besonders die „Vindobonenser" dankbar. Es waren Krieger, die zusammen mit dem Rebellenführer aus dem Langobardenreich zurück in die Thüringer Berge ritten und die Jungkrieger in den Lagern im Gebrauch der Waffen unterrichteten. Bis in den späten Abend hinein, sprachen sie über die Zeit, die sie in Vindobona zusammen verbrachten. Mancher von ihnen hatte es bereut, zurückgekommen zu sein. Zugeben wollte es keiner. Das schlechte Wetter verstärkte die Sehnsucht nach der pannonischen Tiefebene, mit ihrer gleißenden Sonne.

„Wann werden wir wieder gegen die Franken ziehen?", wollte einer der Männer von Siegbert wissen.

„Erst wenn der Schnee auf dem Rynnestig weggetaut ist. Die Spuren könnten die Feinde zu unseren Lagern führen."

„Sie trauen sich nicht weit in die Berge."

„Wenn wir sie jetzt durch unsere Angriffe reizen, könnten sie uns im Schnee leicht verfolgen. Es ist besser, abzuwarten. Wir haben genügend Proviant und ihr müsst mit der Ausbildung der Jungkrieger fortfahren. Wem das nicht gefällt, der kann gern den Holzfällern helfen. Sie plagen sich nicht nur mit den Bäumen herum, sondern müssen gegen die Wölfe wachsam sein. Ich habe bei ihnen vor kurzem einen Angriff miterlebt. Seht her, wie mich die Bestien zugerichtet haben."
Stolz zeigte der Rebellenführer seine verheilten Wunden. Erstaunt betrachteten sie die Narben. Siegbert berichtete von dem Kampf. Keiner der Krieger hatte das erlebt. Es war unerklärlich, warum die Wölfe in einer so großen Anzahl auftraten. Mehrere der Vindobonenser erklärten sich bereit, zu den Holzfällern zu gehen und sie zu unterstützen. Das freute Siegbert.

Am nächsten Morgen ritt Siegbert nach Rodewin zurück. Er war in guter Stimmung, trotz der durchzechten Nacht. Gegen Mittag kam er in der Siedlung an. Irgendetwas schien anders zu sein. Es waren keine Kinder auf dem Hof zu sehen, die wie üblich, wild herumtollten. Er ritt zu seinem Haus und sah sich um. Zögernd trat er durch die Tür. Wehklagen und Jammern war zu hören. Kinder und Erwachsene kauerten um eine Holztrage und weinten bitterlich. Seine Augen hatten sich noch nicht an die Dunkelheit im Raum gewöhnt. Er konnte nicht erkennen, wer auf der Trage lag. Sein Bruder kam auf ihn zu und umarmte ihn schweigend.

„Was ist passiert, Harald?"

„Brunhilde, deine Frau ist tot. Sie ist ertrunken."
Siegbert riss sich von seinem Bruder los und stürzte zu der Liege, auf der Brunhilde aufgebahrt lag. Sie schien friedlich zu schlafen. Er fasste nach ihrer Hand. Sie war kalt und leblos.
Langsam sank er auf die Knie und hielt sich die Hände vors Gesicht. Er weinte. Niemand konnte ihm helfen. Alle litten mit ihm und wussten nicht, wie sie ihn trösten konnten.

Harald flüsterte den anderen zu, dass sie Siegbert mit Brunhilde allein lassen sollten. Schweigend und bedrückt verließen sie den Raum und blieben in Gruppen vor der Tür stehen. Das Wehklagen nahm kein Ende. Nach einer angemessenen Zeit ging der Sippenälteste in das Haus zurück. Siegbert kniete noch immer vor der Bahre und sah wie versteinert auf das Gesicht seiner Frau.

„Komm mit!", sagte Harald leise.
Siegbert stand auf und folgte schweigend seinem Bruder. Sie gingen über den Hof in Haralds Haus. Dort setzten sie sich an den großen Tisch

„Deine Frau ist im Schwemmteich ertrunken", berichtete Harald.

„Wie war das möglich? Der Teich ist zugefroren"

„Sie wollte ein Kind, das sich auf dem Eis befand, retten. Sie ist dabei eingebrochen und unter die Eisdecke geraten. Wir konnten sie nur noch tot bergen."

„Ist das Kind auch umgekommen?"

„Es lebt, wie durch ein Wunder."

„Zeige mir die Stelle, wo es passiert ist", bat Siegbert seinen Bruder.

Sie ritten im Trab in Richtung Schwemmteich. Es regnete und ein kalter Wind blies über das Weideland. Siegbert spürte nichts. Sein Körper schien taub, wie abgestorben. Harald zeigte ihm die Stelle, wo das Unglück geschehen war.

„Ein Junge hatte sich auf das Eis gewagt und als er merkte, dass es riss, um Hilfe gerufen. Brunhilde und die anderen Kinder sammelten gerade im Wald Reisig. Alle rannten zum Teich und Brunhilde rief dem Jungen zu, dass er sich flach auf das Eis legen soll. Er blieb jedoch wie erstarrt stehen. Sie kroch auf den Knien ihm entgegen. Bevor sie ihn erreichte, brach sie ein und geriet unter die Eisdecke. Einige Kinder rannten zur Siedlung und holten Hilfe. Wir kamen zu spät zum Unglücksort. Jaros schlug mit der Axt eine Bahn. Er konnte sie nur tot aus dem Wasser ziehen."

Siegbert glitt aus dem Sattel und ging zum Ufer. Er betrachtete die Schneise, die Jaros geschlagen hatte. An ihrem Ende musste die Stelle sein, wo seine Frau ertrunken war. Mit dem Fuß prüfte er die Eisdecke. Sie war zu dünn, um einen Erwachsenen zu tragen. Bei der geringsten Belastung war das Klirren des Eises zu hören.

„Lass uns zurück reiten", sagte Harald zu seinem Bruder. Er fürchtete, dass sich Siegbert in seinem Schmerz auf das Eis begeben und seiner Frau ins Totenreich der Hel folgen könnte.

Bevor sie Rodewin erreichten, fragte Harald, ob er sich um die Totenfeier kümmern darf. Siegbert nickte ihm zu.

„Möchtest du, dass sie in der Nähe der Siedlung bestattet wird?"

„Sie soll auf dem Hügel gegenüber der Wallburg auf dem Roten Stein bestattet werden. Von dort kann ich ihr Grab sehen und auch ihr Bruder hat von seinem Wachposten auf dem Warteberg den Hügel gut im Blick."

„Willst du sie nach altgermanischer Art verbrennen lassen?"

„Es wäre in ihrem Sinne. Bestimmt nimmt Freya sie als Walküre auf und wir treffen uns eines Tages in Walhall wieder."

„Das wünsche ich euch. Sie war eine wunderbare Frau."

Siegbert ging zu Brunhildes Totenbett. Die Kinder, die bei ihr waren, verließen still den Raum. Er konnte seine Tränen nicht zurückhalten und war verzweifelt. Am liebsten hätte er sich in sein Schwert gestürzt und wäre ihr gefolgt. Doch dann käme er zu Hel und nicht nach Walhall, wo sie möglicherweise schon weilte. Die Hoffnung, sie bei den Einherjern wieder zu sehen, stärkte ihn und machte seinen Schmerz erträglich.

Brunhilde lag da als würde sie schlafen. Die Frauen hatten sie schön angekleidet und im Scheine der Fackeln schien ihre Haut rosig hell. In der Tür standen die Kinder und sahen zu ihm hin. Als er sie bemerkte, winkte er ihnen, zu kommen. Sie strömten alle herein und stellten sich im Kreis um die Bahre auf. Die Vorderen knieten nieder. Siegbert strich dem Mädchen, das neben ihm kauerte, über die Haare.

„Ich weiß, es ist schlimm für euch. Sie war wie eine Mutter, die euch alle lieb hatte. Nehmen wir gemeinsam Abschied."

Heidrun, die Frau von Harald, stand im Hintergrund und stimmte ein Totenlied an. Es war eine zu Herzen gehende Weise. Die Kinder sangen leise mit.

Lange blieben sie bei der Verstorbenen.

Harald bereitete die große Totenfeier vor. Er besprach sich darüber mit dem Priester in Wipa. Siegbert war der offizielle Vertreter der Königin Amalaberga im besetzten Thüringer Königreich. Somit hatte seine Frau Brunhilde einen fürstlichen Status und das wollten sie bei der Feier berücksichtigen.

Wie ein Lauffeuer hatte sich die Nachricht vom Tod Brunhildes im weiten Umkreis verbreitet. In drei Tagen sollte die Totenfeier auf der Kruppe gegenüber der Wachstation stattfinden.

In einer großen Prozession wurde Brunhilde am nächsten Morgen zur Wallburg auf dem Roten Stein überführt. Die Vindobonenser waren nach Rodewin gekommen und trugen ihre Herrin auf der offenen Bahre zur Burg. Siegbert und die Waisenkinder folgten ihnen. An der Spitze des Zuges ging der Priester, gefolgt von seinen beiden Gehilfen, die ein Pferd und ein Rind als Opfertier mitführten. Von allen Seiten strömten Menschen herbei, die sich dem Trauerzug anschlossen.

Gegen Abend kamen sie an. Unzählige Fackeln säumten den Weg. Die Wallburg war hell erleuchtet und das Tor weit geöffnet.

Brunhilde wurde in dem großen Saal aufgebahrt. Die Rebellenkrieger hielten abwechselnd Totenwache.
Auf dem Platz vor dem Burgtor wurden Feuerstellen errichtet und die Menschen, die den Trauerzug begleiteten, mit Suppe versorgt. Viele blieben bis zur Totenfeier und errichteten im naheliegenden Wald provisorische Unterkünfte. In der Nacht fiel Schnee und es wurde bitterkalt. Niemanden schien dies zu stören. Sie alle wollten die Verbundenheit zu Siegberts Frau mit ihrer Anwesenheit bekunden.

Am nächsten Morgen ritt Harald mit den Vindobonensern zu der Stelle, wo die Verbrennung stattfinden
sollte. Der Boden war gefroren und eine dünne Schnee-
schicht lag obenauf. Der Hügel war zum Tal des Flusses
Ge hin, wie die Kruppe eines Pferdes geformt und nur
mit wenigen Bäumen bewachsen. An der höchsten Stelle des Hügels ließ Harald alle Bäume fällen. Kurze
Baumstümpfe ragten aus dem Boden. Die Stämme wurden in mehreren Lagen aufgeschichtet und dazwischen
trockenes Reisig gegeben. Obenauf formten sie aus
Holz ein Schiff. Nachdem sie damit fertig waren, fällten
sie noch die Bäume in einem weiten Umkreis. Der Hügel lag, wie kahlgeschoren, vor ihnen. Es gab kein Hindernis, das die Sicht versperren konnte.

Viele Menschen hatten sich am Vortag dem Trauerzug angeschlossen und Harald vermutete, dass noch
mehr kommen würden. Er ließ aus Rodewin weitere
Opfertiere heranschaffen, darunter waren Schweine und
Schafe. Der Priester besah sich den Platz und war zufrieden mit den Vorbereitungen. Im Umkreis von hun-
dert Schritten zu dem Scheiterhaufen wurde ein Zaun
aufgestellt und keiner durfte den Innenbereich mehr
betreten, der nicht in einem besonderen Nahverhältnis
zu Siegbert stand.

Der Rebellenführer hatte den ganzen Tag bei seiner
toten Brunhilde verbracht. Er war allein und sprach zu
ihr als würde sie noch leben. Vieles hatte er ihr zu sagen
und es blieben alle Fragen unbeantwortet. Der Gedanke,
mit ihr nach dem Tod vereint zu sein, beruhigte ihn und
gab ihm neue Kraft. Die brauchte er am nächsten Tag,
das war ihm bewusst. Viele Menschen würden ihn sehen
und beobachten. Sie erwarteten von ihm, dass er in

seiner Führungsposition das persönliche Leid hinten anstellt. Ob es ihm gelingen würde?

In der Nacht fand er nur wenig Schlaf. Die Trauergäste nahmen bis zum Morgen Abschied von der Toten. Sie gingen an ihr vorbei und sagten ihr in Gedanken Lebewohl.

In der Früh erschien eine Abordnung der Rebellen des Holzfällerlagers. Unter ihnen war die Frau, die Siegberts Wunden als erste versorgt hatte. Als sie aus der Halle ins Freie trat, sah sie den Rebellenführer auf dem Wachturm. Er blickte zu dem Scheiterhaufen auf dem Hügel. Sie eilte zu ihm und hielt plötzlich in ihrem Lauf inne. Ob sie ihn jetzt stören durfte, schien sie zu überlegen. Sie wollte fortgehen. Siegbert hatte sie bemerkt und rief sie zu sich.

„Willst du mir etwas sagen?“, fragte er.

„Ich wollte dir mein aufrichtiges Beileid aussprechen. Ich weiß, wie groß dein Schmerz ist.“

„Danke!“, sagte er und versuchte seine innere Ergriffenheit zu unterdrücken. Es gelang ihm nicht. Tränen flossen über seine Wangen. Hildegard wischte sie mit ihrem Halstuch ab. Sie griff in ihre Gürteltasche und nahm ein kleines Holzdöschen heraus.

„Hier, nimm das! Die Pillen werden dir helfen, den Tag zu überstehen.“

Sie drückte die Dose Siegbert in die Hand und lief eiligen Schrittes davon. Er sah nach, was sie ihm gegeben hatte. Es waren drei kleine braune Kügelchen.

Der Zustrom der Menschen schien kein Ende zu nehmen. Von der Wallburg aus sah Siegbert den gerodeten Hügel. Außerhalb der Einzäunung füllte er sich weiter mit Menschen. Harald und der Priester kamen zu ihm. Sie besprachen den Ablauf der Trauerfeier. Siegberts

Aufgabe war den Scheiterhaufen anzuzünden und die Beileidbekundungen entgegenzunehmen.

„Ich hoffe, das stehe ich durch", flüsterte er seinem Bruder zu.

„Du musst es versuchen. Ich weiß, dass du drei Nächte nicht geschlafen hast. Dieser Tag ist wichtig für dich und Brunhilde. Nach der Trauerfeier kannst du dich deinem Schmerz wieder hingeben."
Harald fasste ihn an den Schultern und rüttelte ihn.

„Ich werde es überstehen!", sagte Siegbert und folgte ihnen.

Sie gingen zum großen Saal. Dort warteten die Vindobonenser und hoben nach seinem Erscheinen die Trage mit Brunhildes Leiche auf. Siegbert merkte, wie ihm die Knie schwach wurden.

„Ich brauche ein Schluck Wasser!", sagte er zu Harald.
Der sah das schneeweiße Gesicht seines Bruders. Eilig humpelte er zu einem der Gehilfen des Priesters. Der Bursche rannte los und kam bald darauf mit einem Krug zurück. Siegbert hatte eine der Pillen geschluckt und spürte, dass es ihm besser ging. Er gab das Zeichen, dass sie gehen konnten. Harald sah voller Sorge zu seinem Bruder.
Im Hof reihten sich die Sippenangehörigen von Rodewin und Brunhildes Bruder, die Waisenkinder mit Brunhildes Freundin Ratlind, sowie mehrere Anführer der Rebellen in den Trauerzug ein. Sie schritten bedacht durch das Tor. Am Weg standen beidseitig viele Menschen, die Brunhilde ein letztes Mal aus der Nähe sehen wollten. Sie schlossen sich am Ende dem Zug an. Es dauerte eine ganze Weile, ehe sie die Kruppe erreichten. Viele Menschen standen außerhalb des Zauns und wehklagten und weinten als hätten sie die Tote persönlich

gekannt. Sie wollten damit dem Rebellenführer ihre tiefe Verbundenheit und Anteilnahme ausdrücken.

Die Vindobonenser hoben die Trage in das Schiff auf dem Scheiterhaufen und stellten sich am Zaun verteilt auf. Der Priester sprach zu den Trauernden. Er würdigte die großen Verdienste von Brunhilde und bat die Götter, sie als Walküre in Walhall aufzunehmen. Es begannen die Opferung der herangeführten Tiere und die Verbrennung ihrer Eingeweide auf einem mit Steinen aufgeschichteten Altar. Siegbert fühlte erneut Schwäche in seinen Beinen. Er nahm noch eine Pille aus dem Holzdöschen. Der Priester erklärte, dass die Götter die Opfer angenommen hätten und reichte Siegbert eine brennende Fackel.

Schweren Schrittes ging er zu dem großen Holzstoß, auf dem Brunhilde aufgebahrt lag. An den vier Ecken zündete er das Reisig an. Die Flammen loderten sofort in die Höhe und im Nu brannte der ganze Scheiterhaufen. Wie erstarrt sah er in das Feuer. Harald kam zu ihm und zog ihn von dem brennenden Holzstoß weg. Die Hitze war unerträglich und leicht hätte seine Kleidung brennen können. Das Wehklagen der Umstehenden vermischte sich mit dem Knistern der Flammen. Dazwischen rief der Priester Beschwörungsformeln gen Himmel.

Als erstes brach das Boot in sich zusammen und stürzte ins Innere des Scheiterhaufens. Die starken Stämme brannten langsam ab. Der Priester zerteilte das Fleisch der geopferten Tiere und seine Gehilfen gaben es den Menschen hinter dem Zaun. Manche hatten Fackeln mitgebracht, die sie am Altarfeuer entzünden ließen. Danach gingen sie nach Hause.

Bis zum späten Abend loderten die Flammen. Nur der engste Kreis der Trauernden blieb zurück. Die Vindobonenser schoben die noch brennenden Stämme zur Seite und schaufelten die Asche in Metallkessel. Der gefrorene Boden unter dem Scheiterhaufen war aufgetaut. Die Krieger gruben in der Mitte ein tiefes Loch. Sie schütteten einen Teil der Asche hinein. Darauf legte Siegbert Schmuckstücke von Brunhilde, die er ihr einst geschenkt hatte. Wer ihr etwas Persönliches mitgeben wollte, gab es ebenfalls dazu. Der Rest der Asche wurde obenauf geschüttet und das Loch mit der ausgehobenen Erde verschlossen. Die starken Baumstämme glimmten noch und strahlten Wärme in der kalten Nacht ab.

Alle zogen zur Wallburg auf dem Roten Stein. Die Rebellen und ihre Frauen hatten Essen vorbereitet und Teile der Opfertiere verwendet.
Siegbert wollte sich zurückziehen. Hildegard reichte ihm eine Schale mit Fleischsuppe. Er wehrte ab.
„Du musst sie essen!", sagte sie in bestimmenden Ton.
Siegbert schlürfte missmutig die heiße Brühe und merkte, wie sie ihm guttat. Die Frau achtete darauf, dass er alles aufaß und nichts wegschüttete.
„Jetzt kannst du dich niederlegen und schlafen. Ich passe auf, dass du nicht gestört wirst."
„Das brauchst du nicht! Ich bin hier zu Hause", sagte er zu ihr.
„Du benötigst jetzt Schlaf! Morgen sieht die Welt anders aus."
Mit einem Stock in der Hand setzte sich Hildegard vor seine Tür und wachte. Mancher seiner Krieger wollte zu ihm. Sie schickte sie alle fort.

Ausgeruht kam Siegbert am Morgen aus seiner Kemenate. Hildegard war vor der Tür zusammengesunken und schlief tief. Vorsichtig stieg er über sie hinweg und sah in den Hof. Es war still, alle ruhten noch. Er lief zu dem Hügel.

Bald erreichte der Rebellenführer die Feuerstelle, wo der Körper seiner Frau am Vortag in Flammen aufging. Die Trauer kehrte in sein Herz zurück. Er setzte sich auf einen Stein, inmitten der abgebrannten Holzstämme, die im Kreis herumlagen. Was sollte er tun? Aufgeben und sich in einem Gefecht mit den Franken töten lassen oder sollte er weitermachen, wie bisher. Was würde ihm Brunhilde raten? Sie wusste stets, was richtig war.

Die Antwort kannte er. Sie würde ihm sagen, dass er seine Aufgabe als Anführer der Rebellen weiter ausführen soll, wie er es in der Vergangenheit getan hatte. Für seine Krieger war er verantwortlich, so wie sie für die Waisenkinder. Wenn ihm im Kampf etwas passiert wäre und er nicht mehr lebend nach Hause käme, hätte sie die Kinder auch nicht im Stich gelassen.

Es schneite leicht und Siegbert ging den Weg zurück zur Wallburg. Im großen Saal gab es Frühstück. Er setzte sich zu Harald und eines der Kinder brachte ihm eine Schale Brei mit getrockneten Beeren.

Harald sah seinen Bruder an.

„Was willst du jetzt tun? Kommst du mit uns zurück nach Rodewin oder bleibst du hier?"

„Mein Platz ist bei meinen Männern im Wald", sagte Siegbert.

„Allein wird es für dich nicht leicht sein. Wir sind deine Familie."

„Ich bin nicht allein, wir Rebellen sind eine verschworene Gemeinschaft und der eine steht für den anderen ein."

„Was soll mit den Waisenkindern werden? Wenn du es wünschst, können sie in Rodewin in deinem Haus leben, bis der Winter in den Bergen vorbei ist."

„Diese Entscheidung überlasse ich Ratlind. Sie kennt sich mit ihnen aus und ist jetzt allein verantwortlich für die Kleinen."

„Hast du mit ihr schon gesprochen?"

„Nein, ich werde es gleich tun."

Ratlind stand an einem der Kessel und schöpfte Brei in die Holzschalen.

Siegbert ging zu ihr und fragte sie: „Kannst du dich in Zukunft um die Kinder kümmern?"

„Allein schaff ich das nicht!", gab sie nüchtern zur Antwort.

„Wüsstest du jemand, der dich unterstützen könnte?"

Ratlind schüttelte mit dem Kopf. Da kam Hildegard an ihm vorbei. Siegbert sprach sie an und erklärte ihr die Situation mit den Waisenkindern. Sie war sofort einverstanden zu helfen.

Ein großes Problem war gelöst und zufrieden berichtete Siegbert seinem Bruder, wie es mit der Betreuung der Kinder weitergehen soll.

Nach dem Frühstück verließ die Sippe aus Rodewin die Wallburg. Ein jeder verabschiedete sich von Siegbert und wünschte ihm den Segen der Götter. Ihnen schlossen sich die Waisenkinder mit den beiden Betreuerinnen an. Siegbert bedankte sich bei den Frauen für ihre Bereitschaft und winkte ihnen vom Tor aus nach.

In der Wallburg wurde es ruhig. Sein Freund Ulf, der die Burg verwaltete, kam auf ihn zu und legte die Hand auf seine Schulter.

„Was müssen wir noch ertragen bis wir in Walhall sind?", fragte Siegbert, ohne ihn anzusehen.

„Das Leben geht weiter, gleich was passiert. Du bist stark und wirst es schaffen", tröstete ihn Ulf.

Der Rebellenführer zog sich in seinen Wohnturm zurück. Alles erinnerte ihn an Brunhilde. Die schönen Stunden, die sie miteinander verbrachten und von hier gemeinsam ins Land schauten. Jetzt sah er allein zu dem Hügel, in dem ihre Asche ruhte. Die Empfindung ihrer Nähe war stark und er glaubte, ihre Stimme zu hören. Er sprach mit ihr und wartete vergebens auf eine Antwort.

3. Plünderungen der Güter
Im Wonnemond (Mai) 536

Tagelang blieb Siegbert allein und kam nur zu den Mahlzeiten in den großen Saal. Ulf und die Vindobonenser beobachteten ihn, doch sie sprachen ihn nicht an. Ein Jungkrieger kam vom Hauptlager und meldete, dass es am Rynnestig aufgehört hatte, zu schneien. Die Vorräte gingen zur Neige und die Krieger brannten darauf, eines der fränkischen Güter zu überfallen. Siegbert überlegte nicht lange und gab den Angriff frei. Er hoffte, dadurch auf andere Gedanken zu kommen.

Mit den Vindobonensern zog er ins Hauptlager. Dort beriet er mit den Truppführern, welche fränkischen Güter sie angreifen wollten. Der Rebellenführer war darauf bedacht, die Ziele weit weg von den Lagern auszuwählen. Keinem war bekannt, ob die fränkischen Wachen über den Winter verstärkt wurden. Sie mussten es als erstes herausfinden. Siegbert schickte einige seiner Männer als Händler verkleidet los. Sie trugen Kiepen mit Holzkohle auf dem Rücken und waren von echten Kohleverkäufern nicht zu unterscheiden.

Bis sie zurückkamen kontrollierte Siegbert die Einsatzbereitschaft der Jungkrieger. Jeder musste gegen ihn antreten. Wer die Prüfung bestand, durfte an den nächsten Überfällen teilnehmen.
Bis es losging, mussten alle auf den Rodungsplätzen im Wald mitarbeiten. Er selbst griff zur Axt und wütete wie ein Berserker. Das ermüdete ihn und half ihm, in den Nächten zur Ruhe zu kommen. Wenn er in seinem

Schlaf gestört wurde, blieb er bis zum Morgen wach und dachte an seine verstorbene Frau.

In der Früh war er der erste, der von seinem Lager aufstand. Oftmals begann er mit der Arbeit im Wald, ohne vorher zu frühstücken. Sein Beispiel spornte die Jungkrieger an. Sie versuchten sich gegenseitig zu übertrumpfen und am Abend rühmten sie sich, wie viele Bäume sie gefällt hatten.

Die Vindobonenser unterstanden nur Siegbert. Sie kümmerten sich um die kriegerische Ausbildung der jungen Männer. Der Tag war zu einer Hälfte mit dem Fällen von Bäumen und zur anderen mit Kampfübungen ausgefüllt.

An den freien Stellen im Wald war der Schnee getaut. Nach und nach kamen die Späher zurück. Sie berichteten Siegbert, was sie gesehen hatten. Er notierte sich die wichtigen Informationen auf ein Pergament. Insgesamt sah es nicht schlecht für den Erfolg der kommenden Überfälle aus. Die Franken hatten in ihren besetzten Königsgütern keine besonderen Vorkehrungen gegen Angriffe getroffen. Es gab auch keine Verstärkung für die Wachmannschaften.

Nachdem alle Späher zurück waren, zog sich Siegbert mit den Kriegern, die für den ersten Überfall ausgewählt wurden, ins Hauptlager zurück. Dort gab er den Männern seinen Angriffsplan bekannt. Die größte Schwierigkeit war, unerkannt bis zum Zielort zu gelangen. Wenn sie frühzeitig entdeckt würden, müssten sie damit rechnen, dass die fränkischen Wachleute ihnen den Rückweg versperrten. Der Überfall musste gut vorbereitet und durchdacht sein und ganz besonders der Rückzug. Fragen hatte keiner, alles schien klar zu sein.

Am nächsten Morgen ritten sie nach dem Frühstück zeitig los. Sie kamen zum Rynnestig und dort ging es in westlicher Richtung weiter.

Auf dem Höhenweg konnten sie sich frei bewegen, denn bisher wurden die Berge des Thüringer Waldes von den Franken gemieden. Zu unsicher und voller Gefahren war den fränkischen Kriegern dieses Gelände. Die Rebellen dagegen kannten jedes Tal. Bei Gefahr zogen sie sich in Höhlen oder undurchdringliche Waldgebiete zurück. Für die Verfolger war es nicht möglich, unbeschadet bis zu den Verstecken vorzudringen. Die höheren Lagen des Thüringer Waldes waren Rebellengebiet und wurden von ihnen kontrolliert.

Für die Handelsleute war das ein Problem. Einige der Handelsstraßen von Nord nach Süd verliefen über den Kammweg. Die Händler mussten nun große Umwege in Kauf nehmen, um Salz und andere wichtige Handelsgüter aus dem Norden in das Donaugebiet zu transportieren.

Es nieselte leicht und die steinigen Pfade waren glatt. Streckenweise mussten die Jungkrieger ihre Pferde führen. Auf den hohen Bergkuppen hatten die Rebellen in Sichtweite Wachstationen eingerichtet, von denen sie bei klarem Wetter bis in die Tiefebene sehen konnten. Siegbert machte bei der ersten Rast. Ein Palisadenzaun, aus starken Eichenstämmen schloss das Blockhaus mit dem Stall für die Pferde und Ziegen ein. Vom Ausguck am Dach war das Gelände gut zu übersehen, da die Bäume im weiten Umkreis gefällt waren. Auf den gerodeten Flächen zeigten sich erste Gräser und Blumen. Fünf Rebellen waren ständig auf diesem Posten. Nach jedem Vollmond wurde gewechselt und andere Jungkrieger aus dem Hauptlager lösten ihre Kameraden ab.

Siegbert kannte jeden einzelnen. Die Männer berichteten ihm von ihren Beobachtungen. Viel gab es nicht zu sagen, bis auf die sich häufenden nächtlichen Ruhestörungen durch umherstreifende Wölfe. Die Rudel konnten nicht mehr genug Wild im Wald finden und näherten sich den Siedlungen der Menschen. Genügend Schutz bot der Palisadenwall. Die angespitzten Baumstämme waren hoch genug, damit sie von den Bestien nicht übersprungen werden konnten. Trotzdem musste man wachsam sein.

Die Krieger saßen lange zusammen und erzählten sich, was sie im Winter erlebt hatten. Siegbert war nicht nach Unterhaltung zumute. Er verließ den Gemeinschaftsraum und zog sich in den angrenzenden Pferdestall zum Schlafen zurück. Draußen tobte der Sturm und blies durch die Spalten der Wände. Siegbert sah durch die Ritzen und konnte schemenhaft den Mond hinter der dünnen Wolkendecke entdecken. Lange war es her, dass er ihn das letzte Mal sah.

Geisterhafte Schatten bewegten sich vor der Wachstation.

Was war das?

Bewegungen gegen die Windrichtung beunruhigten ihn. Siegbert sah konzentriert durch die Spalten der Palisadenwand nach draußen. Jetzt erkannte er die vermeintlichen Geister. Es waren Wölfe, die durch den Geruch der Pferde und Ziegen angezogen wurden und den Wall umkreisten. Sie beunruhigten Siegbert nicht. Er legte sich nieder und versuchte zu schlafen.

Brunhilde kam ihm, wie an jedem Abend, in den Sinn. Es gelang ihm nicht, Ruhe zu finden. Was hatten die Zeichen der Götter zu bedeuten?

Mit dem beginnenden germanischen Jahr verdunkelte sich die Erde. Möglicherweise nur in Thüringen. Es gab heftige Schneefälle und fortwährend Stürme. Die Wolken erschienen in sonderbaren Farben als würden sie Hagel ankündigen. Diese Zeichen verhießen nichts Gutes. Wie die Vindobonenser, glaubte auch er daran, dass das Wetter an der Donau angenehmer sein müsste. Der Langobardenkönig Wacho hatte ihm angeboten, dass er sich mit seinen Jungkriegern und dem Tross beidseits der Donau in dem Gebiet zwischen dem Fluss Enns und dem ehemaligen römischen Heerlager Vindobona ansiedeln darf. Es gab gutes Land im Tullnerfeld, das nur gering besiedelt war und die Landschaft ähnelte der im Thüringer Becken. Seinen Leuten würde es dort gefallen, davon war er überzeugt.

Diese Gedanken musste er sich aus dem Kopf schlagen. Von seiner Königin, die sich im Exil in Ravenna befand, erhielt er den Auftrag, die Rebellen im Kampf gegen die Franken anzuführen. Für diese jungen Thüringer war er verantwortlich. Ob der Kampf jemals erfolgreich sein würde, wussten nur die Nornen, die drei Schicksalsfrauen, die an einem der Brunnen, der Weltenesche lebten. Brunhilde, sein geliebtes Weib hatten sie ihm genommen. Vielleicht war es ein Zeichen für den Beginn der Götterdämmerung, dem Untergang der Asen gegen die Riesen.

Wo war da sein Platz? Bestimmt nicht in Thüringen im Kampf gegen die Franken. Er stände lieber an der Seite seines gefallenen Vaters, der im Heer der Einherjer die Götter unterstützt.

Nach dem Tod von Brunhilde bedeutete ihm sein Leben nicht mehr viel. Nach einem heldenhaften Tod sehnte er sich. Er war der Schlüssel, um nach Walhall zu gelangen und seine Frau als Walküre dort wiederzusehen.

Die Wölfe schlichen unentwegt draußen entlang. Der wachhabende Jungkrieger schmiss hin und wieder ein brennendes Holzscheit nach ihnen oder schoss einen Pfeil gegen sie ab. Er blieb erfolglos. Siegbert fand keinen Schlaf und ging zu ihm. Von dem Wachturm, der unmittelbar neben dem Palisadenwall stand, konnte er das Vorfeld gut übersehen. Es war ein großes Rudel, das die Wachstation belagerte. Einige der Jungkrieger hatten Fleischstücke auf einen Spieß gesteckt und brieten sie. Der Geruch hatte die Wölfe möglicherweise angelockt.

„Bist du schon einmal von einem Wolf angegriffen worden?", fragte Siegbert den Jungkrieger neben ihm.

„Ich habe die Bestien nur von weitem gesehen. Heute sind sie nah beim Wall. Das gab es noch nie."

„Du stehst gut geschützt. Anders wäre es, wenn du draußen vor dem Tor wärst."

„Lange würde ich das nicht überleben."

„Es kommt darauf an, wie hungrig die Bestien sind. Vor ein paar Wochen war ich in einem der Holzfällerlager und die Wölfe hatten es auf unsere Pferde abgesehen."

„Konntet ihr sie vertreiben?", wollte der Jungkrieger wissen.

„Es ist uns mit Mühe gelungen, doch sie haben ihre Spuren hinterlassen."
Siegbert zeigte dem Burschen die Narben am Unterarm und Bein. Erstaunt und bewundernd betrachtete der Wachmann die verheilten Bisswunden im fahlen Licht der Fackel.

„Hast du welche von ihnen getötet?", wollte er wissen.

„Mehrere mussten daran glauben."

„Ich habe noch keinen mit meinem Pfeil getroffen", entgegnete der Jungkrieger enttäuscht.

„Du solltest besser zielen. Gib mir deinen Bogen, ich will versuchen, ob es mir gelingt."

Der Jungkrieger reichte ihm Pfeil und Bogen. Einer der Wölfe hatte sich nah an die Pfahlwand gewagt. Er stand still und sah in die Richtung, aus der die Stimmen der Männer zu vernehmen waren. Nur seine Augen verrieten ihn im Scheine der Fackel. Siegbert zielte und schoss. Der Pfeil sauste durch die Luft und traf sein Ziel. Ein kurzer Laut war zu hören. Der Wolf fiel tot zu Boden. Staunend sah der Jungkrieger hinab.

„Ich werde ihn herein holen und du kannst ihm das Fell abziehen", schlug der Jungkrieger vor.

„Das kannst du selbst tun und das Fell behalten. Ich schenke es dir! Das nächste Mal triffst du einen", erwiderte Siegbert und leuchtete mit der Fackel in die Dunkelheit.

Der Jungkrieger lief zum Tor und öffnete es vorsichtig. Er überlegte, ob er sich wirklich nach draußen wagen sollte, wo noch das Rudel herumschlich. Zurück konnte er nicht mehr. Das ließ sein Stolz nicht zu. Siegbert sah zu ihm. Mit der Fackel in der einen und dem Kurzschwert in der anderen Hand, trat der Jungkrieger vorsichtig vor das Tor. Überall glaubte er leuchtende Augen auf sich gerichtet zu sehen, doch die anderen Wölfe kamen nicht näher. Der Schein der Fackel hielt sie zurück. Bald erreichte er die Stelle, wo der erlegte Wolf lag. Vorsichtig stieß er ihn mit dem Fuß an, um zu sehen, ob er wirklich tot war. Die Bestie rührte sich nicht mehr. Das Tier schien ihm dennoch gefährlich zu sein. Er steckte sein Schwert in die Scheide und fasste eines der Hinterläufe. Den Kadaver zog er hinter sich her. Dabei ließ er die anderen Rudeltiere nicht aus den Augen und rechnete jederzeit mit einem plötzlichen Angriff aus der Dunkelheit.

Schweißgebadet erreichte er das Tor und verschloss es schnell von innen.

Siegbert rief ihm vom Ausguck zu, dass er dem Wolf das Fell abziehen soll, solange der Kadaver warm war. Mit Ekel ging der Jungkrieger ans Werk. Er hatte bisher noch kein Tier gehäutet und wusste nicht, wo er anfangen soll. Siegbert erkannte seine Not und zeigte es ihm. Nach kurzer Zeit lag das Fell im Schnee.

„Lege es über einen Querbalken und zerteile den Kadaver. Danach bring die Stücke hoch zum Ausguck. Wir werden die Bestien damit füttern und vielleicht erlegen wir noch einen von ihnen."

Siegbert wischte sich im Schnee das Blut von den Händen und stieg zur Plattform hinauf. Er konnte sehen, dass sich das Rudel noch nicht zurückgezogen hatte. Oben wartete er auf den Jungkrieger, der in einen Korb mehrere Fleischstücke gelegt hatte.

„Wirf die ersten Brocken weit weg vom Wall. Die Wölfe sollen Appetit bekommen."

In weitem Bogen schleuderte der Jungkrieger ein paar kleine Fleischbrocken in die Dunkelheit. Nach kurzer Zeit war das Gerangel, um das Fressen zu vernehmen.

„Jetzt werfe die restlichen Teile in Schussweite auf den Boden. Wenn sie näher kommen, kannst du zeigen, ob du ein guter Schütze bist. Ich lege mich wieder im Pferdestall nieder. Wenn du einen Wolf erlegst, lass ihn draußen liegen und öffne auf keinen Fall das Tor."

Der Jungkrieger nickte ihm zu.

Siegbert versuchte erneut einzuschlafen. Diesmal gelang es ihm. Am frühen Morgen wurde er zeitig wach und sah nach seinen Männern. Sie schliefen noch und lagen an der Stelle, wo sie bis spät in die Nacht erzählt und getrunken hatten. Er ließ sie ruhen. Wenn sie mit ihm die Berge verließen, gab es wenig Gelegenheiten

zum Schlafen. Leise ging er zurück und sah zum Wachturm hinauf. Der Jungkrieger kauerte an einem Pfosten
und war eingeschlummert. Siegbert nahm ein noch
glimmendes Holzscheit aus dem Feuerkorb, der in der
Mitte des Hofs stand und warf es nach ihm. Erschrocken sprang der Bursche auf.

„Wer während der Wache einschläft wird getötet.
Weißt du das nicht?"

„Es tut mir leid!", entgegnete ängstlich der Jungkrieger.

„Sind die Wölfe noch da?"

„Ich kann sie nicht sehen. Es ist zu dunkel."

„Dann geh hinaus vor das Tor und sieh nach.
Sammle auch gleich deine Pfeile ein und bring die erlegten Tiere mit!"

Der Jungkrieger nahm allen Mut zusammen und öffnete
das Tor. Vorsichtig sah er nach draußen und konnte
keinen Wolf erkennen. Eilig rannte er zu der Stelle, wo
er seine abgeschossenen Pfeile vermutete. Er fand sie
alle. Keiner hatte sein Ziel erreicht und einen Wolf getötet. Irgendwie war er darüber froh, denn sonst müsste er
unter den gestrengen Augen des Rebellenführers die
Bestien selbst häuten. Siegbert verpasste ihm eine
Standpauke wegen des Wachvergehens und erklärte
ihm, welche Folgen das haben kann. Betreten versprach
der Jungkrieger, dass dies nie wieder vorkommen würde
und ging zurück zu seinem Ausguck.

Über den Berggipfeln war der fahle Schein der auf-
gehenden Sonne zu erkennen. Mit viel Lärm weckte
Siegbert seine Männer. Manche glaubten, dass Franken
angreifen würden und zogen ihre Schwerter. Verärgert
sahen sie zu ihrem Anführer, doch niemand beschwerte
sich. Stumm verrichteten sie ihre gewohnten Morgenar-
beiten, wie Pferde füttern und Frühstück vorbereiten.

Als sie zusammen am Tisch saßen, wollte keine Unterhaltung aufkommen. Jeder dachte an die bevorstehenden Kämpfe mit den Franken und alle freuten sich darauf.

Nach dem Frühstück ritten sie entlang des Rynnestigs. Die Sicht war durch den dichten Nebel schlecht. Ohne gute Ortskenntnisse wären sie vom rechten Weg abgekommen. Auf dem Höhenzug des Thüringer Waldes brauchten sie keine besondere Wachsamkeit üben. Wegelagerer oder fränkische Krieger mussten sie hier nicht fürchten, die mieden das Gebiet der Rebellen, besonders in dieser Jahreszeit.

Am Nachmittag erreichten sie den nächsten Wachposten. Siegbert mahnte seine Männer sich zeitig niederzulegen und vorzuschlafen. In den nächsten Tagen, wenn sie die Berge verlassen und in die Täler kämen, könnte es sein, dass sie kaum zum Ruhen kommen. Die einen richteten sich danach und andere zogen sich in eine Ecke zurück und versuchten mit Würfelspiel die Zeit zu vertreiben. Siegbert tat als würde er es nicht bemerken. Um Mitternacht weckte er alle.

„Warum müssen wir jetzt aufbrechen", wollte einer der Jungkrieger wissen.

„Es ist ein weiter Weg bis zu unserer nächsten Übernachtungsmöglichkeit. Wenn wir das Tal erreichen, müssen wir sehr vorsichtig sein und niemand darf uns entdecken", entgegnete der Rebellenführer.

„In den Tälern gibt es doch nur Thüringer!"

„Es kann sein, dass einige von ihnen mit den Franken gemeinsame Sache machen und für Lebensmittel schnell einen von uns verraten."

„Sollen sie es nur versuchen! Die machen wir gleich einen Kopf kürzer."

„Wie willst du wissen, wer ein Verräter ist? Glaubst du, sie sagen es dir?", fragte ihn Siegbert.

Verlegen zog sich der Jungkrieger zurück und erntete den Spott seiner Kameraden.

Sie ritten los und kamen nach kurzer Zeit an eine Wegkreuzung. Dort bog Siegbert nach Norden ab. Es ging steil bergab in ein weites Tal. Der Schnee war zum großen Teil weggetaut und erste zarte Gräser zeigten sich auf den Wiesen. Lang zog sich das Tal hin. An seinem Rand schlängelte sich ein Bach durch die Niederung. Das eine Ufer schmiegte sich an den Berghang und das andere verlief in einer Sumpfzone. Der Waldweg führte an der gegenüberliegenden Talseite entlang und war etwas höher gelegen.

Die Reiter kamen gut voran und konnten streckenweise im Galopp reiten. Am Abend erreichten sie einen Bauernhof. Siegbert hielt an und ritt nur mit einem der Jungkrieger zur Erkundung des Langhauses weiter. Der Bauer mit seiner Sippe war gerade beim Abendessen und erschrak als die beiden Männer geräuschlos durch die Tür traten. Die Frauen und Kinder versteckten sich hinter den Strohballen.

„Habt keine Angst! Ich bin es, Siegbert."

Erleichtert kamen sie aus ihren Verstecken hervor. Der Bauer umarmte seinen alten Freund und bat ihn, sich an den Tisch zu setzen und mit ihnen zu essen.

„Meine Männer warten draußen. Können sie in deinem großen Heuspeicher übernachten?"

„Natürlich dürfen sie das! Unser Futter für die Tiere ist fast aufgebraucht, da haben sie genug Platz."

Der Jungkrieger holte seine Kameraden.

Siegbert setzte sich zum Bauern an den Tisch.

„Wie bist du über den Winter gekommen?", wollte der Rebellenführer wissen.

„Dank des Getreides, das du uns im Herbst überlassen hast, mussten wir nicht hungern. Wir konnten unsere Tiere gut über den Winter bringen und hoffen, dass bald die Sonne scheint und das Gras wächst. Die Kühe geben kaum noch Milch."

„Sonnenschein kann ich dir leider nicht besorgen. Da musst du dich an die Götter wenden", erwiderte Siegbert.

„Ich glaube, die haben uns vergessen."

„Sag das nicht. Du weißt, dass Thor uns aus jeder Not hilft."

„Wo war er als uns die Franken an der Unstrut vernichtet haben?", fragte der Bauer.

„Sieg und Niederlage ist nicht das Machwerk der Götter. Das ist Sache der Nornen. Vielleicht sind wir in ein paar Jahren wieder frei."

Der Bauer winkte ab. Er war im Alter von Siegberts gefallenem Vater und hatte ihn gekannt. In der Schlacht an der Unstrut verlor er seine beiden Söhne und lebte seither mit den Frauen und Enkeln allein auf dem Hof.

„Wie erklärst du dir das Wetter?", wollte er wissen.

„Sei unbesorgt! Das ist eine vorübergehende Erscheinung."

„Ich denke, die Wölfe haben die Sonne und den Mond verschlungen", mutmaßte der Bauer.

„Manchmal kannst du beide durch die dünne Wolkendecke sehen."

„Da muss ich blind sein!", entgegnete der Bauer aufgebracht.

„Bevor wir weiterreden, lass uns erst zu Abend essen. Hast du meinen Männern etwas übrig gelassen."

Die Jungkrieger traten durch die kleine Haustür in den gemeinschaftlichen Wohn- und Küchenraum. Es wurde auf einmal eng.

„Setzt euch alle an den Tisch!", forderte der Bauer die Männer auf.

„Meine Frau kocht euch eine kräftige Suppe. Habt etwas Geduld! Bis dahin lasst euch mein Bier schmecken."

Das ließen sich die Jungkrieger nicht zweimal sagen. Die Schwiegertöchter brachten ein paar Holzkübel mit Bier.

„Wir haben nicht genügend Becher", entschuldigten sie sich.

„Das macht nichts", erwiderten die Jungkrieger und tranken nacheinander aus den Kübeln.

Siegbert bat den Bauer, Geschichten aus seiner Kriegerzeit zu erzählen. Er war dabei als König Bertachar den letzten Sieg der Thüringer gegen die Franken erzielt hatte.

„Es ist nicht weit von hier, auf der anderen Seite des Königswegs über den Rynnestig. Das war ein Kampf und ein Sieg, wie ihr es euch nicht vorstellen könnt."

Gespannt lauschten die jungen Männer den Ausführungen des alten Mannes und sie ließen sich sein Bier schmecken. Die Kinder verloren bald die Scheu vor den Fremden und hörten sich die spannenden Geschichten ihres Großvaters zum wiederholten Male an. Es war ihnen nie langweilig dabei, denn der Bauer hatte die Gabe, spannend zu erzählen.

Nach dem Essen versuchte Siegbert Informationen über die Franken, in den nächstgelegenen Königsgütern, von ihm zu erfahren.

„Viel weiß ich nicht. Manchmal treffe ich einen Nachbarn unten im Tal. Einige meinen, dass man mit ihnen ganz gut auskommen kann und das umherziehende Raubgesindel eine größere Plage ist."

„Wer soll das sein?"

„Es sind Landstreicher, die der Hunger von weit her aus dem Osten zu uns führt. Sie plündern die Höfe, in die sie kommen und vergewaltigen die Frauen."

„Warum halten sie sich nicht an die fränkischen Gutshöfe? Dort ist viel mehr zu holen als bei den Thüringer Bauern."

„Die Frankengüter sind besser bewacht!"

„Sind sie bis zu deinem Hof gekommen?", wollte Siegbert wissen.

„Bis hierher traut sich keiner von denen. Dazu fürchten sie sich zu sehr vor euch, den Rebellen."

„Gut, dass du mir das gesagt hast. Wir werden aufpassen und vielleicht erwischen wir welche von ihnen." Die Jungkrieger hatten ihre Suppenschalen ausgelöffelt und strichen den Innenrand mit einem Stück Brot aus. Der Bauer setzte seine Erzählung fort.

Es schien als würde er kein Ende finden. Siegbert unterbrach ihn und vertröstete alle auf die Fortsetzung der Erzählung, wenn sie bei der Rückkehr wieder bei ihm übernachten würden. Die Jungkrieger verzogen sich in den großen Heuspeicher, wo die Pferde abgestellt waren.

Am nächsten Morgen ritten sie nach dem Frühstück zeitig weiter. Siegbert wollte bis zum Nachmittag das Ende des tiefen Tals erreichen. Danach kam eine hügelige Landschaft, die stärker besiedelt war. Dort lebte auf einem Bauernhof die Witwe mit ihren beiden Mägden, die er mit seinem Onkel vor vielen Jahren besucht hatte. Auf den Hof ritt er allein, um die Frauen nicht zu erschrecken.

Als er durch das Tor kam, war er plötzlich von den Frauen umringt, die mit hölzernen Gabeln auf ihn einstechen wollten.

„Lasst ab, Weiber! Wollt ihr einen alten Freund töten!", rief er ihnen zu.

„Wir kennen dich nicht und haben dich noch niemals gesehen", entgegnete die Bäuerin.

„Ich bin Siegbert aus Rodewin und war mit meinem
Onkel vor einigen Jahren bei euch."

„Siegbert? Bist du es wirklich? Komm vom Pferd
herunter, damit ich dich genau ansehen kann."
Siegbert ging auf die Frau zu, die ihre Gabel gegen ihn
richtete.
Da erkannte sie ihn und ließ die Gabel fallen.

„Lass dich umarmen, mein Junge. Wie hast du dich
verändert. Du bist groß geworden, ein wahrhaftiger
Mann."
Die Frau wollte ihn nicht mehr loslassen und die Mägde
näherten sich zögernd den beiden.

„Ich bin nicht allein hier."

„Hast du deinen Onkel mitgebracht?"

„Nein, der ist in Rodewin."

„Wer ist es dann, der dich begleitet?", fragte die
wohlbeleibte Frau ungeduldig.

„Es sind ein Dutzend junger Männer, die bei dir
übernachten möchten."

„Nichts wie her mit ihnen!", rief die Bäuerin begeistert und sah erwartungsvoll zum Hoftor.
Siegbert pfiff dreimal durch die Finger und bald darauf
erschienen die Jungkrieger. Am Bauernhof kam Leben
auf. Flink rannte die Bäuerin von einem zum anderen
und wies ihnen einen Platz für die Pferde an. Danach
kam sie zurück zu Siegbert.

„Bist du ihr Anführer. Sie sagten mir, dass sie Rebellen sind."

„Ja", erwiderte Siegbert kurz.

„Kommt alle herein ins Haus. Zu essen kann ich euch nur eine dünne Wassersuppe anbieten. Die letzten Vorräte sind verbraucht."

„Wir haben Speck und Bohnen bei uns."

„Daraus werde ich euch eine kräftige Suppe kochen."

Die Männer folgten ihr in das große Langhaus. Siegbert konnte sich noch an alles erinnern. Da war das große Herdfeuer in der Mitte des Raums, die beiden Liegen, der Eichentisch mit den Hockern und der Bretterverschlag mit der alten Tür, die zum Kuhstall führte. Er musste lächeln als er an den Besuch mit seinem Onkel zurückdachte.

Die Mägde kümmerten sich um das Essen und ein paar von seinen Männern halfen ihnen dabei. Sie holten Wasser aus dem Brunnen und Holz, das hinter dem Haus lagerte. Die Bäuerin setzte sich zu Siegbert an den Tisch und er musste ihr von sich und seinem Leben als Rebell erzählen. Bisher hatte sie nur von ihnen gehört, doch gesehen hatte sie keinen der gefährlichen Krieger vom Rynnestig. Jetzt war ihr Haus voll von ihnen und das gefiel ihr ungemein.

„Wie lange wollt ihr bei mir bleiben? Ich frage das nur, damit ich weiß, wie ich euch satt kriegen kann."

„Wir bleiben nur eine Nacht und müssen zeitig in der Früh wieder weg. Wegen dem Essen brauchst du dir keine Sorgen machen, wir haben alles bei uns. Du musst nur sagen, was du brauchst, Bohnen, Korn, Waldfrüchte oder gesalzenes Fleisch."

„Habt ihr denn ein Frankengut ausgeraubt?", wollte sie wissen.

„Noch nicht, aber wir haben es vor."

„Ihr seid ganz schön mutig, euch mit denen einzulassen. Im letzten Jahr habe ich von weitem einige von ihnen gesehen. Sie kamen mir auf dem Weg zum Markt entgegen. Das Herz ist mir stehengeblieben vor Angst, das kann ich dir sagen."

„Schlägt es jetzt wieder?", fragte Siegbert lächelnd.

Sie gab ihm einen derben Puff mit der Faust.

„Du bist noch genauso lustig, wie damals. Ich kann mich gut erinnern!"

Verschmitzt sah sie ihn an.

„Kommen die Franken bis zu deinem Hof?"

„Nein, doch zu dem, der weiter unten im Tal liegt."

„Dann wird es besser sein, wenn wir unsere Pferde bei dir lassen, damit uns nicht die Spuren in der lockeren Erde verraten."

„Ich kann nicht auf sie aufpassen", entgegnete erschrocken die Bäuerin.

„Das brauchst du nicht. Einer meiner Männer wird hierbleiben, bis wir zurückkommen."

„Das ist gut!", erwiderte die Frau und ein Lächeln glitt über ihr Gesicht.

„Willst du dir den Jungkrieger selbst aussuchen?", flüsterte Siegbert ihr zu.

„Wenn ich dich nicht dabehalten kann, lass den starken Burschen, an dem Herdfeuer, bei mir zurück. Er ist kräftig genug, beim Holzhacken zu helfen."

„Das wird er gern für dich tun!", erwiderte Siegbert schmunzelnd. Er rief den Jungkrieger zu sich und wies ihm seine neue Aufgabe für die nächsten Tage zu. Der Mann machte ein enttäuschtes Gesicht. Er wollte sich gegen die Frankenkrieger beweisen und nicht auf die Pferde aufpassen. Traurig setzte er sich in eine dunkle Ecke des Raums.

Nach dem Essen legten sich alle zeitig schlafen. Ab dem nächsten Tag mussten sie ohne Pferde weiterkommen.

Siegbert blieb bei seinen Männern im Heuschober. Er wurde gegen Mitternacht wach und lief über den Hof zum Langhaus, um die Bäuerin mit ihren Mägden zu wecken, damit sie das Frühstück herrichteten. Vorsichtig lugte er durch die Tür. Das Herdfeuer war fast verloschen. Siegbert blies in die glimmende Asche und legte ein paar Holzscheite darauf. Das Flackern der Flammen schreckte die Frauen auf, die unter ihren dicken Wolldecken hervorkrochen und eilig von den Liegen aufstanden.

Siegbert erkannte, dass sie nicht allein die Nacht verbracht hatten, doch interessierte es ihn nicht, wer sich von seinen Jungkriegern unter ihren Decken verbarg.

„Ich wecke meine Männer und komme mit ihnen frühstücken!", rief er der Bäuerin zu.

„Geh nur", erwiderte sie kurz und war froh, dass er gleich verschwand.

Vom Mond war nichts zu sehen. Gespenstisch glitten aufgehellte Wolkenstreifen am Himmel entlang. Es war kalt und trocken. Siegbert rüttelte seine Männer wach, in einer rüden Art, wie er es gerne tat. Verstört packten sie ihre Sachen zusammen und gingen zum Haus. Die Frauen rührten kräftig den Brei in dem Kessel über dem Feuer. Ihre nächtlichen Bettgesellen schafften Wasser für den Tee und Holz für das Feuer heran. Einigen ihrer Kameraden war aufgefallen, dass sie nicht bei ihnen übernachtet hatten und machten zotige Bemerkungen. Siegbert gefiel das nicht, da es auch die Frauen hören konnten.

„Seid still und genießt das Frühstück. In den nächsten Tagen werden wir nachts unterwegs sein und uns tagsüber im Wald verstecken. Niemand darf uns sehen."

„Da es am Tag nicht richtig hell wird, könnten wir auch tagsüber weiterziehen", schlug einer der Jungkrieger vor.

„Dir wird das Scherzen noch vergehen. Spätestens in drei Tagen wirst du froh sein, wenn wir eine längere Ruhepause einlegen", erwiderte Siegbert und verzog vielsagend den Mund. Diejenigen, die bereits früher mit ihrem Anführer unterwegs waren, wussten was er meinte. Sie schwiegen.

Nach dem Frühstück nahmen alle ihre Sachen auf und im leichten Laufschritt entfernten sie sich vom Hof der Bäuerin. Die Frauen winkten ihnen nach, doch die Dunkelheit verschluckte bald die Männerschar. Bei der ersten Rast stöhnte der mit dem losen Mundwerk am meisten. Die Rebellen gaben acht, dass sie nicht gesehen wurden. Wenn sich vom Weiten ein Ochsenkarren im Morgendunst abzeichnete, sprangen sie zurück in den Wald und liefen dort vorsichtig weiter.

Der dichte Nebel lockerte auf und ein fahles Licht breitete sich aus. Jetzt durften sie nicht mehr auf dem Weg laufen, sondern mussten sich im Wald fortbewegen. Das zehrte an den Kräften. Der Boden war weich und umgestürzte Bäume mussten überwunden werden. Gegen Mittag legte Siegbert die erste große Rast ein und riet den Jungkriegern, die das erste Mal an einem solchen Einsatz teilnahmen, zu schlafen. Erst am späten Nachmittag wollten sie weiterziehen. Bis zum nächsten Morgen sollte keine Pause mehr gemacht werden.

Es wurde zeitig dunkel. Die Rebellen benutzten den Weg neben dem Bach. Im gewohnten Laufschritt ging es weiter. Mancher wünschte sich sein Pferd herbei.

Mit wenigen Fackeln leuchteten sie den Weg aus und kamen gut voran. Sie hatten nicht zu befürchten als

Rebellen erkannt zu werden. In den einsam liegenden Siedlungen traute sich nachts niemand aus dem Haus. Die meisten Bauern hatten die Zugänge zum Hof und dem Langhaus gut verschlossen, da sie mit Angriffen von Räubern rechnen mussten. Siegbert kehrte bei keinem der Bauern mehr ein. Die meisten standen auf seiner Seite, doch es gab auch welche, die den Franken nicht mehr feindlich gesonnen waren. Bei ihnen war Verrat nicht ausgeschlossen.

Am dritten Tag erreichten sie das Zielgebiet. Das fränkische Gut war ein ehemaliges Thüringer Königsgut und lag an der Via Regia. Der Königsweg war für die Franken sehr wichtig. Auf ihm zogen ihre Handelsleute, Krieger und Missionare entlang. In Abständen von etwa einer Tagesreise mit einem Ochsengespann waren die mit Palisadenwänden geschützten Höfe voneinander entfernt und boten ausreichenden Schutz gegen etwaige Angriffe.

Für die Rebellen bildeten sie kein unüberwindbares Hindernis. Die Bewachung reichte nicht aus, um einen gezielten Angriff abzuwehren. In den Wintermonaten war es ruhig gewesen. Viele Franken wiegten sich in Sicherheit und vernachlässigten den Wachdienst. Manche der Aussichtstürme waren nicht besetzt oder die Wachleute frönten tagelang dem Bier- und Weingenuss, um den grausigen Winter im Nordosten ihres neuen Reiches zu überstehen.

Siegbert ließ seine Leute im nahegelegenen Wald ausruhen und die Zufahrt zum Gut beobachten. Jede noch so kleine Begebenheit musste ihm gemeldet werden. Er bekam einen Eindruck über die täglichen Gepflogenheiten. Bauern der Umgebung brachten Holz zum Feuern, aber auch Wild aus den naheliegenden

Wäldern. Für diese Dinge tauschten sie Getreide oder Heu zum Überleben.

Am zweiten Tag entdeckte Siegbert einen Köhler auf der Königsstraße, der auf seinem Karren zwei Tragkörbe mit Holzkohle zum Gut transportierte. Der Rebellenführer wurde schnell mit dem Mann einig und tauschte die Ware nebst Körben gegen ein paar fränkische Münzen. Siegbert und der Jungkrieger schwärzten sich das Gesicht, die Arme und die Kleidung damit sie wie echte Köhler auszusahen. Mit den Körben auf dem Rücken gingen sie zum Gut.

„Wer seid ihr?", fragte sie ein hochgewachsener Wachmann am Tor.

„Wir handeln mit Holzkohle für die Schmiede. Es ist die Beste, die ihr bekommen könnt."

„Lass sehen, dreckiger Kerl!", schrie ihn der Frankenkrieger an.
Siegbert setzte seinen Tragkorb ab und öffnete den Deckel. Bis zum Rand war er gefüllt.

„Es ist die beste Kohle, weit und breit", pries Siegbert seine Ware an.

„Gib nicht so an! Zeig sie dem Schmied. Wenn er das Zeug für gut befindet, wird er euch auszahlen."

„Wo können wir ihn finden?"
Der Wachmann drehte sich zur Hofseite um und deutete mit der Hand in die Richtung, aus der Hammerschläge zu hören waren. Gemächlich gingen die verkleideten Rebellen in Richtung Schmiede und sahen sich unauffällig nach allen Seiten um. Jede Kleinigkeit prägten sie sich genau ein. Als sie bei dem Schmied ankamen, zeigten sie ihm ihre Ware. Mit Kennerblick griff er in den Korb und zerdrückte ein Stück Holzkohle in der Handfläche. Dann roch er daran und machte ein zufriedenes

Gesicht. Er entnahm aus einem Lederbeutel, der an seinem Gürtel befestigt war, eine kleine fränkische Münze. Siegbert schüttelte mit dem Kopf und zeigte auf den Weinschlauch, der an einem Haken hing. Der Schmied begriff, was der Thüringer wollte. Er nahm einen kräftigen Schluck daraus und gab Siegbert den Schlauch. Das Geschäft war abgemacht. Mit dem Wein als Bezahlung gingen die verkleideten Rebellen auf direktem Weg zurück zum Tor.

„Seid ihr alles losgeworden? Was hat euch der Schmied dafür gegeben?", wollte der große Wachmann wissen. Siegbert zeigte ihm den Weinschlauch.

Der Wachmann griff danach und setzte zum Trinken an. Nachdem er den Schlauch abgesetzt hatte, wischte er sich mit dem Handrücken über den Mund. Siegbert wollte ihn zurück haben und griff danach. Der Wachmann wehrte ihn ab.

„Der Wein ist viel zu gut für euch thüringisches Lumpengesindel. Schert euch davon und seid froh, dass ich euch nicht aufspieße, wie Wildsäue."

Mit einem Fußtritt in den Hintern bugsierte er die Köhler nach draußen, vor das Tor. Hohngelächter der anderen Wachmänner folgte und Siegbert trottete langsam mit dem Jungkrieger den Weg entlang, auf dem sie kamen.

„Warum hast du dem Frechling nicht ins Gesicht geschlagen?", wollte der Jungkrieger wissen.

„Wir dürfen nicht auffallen. Seine Strafe bekommt er, bevor der nächste Tag vergeht", antwortete Siegbert schmunzelnd und überlegte, wie er sich an dem Frankenkrieger rächen könnte.

Im Versteck musste der Jungkrieger berichten, was er gesehen hatte. Für ihn war es nicht leicht alle Einzelheiten wiederzugeben. Gemeinsam besprachen sie den

Angriffsplan. Um Mitternacht wollten sie sich an den Palisadenwall heranschleichen und ihn am frühen Morgen, wenn der graue Himmel die schwarze Nacht ablöste, überklettern. Durch gezielte Schüsse sollte Siegbert den Wachposten auf dem Holzturm ausschalten. Alles schien klar und einfach zu sein.

Voller Erwartung, wie der nächste Tag ausgehen wird, versuchte ein jeder, Schlaf zu finden. Vielen gelang es nicht. Sie lagen bis Mitternacht in einer mit Laub ausgelegten Bodensenke und hofften, dass ihr Anführer sie bald zum Aufbruch rief.

Es war für die Jungkrieger eine Erlösung als Siegbert sich zu ihnen heranschlich und aufforderte, ihm zu folgen. Die Wolkendecke war dicht. Das Licht des Vollmondes konnte nicht hindurch dringen. Der Schein eines auf dem Gutshof brennenden Feuers war zu sehen. Nach ihm richteten sie sich. Als Tarnung hatten sie aus dem Wald Büsche mitgebracht, die sie vor sich hertrugen. Am Schutzwall kauerten sie sich nieder. Siegbert suchte eine gute Position in der Nähe des Aussichtsturmes. Ihn hatte er am Vortag besonders gut beobachtet. Tagsüber war nur ein Wachmann oben und der Rebellenführer nahm an, dass die Wachen in der Nacht nicht verstärkt wurden. Hin und wieder konnte er im Schein des aufflackernden Hoffeuers nur einen Mann erkennen, der an einen Pfosten gelehnt zu dösen schien. Ihn musste sein erster Pfeil tödlich treffen, damit er nicht die anderen alarmieren konnte.

Geduldig wartete Siegbert auf das nächste Aufflackern und schoss. Der Pfeil sauste durch die Luft. Er traf den schlafenden Wachmann, der in sich zusammensackte.

Gleich danach warfen ein paar Rebellen ihre Seile über die Palisadenspitzen und zogen sich an ihnen hinauf.

Der Wehrgang auf der anderen Seite erleichterte das weitere Vordringen. Alle Franken schienen zu schlafen. Plötzlich stolperte einer der Jungkrieger über eine Holzlatte und fiel hin. Das machte viel Lärm. Die fränkischen Wachleute rannten aus ihrem Holzverschlag nach draußen und stellten sich den Rebellen.

Es kam zu einem harten Kampf. Zahlenmäßig waren die Thüringer überlegen, doch die Franken hieben mit ihren Schwertern wie wild auf die Angreifer ein. Einer der Wachleute hatte mehrere Holzscheite ins Feuer geworfen. Die Flammen leuchteten bald den ganzen Hofplatz aus. Von dem erhöhten Wehrgang schoss Siegbert seine Pfeile auf die Wachen ab und traf. Nach kurzer Zeit hatten die Rebellen die Oberhand gewonnen. Die fränkischen Krieger ergaben sich und wurden von den Rebellen gefesselt. Es gab drei Tote bei den Franken und mehrere Verletzte auf beiden Seiten.

Siegbert lief auf die Gefangenen zu. Er erkannte den Wachmann, der ihm den Weinschlauch entrissen und ihn mit einem Fußtritt durch das Tor auf den Weg komplimentiert hatte.

„Erkennst du mich wieder?", sprach er ihn an.

Der Franke knirschte mit den Zähnen.

„Du falsche Thüringer Sau!", schrie er Siegbert an und spuckte in seine Richtung.

„Da du dich gern mit Schweinen abgibst, habe ich für dich etwas ganz Besonderes vorgesehen. Du darfst dich bei den Säuen aufhalten."

Einem der Jungkrieger flüsterte er etwas zu. Der packte den gefesselten Franken und zerrte ihn hinter sich her zu einem Schweinekoben, der abseits von den Behausungen stand. Dort stieß er ihn, unter dem Gelächter der anderen Jungkrieger, zu den Tieren. Der Mann stürzte in den mit Kot angereicherten Schlamm. Er versank bis zu den Knien in der Suhle.

Siegbert wand sich den anderen Wachleuten zu. Die schienen eine ähnliche Behandlung zu erwarten.

„Mit euch habe ich etwas Besseres vor. Ihr werdet als Sklaven in den Osten verkauft oder wir tauschen euch gegen Thüringer ein, die ihr ins Frankenreich verschleppt. Wo ist der Gutsherr?"

Keiner der Wachleute gab eine Antwort.

„So werden wir ihn suchen. Ich kann mir nicht vorstellen, dass er von dem Lärm des nächtlichen Kampfes nichts gehört hat."

Siegbert wies einige Jungkrieger an, alle Personen, die sich im Gut befanden, auf dem Hof zusammenzutreiben. Die Jungkrieger schwärmten aus und zerrten die verängstigten Männer, Frauen und Kinder zu der Feuerstelle. Dort mussten sie sich niederknien.

Der Gutsverwalter bat händeringend Siegbert um Gnade für sich und seine Familie.

„Verschont uns, Herr! Wir haben niemand etwas Unrechtes getan. Den Thüringern, die zu uns kamen, haben wir immer geholfen."

„Bist du gewillt, es auch weiterhin zu tun?", wollte Siegbert wissen.

„Aber ja doch Herr, in den schlechten Zeiten müssen wir uns gegenseitig helfen, damit jeder überlebt."

„Das ist sehr edel von dir. Deshalb wirst du nichts dagegen haben, wenn wir dein Hab und Gut mit dir teilen."

„Nehmt, was ihr braucht, doch verschont unser Leben", rief er laut mit erhobenen Armen.

„Sind Thüringer auf dem Hof?"

„Nein, Herr!"

„Was ist mit den Sklaven, woher kommen sie?"

„Es sind Sachsen, die ich vor mehreren Jahren im Frankenreich gekauft habe."

Siegbert ging zu ihnen und sah sie sich an.

„Wollt ihr eurem Herrn weiterhin dienen, oder frei sein. Ihr könnt es euch aussuchen."

Zu seiner Überraschung entschieden sich alle, auf dem Gut zu bleiben. Ihr Herr schien sie gut zu behandeln.

„Wenn ihr es unbedingt wollt, dann soll es so sein!", entgegnete Siegbert verwundert.

Die Sklaven mussten die vorhandenen Wagen auf den Hof schieben und mit Korn und Heu beladen. Sie spannten die Ochsen davor.

„Wer von euch kann mit einem Gespann umgehen?", wollte Siegbert wissen. Keiner meldete sich.

„Nun gut, wenn sich niemand auskennt, habt ihr auf einem Gut nichts verloren und ich werde euch zusammen mit den Wachleuten als Sklaven in den Osten verkaufen."

Zögerlich gingen einige Hände in die Höhe.

„Na also, gibt es doch Männer, die mit Ochsen umgehen können", bemerkte Siegbert zufrieden. Er wies drei Jungkrieger an, mit den beladenen fünf Wagen in Richtung des Rynnestigs loszufahren.

Ein leerer Leiterwagen stand noch auf dem Hof als wäre er vergessen worden.

Siegbert ging auf den Gutsverwalter zu und sprach zu ihm: „Wir werden dich und deine Familie am Leben lassen. Eure Wachmänner kommen jedoch mit uns und wir verkaufen sie als Sklaven oder tauschen sie gegen gefangene Thüringer. Für einen Frankenkrieger wollen wir drei Thüringer Gefangene. Das ist doch ein gutes Geschäft."

„Ich habe keine Gefangenen auf meinem Gut. Du kannst überall nachsehen."

„Ich glaube es dir, doch ich weiß, dass sich welche auf den benachbarten Gütern befinden. Du wirst sie holen."

„Niemand wird mir die Gefangenen geben."

„Dann siehst du deine Wachleute nicht mehr. Du hast Zeit bis zum nächsten Vollmond. Am Fuße der alten Keltenburg soll der Austausch stattfinden. Versuche mich nicht zu täuschen. Wenn du nicht mit den Gefangenen kommst, ist das Schicksal deiner Leute besiegelt. Ihr Leben liegt in deiner Hand."

Alle gefesselten Wachleute wurden auf dem Leiterwagen angekettet.

„Holt den Wachmann aus dem Schweinekoben und setzt ihn zu den anderen auf den Wagen", wies Siegbert die Sklaven an.

„Vergesst nicht, allen einen Getreidesack über den Kopf zu stülpen, damit sie nicht sehen, wo wir entlang fahren."

Als der mit Schweinekot besudelte Wachmann auf den Wagen geschoben wurde, rümpften die anderen die Nase. Er stank bestialisch.

Die übrigen Bewohner des Gutes wurden von den Rebellen im leergeräumten Vorratskeller eingesperrt und die Tür von außen verriegelt. Siegbert hatte sich vorher selbst davon überzeugt, dass kein Herauskommen möglich war. Nur die Köchin ließ er draußen. Sie musste in die Küche und sollte für die Rebellen Brei zubereiten. Nach dem ausgiebigen Frühstück verließ der Wagen mit den Gefangenen den Hof. Einer der Jungkrieger lief neben den Ochsen her und trieb sie an. Zwei weitere bewachten die ungewöhnliche Fracht.

Die Wagen mit dem Getreide und Heu folgten ihnen. Die Sklaven, die sich als Ochsentreiber gemeldet hatten, führten die Gespanne. Dahinter ritten die Jungkrieger auf den Pferden der Franken.

Siegbert blieb mit drei seiner Männer im Gut zurück. Er musste seinen Leuten genügend Vorsprung wegen der langsamen Ochsengespanne verschaffen. In zwei Tagen würden sie die von den Franken gemiedene Zone des Thüringer Waldes erreicht haben. Die Gefahr, verfolgt zu werden, wäre dann gering.

Die Rebellen versperrten von innen das Tor zum Gutshof und besetzten den Wachturm. Sie kleideten sich in Gewänder der Franken und waren von denen nicht mehr zu unterscheiden.

Alles blieb ruhig als wäre nichts passiert. Gegen Mittag erschien ein Meldereiter vor dem Tor, der sein Pferd tauschen wollte. Er wunderte sich, dass die Wachen ihm nicht öffneten und rief dem Posten auf dem Wachturm zu, dass man ihn einlassen soll.

Siegbert überlegte, wie er ihn loswerden konnte, ohne Verdacht zu erregen.

„Wir dürfen niemand öffnen. Bei uns ist eine gefährliche Seuche ausgebrochen und nur wenige sind verschont. Deshalb lassen wir keinen herein und hinaus. Reite weiter zum nächsten Gut und sage dem Gutsverwalter, dass er aufpassen soll, dass sich die Seuche nicht auch bei ihm ausbreitet."

„Was ist das für eine Krankheit?", wollte der Bote wissen.

„Wir kennen sie nicht, doch wen es erwischt hat, der liegt mit Schüttelfrost darnieder und hat rote Flecken auf der Brust. Einige sind schon daran gestorben und auch unseren Herrn hat es erwischt."

„Soll ich euch Hilfe schicken?"

„Das ist nicht nötig, wir sind noch mit allem versorgt. Wenn wir etwas brauchen, geben wir Bescheid."

Der Reiter zog auf der Via Regia in Richtung Metz weiter.

Am darauffolgenden Tag verließ Siegbert mit seinen beiden Jungkriegern das Gut. Sie nahmen sich aus dem Stall die besten Pferde und ritten den Wagen nach, die mit Korn und Heu beladen waren. Am Abend holten sie die Fuhrwerke ein. Vor ihnen lag das Vorgebirge zum Thüringer Wald. Beidseits des Weges dehnten sich urwaldartige Wälder aus. Die Franken mieden diese Gegend aus Angst vor Überfällen durch die Rebellen. Siegbert ließ die Wagen anhalten. Er ließ die Ochsentreiber absitzen. Sie durften zu Fuß zum Gut zurückkehren. Freudig machten sie sich auf den Weg. Einige hatten vermutet, dass die Rebellen sie töten würden, damit sie den Weg, den sie zurückgelegt hatten, nicht verraten konnten. Die Jungkrieger banden die Pferde an die Wagen und trieben nun selbst die sturen Ochsen mit Stöcken an. Gemächlich zog die Kolonne weiter. Der Leiterwagen mit den Gefangenen war bereits an einer früheren Weggabelung in Richtung der Wallburg auf dem Roten Stein abgebogen.

An jeder Siedlung am Weg machten die Rebellen Halt und fragten die verängstigten Bauern, ob sie Korn benötigten. Dankbar nahmen die das Dargebotene an. Manche von ihnen sahen elend aus als würden sie kurz vor dem Verhungern sein. Sie waren nur noch Haut und Knochen.

Bevor sie den Hof der Bäuerin im tiefen Tal erreichten, hatten sie das Getreide von zwei Wagen an die Bedürftigen entlang des Wegs bereits verteilt.

Freudig wurden sie von den drei Frauen empfangen. Für das siegreiche Gelingen, bei dem nur zwei Jungkrieger verletzt wurden, dankte Siegbert den Göttern. Er opferte einen Ochsen und verbrannte einen Teil der Eingeweide auf einem Altar, der zu Ehren der Göttin Freya in dem nahegelegenen Wald errichtet war. Ein Teil des Fleisches wurde gleich gekocht und gebraten und der Rest sollte von den Frauen in den nächsten Tagen geräuchert oder in Salz eingelegt werden.

Das Salz gewannen die Frauen aus einer naheliegenden Quelle. Ihr Wasser war salzhaltig und wurde in großen Tiegeln erhitzt. Es verdunstete und das kristalline Salz blieb übrig. Für das Haltbarmachen des Fleisches war es das wichtigste Mittel in den Sommermonaten.

Ausgelassen wurde gefeiert und übermütig taten sich einige Jungkrieger im Zweikampf hervor. Angefeuert von ihren Kameraden und bewundert von den drei Frauen, gab es für manchen keinen Halt. Der Sieger bekam von der Bäuerin einen farbigen Wollschal geschenkt. Sie legte ihn dem Jüngling um den Hals und flüsterte ihm etwas ins Ohr. Niemand sonst hatte diese Worte verstanden, doch jeder ahnte, was sie gesagt hatte. Lautes Gelächter folgte.

Siegbert fragte einen seiner Männer, wo die Fässer mit dem Bier herkamen.

„Sie hatten sich in den Getreidesäcken versteckt", meinte der Jungkrieger lachend. Jetzt musste auch Siegbert schmunzeln. Unbemerkt war es ihnen gelungen, einige der Fässer aus dem Bierkeller des Guts mit aufzuladen.

Viele der Rebellen saßen bis zum nächsten Morgen beim Bier. Abwechselnd wurden sie von der Bäuerin gerufen und mussten ihre Manneskraft beweisen. Das war ganz nach dem Geschmack der jungen Burschen.

Siegbert hatte sich bald zurückgezogen. Ihm war nicht nach Feiern zumute. Die drei Frauen bemerkten seinen Kummer und versuchten ihn auf ihre Art zu trösten, doch bald erkannten sie, dass sie damit keinen Erfolg hatten und gaben auf.

4. Die Reilöcher

Im Brachmond (Juni) 536

Siegbert weckte seine Männer und gab bekannt, dass er allein zu den Reilöchern reiten und nachsehen wollte, wie es den gefangenen fränkischen Wachleuten erging. Die Reilöcher waren unterirdische Höhlen, die sich durch Ausschwemmungen des Flusses Rei gebildet hatten. Eine davon besaß einen Zugang an der Decke der Höhle, wie ein Spundloch bei einem Fass. Das Flussbett war die meiste Zeit im Jahr trocken. In dem Abschnitt der Höhlen floss das Wasser unterirdisch weiter.

Den Jungkriegern trug er auf, die Hälfte der Ochsen zu schlachten und den Frauen dabei zu helfen, das Fleisch haltbar zu machen. Anschließend sollten sie das geräucherte und gepökelte Fleisch in den Rebellenlagern verteilen. Die Freude war den Männern anzusehen, dass sie noch ein paar Tage am Hof verweilen durften und sie versprachen, dass es keine Beschwerden von der Bäuerin geben würde.

Auf ein Packpferd lud Siegbert Lebensmittel und ritt allein zum Rynnestig. Am Höhenweg lenkte er sein Pferd nach Osten und kam an eine Wegbiegung. Hier bog er links ab und gelangte in ein nordöstlich gelegenes Tal. Es war das Quellgebiet eines Baches, der in den Fluss Ge mündet. Bis zu der Stelle, wo beide Bäche zusammenflossen war es noch weit. Im Gebüsch fand er den Leiterwagen von dem überfallenen Frankengut. Er war mit Reisig bedeckt, damit man ihn nicht gleich erkennen konnte. Ein paar Ochsenspuren führten in Richtung Osten, bis zu einem ausgetrockneten Bachbett. Ihnen folgte Siegbert und kam in ein kleines, enges Tal. Niemand war zu sehen. Er stieg vom Pferd und führte seinen Hengst und das Packpferd am langen Zügel. Immer wieder kontrollierte er den Boden, ob er nachgab. Hinter einer Bachschleife sah er einen Mann auf einem Stein kauern. Von weitem hatten sie sich erkannt und die Schwerter blieben in den Scheiden stecken. Es war einer seiner Jungkrieger, der die Gefangenen begleitet hatte.

„Wie geht es den fränkischen Wachleuten", wollte Siegbert wissen.

„Es war nicht leicht, sie zu Fuß von der Ge hierher zu führen. Immer wieder stolperten sie über die Steine."

„Habt ihr ihnen nicht die Säcke vom Kopf gezogen?"

„Du hast uns gesagt, dass sie ihre Umgebung nicht erkennen dürfen."

„Das ist richtig. Gab es Schwierigkeiten, sie in die Höhle zu bringen?"

„Wir haben sie einzeln an Seile gebunden und durch das Gesteinsloch hinabgelassen. Da sie nichts sehen konnten, verhielten sie sich ruhig."
Siegbert ging zu dem Loch und sah in die Tiefe. Nichts war zu erkennen.

„Gib mir eine Fackel, ich will sie hinunter schmeißen."
Der Jungkrieger hatte in seinem Vorratssack Pechfackeln. Mit seinem Feuerstahl und Feuerstein schlug er Funken und entzündete den Zunder. Dann legte er ein kleines Bündel trockenes Gras darauf und blies kräftig. Die Flammen entzündeten die Fackel. Siegbert hielt sie in das Loch. Die Höhle war tief. Der Lichtschein reichte nicht aus, um bis zum Grund zu leuchten.

„Es ist still da unten, vielleicht leben sie nicht mehr?" meinte der Rebellenführer.

„Sie werden sich verkrochen haben. Ich habe dem letzten ein Messer mit hinuntergegeben, damit sie sich von den Handfesseln lösen können. Nach oben kommen sie nicht ohne unsere Hilfe, dazu ist die Höhle zu tief."

„Hallo!", rief Siegbert hinab.

Jetzt rührten sie sich und stellten sich unter die Öffnung.

„Ich werde euch etwas zu Essen hinablassen", rief der Rebellenführer ihnen zu.

Den Sack mit den Essenvorräten ließ er an einem Seil hinab und warf die Fackel hinterher. Jetzt konnte er erkennen, dass sich die Franken über den Sack beugten und wie ein Rudel Wölfe, um die besten Happen stritten. Misstrauisch sahen sie nach oben.

„Wann zieht ihr uns wieder aus diesem Loch?", rief einer von ihnen.

„Das hängt von euren Leuten ab. Es wird bestimmt ein paar Wochen dauern. Macht es euch inzwischen bequem. Essen und Wasser habt ihr und genügend Luft zum Atmen ist auch vorhanden."

„Den Spott kannst du dir sparen, du Dreckskerl!", rief der große Wachmann, den sie vor dem Abtransport auf dem Gut zu den Schweinen gesperrt hatten, nach oben.

„Du hast immer noch schlechte Manieren. Vielleicht sollte ich seltener nach euch sehen."

„Lass mich nur nach oben kommen, du Drecksack, dann werde ich dich in Stücke reißen und den Hunden zum Fraß vorwerfen", schrie der Franke wütend.

„Wenn ihr so gefährlich seid, werde ich euch lieber dort lassen, wo ihr seid."

In der Höhle kam es zum Tumult. Die Kameraden des Wachmanns schlugen auf ihn ein, da sie befürchteten,

dass durch sein freches Verhalten der Lebensmittel-
nachschub ausbleiben könnte. Ein Älterer entschuldigte
sich für das Verhalten seines Kameraden.

„Die Entschuldigung muss von ihm selbst kommen.
Vielleicht erinnere ich mich in einer Woche an euch und
komme wieder", rief Siegbert hinab und wies den Jungkrieger an, das Loch mit einem Reisigbündel abzude-
cken.

Schweigend zogen die beiden Rebellen durch das
trockene Flussbett, zu einem kleinen Bauernhaus, das in
Ufernähe stand. Siegbert kannte die Bäuerin. Der Hausherr war in der Schlacht gegen die Franken an der Unstrut gefallen und die Frau musste danach selbst sehen,
wie sie ihre drei Kinder satt bekam. Die Rebellen hatten
nur noch ihre eiserne Ration dabei, die sie der Frau
gaben. Dankbar nahm sie die Gaben an und erzählte
den Männern, wie schwer es für sie war, den Winter zu
überstehen.

Die Männer hielten sich nicht lange auf und zogen in
Richtung des Roten Steins weiter. Auf dem Weg dorthin
bog Siegbert vor dem Teich allein nach rechts ab. Er ritt
zu dem Hügel, auf dem seine Frau beigesetzt wurde. An
der Stelle, an der die Asche in einer Urne unter der Erde
lag, waren Steine aufgeschichtet worden. Jeder, der hierher kam, brachte einen Stein mit und legte ihn nieder.
Siegbert erkannte, dass Brunhilde von vielen Menschen
geliebt wurde. Der Steinhaufen hatte eine beachtliche
Höhe erreicht. Er setzte sich auf einen Baumstamm.
Seine Gedanken gingen bis zu den Anfängen zurück, wo
sie sich in einem der Rebellenlager das erste Mal gesehen hatten. Es war Liebe auf den ersten Blick und der
Gedanke an diese Begegnung erfüllte sein Herz mit
einer wohltuenden Wärme. Hier, an diesem Platz fühlte
er sich ihr nah.

Siegbert war davon überzeugt, dass sie bei den Walküren weilte und er sie eines Tages wiedersehen würde.

Inzwischen war es dunkel geworden. Langsam ritt der Rebellenführer zur Wachstation auf dem Roten Stein. Sein Freund Ulf hatte ihn lange erwartet. Es gab viel Neues zu berichten, doch Siegbert schien sich für nichts zu interessieren. Er war mit seinen Gedanken noch immer bei seiner geliebten Brunhilde. Ulf bemerkte die geistige Abwesenheit seines Freundes und trank mit ihm schweigend Met. Es gäbe vieles zu besprechen, doch das musste warten. In den letzten Wochen hatte es Ulf nicht leicht. Seine Freundin Ratlind war noch in Rodewin und kümmerte sich um die Waisenkinder der Rebellen. Seitdem hatte sie keine Zeit mehr für ihn. Die Arbeit mit den Kindern nahm sie voll in Anspruch. Auch darüber wollte Ulf mit Siegbert reden, doch der schwieg stur vor sich hin.

Der Rebellenführer wollte ein paar Tage in der Wachstation bleiben. Am nächsten Tag war er gesprächiger und hörte zumindest Ulf zu. Der beklagte sich bei ihm, dass er lange von Ratlind getrennt lebte.

„Es war ihr Wunsch, bei den Kindern in Rodewin zu sein", entgegnete Siegbert leicht verärgert, weil Ulf ihm die Schuld für ihr Fernbleiben gab.

„Du hättest es ihr verwehren können. Sie sollte bei mir am Roten Stein sein und für die Männer hier sorgen."

„Wie ich sehe, kommt ihr gut ohne sie aus. Das Essen, das du zubereitest, schmeckt köstlich."

„Ich bin nicht der Koch für alle", entrüstete sich Ulf.

„Soll ich dir eine Frau dafür besorgen?"

„Mein Weib will ich hier haben und nicht eine andere."

Siegbert sah seinen Freund skeptisch an.

„Sie ist doch noch gar nicht deine Frau. Ihr seid nicht verheiratet."

„Sprich mir nicht davon! Wenn ich daran denke, kommt mir die Galle hoch. Immer wieder verspricht sie mir, dass sie mit ihrer Mutter darüber reden will, doch sie hat es bis jetzt noch nicht getan."

„Denkst du, dass sie dich nicht mehr liebt?", fühlt Siegbert seinem Freund auf den Zahn.

„Das nicht, sie traut sich nur nicht, daheim zu fragen."

„Wenn dich bei uns am Roten Stein eine andere Frau mit ihren Kochkünsten verwöhnen würde, käme sie vielleicht zur Besinnung und würde bald mit ihrer Mutter sprechen."

„Was wäre dann mit den Waisenkindern?"

„Die kehren bald ins Hauptlager zurück und leben in unserer Gemeinschaft. Andere Frauen werden sich um sie kümmern und Ratlind ist frei in ihren Entscheidungen. Sie kann dich heiraten und mit dir hier leben."
Ulf überlegte eine Weile und sprach, wie zu sich selbst.

„Vielleicht ist das mit einer Köchin eine gute Idee."
Siegbert sah seinen Freund von der Seite an und schmunzelte. Um seine Treue zu Ratlind machte er sich keine Sorgen, dazu kannte er ihn zu gut.

Am Nachmittag ritt der Rebellenführer zum Hauptlager weiter. Mit dem Bärenkrieger, der das Lager leitete, besprach er, welche Frau sie zu der Wachstation am Roten Stein geben könnten.

„Ich werde mit den Weibern reden. Es findet sich bestimmt eine."

„Denke daran, dass meine Vindobonenser allesamt Feinschmecker sind und einen verwöhnten Gaumen haben."

„Es wird sich eine Passende finden!“, erwiderte der Bärenkrieger verärgert, denn die Krieger, welche Siegbert aus dem Langobardenreich nach Thüringen begleiteten, konnte er nicht ausstehen. Er fand sie überheblich und anmaßend.

„Ich weiß, dass du die Männer nicht leiden kannst, doch es sind gute Krieger, das musst du zugeben.“

„Einige meiner Jungkriegern sind ebenso gut und nicht eingebildet, wie diese Schar.“

„Deine Männer haben sich noch nicht in einer Schlacht bewährt.“

„Wie sollen sie das? Wir sind nicht stark genug, um die Franken in einem offenen Gefecht angreifen zu können“, rechtfertigte sich der Bärenkrieger.

„Irgendwann werden wir bereit sein und nicht nur ihre Güter überfallen. Wir werden ihnen auf dem freien Feld gegenüberstehen. Das ist der Tag, an dem sich die Jungkrieger bewähren können“, sprach Siegbert begeistert.

„Oder wir zusammen nach Walhall abreiten“, entgegnete sein Freund finster.

„Wenn uns die Nornen dazu bestimmt haben, soll es sein.“

„Man könnte denken, du sehnst dich nach dem Tod“, erwiderte der Bärenkrieger.

„Wir treten nicht zum Kampf an, um zu fallen, sondern um zu siegen. Irgendwann werden die Franken durch ihre vielen Kriege geschwächt sein und dann schlagen wir zu. Ich sehe schon Amalafred aus dem Süden zurückkehren und uns anführen.“

Der Bärenkrieger schwieg dazu. Den Optimismus seines Anführers konnte er nicht teilen. Ihm genügte es, wenn er die jungen Männer in den Kampftechniken ausbilden und ihnen in den Thüringer Bergen bei den Rebellen ein neues Zuhause geben konnte.

Siegbert schwärmte weiter davon, wie die Zukunft seines Heimatlandes aussehen könnte, in dem die Thüringer als freie Menschen ihre Geschicke wieder selbst bestimmen und niemand ihnen einen anderen Glauben aufzwingen würde. Der Bärenkrieger ließ ihn reden und nickte nur manchmal dazu. Er hatte Hunger und wartete auf den passenden Augenblick, um seinen Freund zu unterbrechen und ihn zu sich zum Essen einzuladen. Die Frau, mit der er zusammenlebte, war eine gute Köchin und hatte ihm eines seiner Lieblingsgerichte versprochen. Bei dem Gedanken an Essen, fing sein Magen an, sich lautstark bemerkbar zu machen. Das Knurren war nicht zu überhören und Siegbert verstummte.

Die beiden Männer stiegen zu der Hütte des Bärenkriegers hinauf, aus der ein wunderbarer Duft von gerösteten Zwiebeln und Speck in die Nase stieg.

„Darf ich dich zum Essen einladen?", fragte der Bärenkrieger.

„Ich dachte, das hattest du mich schon vorher gefragt und ich habe dir zugesagt", entgegnete Siegbert lachend.

Die Hausfrau hatte bereits für jeden eine Schale mit gekochtem, geschrotetem Einkorn auf den Tisch gestellt. Als die Männer saßen, reichte sie ihnen eine Pfanne, in der geräucherte Speckstücke mit gerösteten Zwiebeln lagen.

„Verbrennt euch nicht die Zunge, der Speck ist heiß", riet sie kurz und sah zu, wie die Männer zulangten.

„Willst du nicht mit uns zusammen essen?", fragte Siegbert.

„Ich habe beim Zubereiten genascht. Jetzt habe ich keinen Hunger mehr", entgegnet sie lächelnd.

„Da bleibt für mich mehr!", erwiderte der Bärenkrieger und schob sich den vermeintlichen Anteil seiner Frau in seine Schale.

Erst jetzt merkte er, dass er seinen Freund hätte fragen müssen, ob er auch noch etwas davon abhaben wollte. An der verlegenen Gebärde merkte Siegbert, woran der Bärenkrieger gerade dachte und kam ihm zuvor.

„Iss nur, damit du stark bleibst. In den nächsten Wochen wirst du eine gute Mahlzeit länger entbehren müssen."

„Wie meinst du das?", erwiderte der Bärenkrieger schmatzend und wischte sich das Fett von den Lippen.

„Wir starten einen groß angelegten Angriff gegen die Franken. Acht Frankengüter werden wir gleichzeitig überfallen und das an den Stellen, wo sie uns nicht vermuten."

„Endlich geht es richtig los. Der Winter hat nicht nur mein Schwert, sondern auch meine Glieder einrosten lassen. Wann reiten wir aus dem Lager?", wollte der Bärenkrieger wissen.

„Langsam mein Freund! Morgen werden wir mit den Hauptleuten alles besprechen. Jeder soll zu Wort kommen. Für dich habe ich das schwierigste Gut ausgewählt. Es soll gut bewacht sein."

„Was gibt es dort Besonderes zu bewachen?"

„Gefangene Thüringer und auch andere. Sie sollen auf den Sklavenmarkt ins Frankenreich gebracht werden."

„Das werde ich zu verhindern wissen", rief der Bärenkrieger begeistert.

„Pass auf, dass sie den Spieß nicht umdrehen und dich gefangen nehmen", rief die Frau ängstlich.

„Sei ohne Sorge Weib! Ich kenne deinen Mann länger als du und ehe der sich gefangen nehmen ließe, müsste sich der Sonnenwagen in die andere Richtung am Himmel bewegen", beruhigte Siegbert die Frau.

„Die Sonne habe ich schon lange nicht mehr gesehen. Vielleicht wandert sie jetzt schon von Westen nach Osten", bemerkte die Frau des Bärenkriegers.

Verdutzt sahen sich die Männer an und aßen ihren Brei weiter.

Nach dem schmackhaften Mahl zog sich Siegbert in seine Blockhütte zurück, in der er mit Brunhilde noch bis zur Wintersonnenwende gemeinsam gelebt hatte. Alles was er sah und berührte, erinnerte ihn an sie. Traurig betastete er jeden Gegenstand und überlegte, ob er nicht die gesamte Hütte den Flammen übergeben sollte. Vielleicht könnte es ihm helfen, die Vergangenheit ruhen zu lassen und zu vergessen. Lange grübelte er darüber nach und trank einen Becher Met nach dem anderen. Die Trunkenheit machte ihn müde und er schlief am Tisch ein.

Der Bärenkrieger fand ihn am Morgen und weckte ihn sanft.

„Bist du immer noch nicht darüber hinweggekommen?", bemerkte er verständnisvoll.

„Es ist schlimmer als ich es mir jemals hätte vorstellen können. Am liebsten würde ich Brunhilde folgen", gestand Siegbert.

„Lass die trüben Gedanken vorbeiziehen. Wir alle brauchen dich. Dein Weib denkt wie wir. Vielleicht reitet sie mit den Walküren zu den Schlachtfeldern, um die Helden auszuwählen. Eines Tages, wenn deine Zeit gekommen ist, wird sie dich nach Walhall bringen und dann seid ihr wieder vereint."

Siegbert strich sich mit den Fingern die langen Haare glatt.

„Was haben die Nornen für mich vorgesehen?"

„Sie werden es dir nicht sagen", entgegnete der Bärenkrieger und legte seinen schweren Arm auf Siegberts Schultern.

Die tröstenden Worte des Freundes taten ihm gut. Er schüttelte sich, wie nach einem schlechten Traum und stand auf.

„Gehen wir!"

„Du kannst bei mir frühstücken", schlug der Bärenkrieger vor.

„Dazu ist jetzt keine Zeit. Ich sehe die Hauptleute auf dem Kampfplatz bereits warten."

Sie eilten zu den Männern. Der Rebellenführer setzte sich in die Mitte der kampferprobten Männer und erklärte jedem sein Angriffsziel. Acht Güter sollten nordwestlich des Rynnestigs angegriffen werden. Siegbert wollte den Franken damit zeigen, dass sie nicht nur ein kleiner Haufen waren, sondern gezielt im Westen zuschlagen konnten.

„Keiner von ihnen soll sich in Thüringen sicher fühlen. Vielleicht vergeht ihnen dann die Lust, hier zu bleiben", begeisterte Siegbert die Hauptleute.

„Es kann aber auch sein, dass sie die Wachmannschaften verstärken und uns gefährlich werden können", gab der Bärenkrieger zu bedenken.

„In die Berge trauen sie sich nicht vorzudringen. Hier sind wir vor ihnen sicher und wenn sie es trotzdem wagen, werden wir sie gebührend empfangen."

Aus den Augen Siegberts sprühten Funken, wie glühende Kohlen in einem frisch entfachten Schmiedefeuer. Die markigen Worte ihres Anführers gefielen den

Hauptleuten. Sie konnten es kaum erwarten, sich mit den Frankenkriegern zu messen.

„Wo wirst du sein, wenn wir die Güter angreifen?", wollte der Bärenführer wissen.

„Dort, wo wir uns trennen, werde ich bleiben und auf euch warten. Wer Hilfe braucht, gibt mir Nachricht."

Alle waren einverstanden und froh, dass Siegbert ihnen die Vorbereitung und Durchführung des Angriffs überließ. Nur den Ort, die Zeit des Überfalls und den Rückweg hatte er ihnen vorgegeben.

Da es keine weiteren Fragen gab, ging ein jeder zu den Unterkünften seiner Männer.

Der Bärenkrieger folgte Siegbert stumm in dessen Blockhaus. Es lag weit oben am Hang unterhalb eines großen Felsens. Siegbert holte einen Krug Met und stellte ihn auf den Tisch, der sich vor der Hütte befand.

„Dies ist mein letzter. Er muss noch bis zum nächsten Beutezug reichen."

„Ich kann dir gern aushelfen. Doch zuvor will ich wissen, warum du nicht mit uns zu den Gütern kommst."

Siegbert verzog das Gesicht zu einem Grinsen.

„Dir kann ich es verraten. Ich rechne damit, dass euch diesmal die Franken verfolgen werden. Mit meinen Vindobonensern werde ich euren Rückzug sichern und sie gehörig in Empfang nehmen."

„Sind wir die Köder?", fragte der Bärenkrieger überrascht.

„Das nicht, doch ich hoffe, dass sie euch verfolgen."

„Das ist ein gefährliches Spiel. Wenn die Franken erst einmal bis zum Rynnestig vorgedrungen sind, haben sie keine Angst mehr, es ein zweites Mal zu wagen."

Siegbert sah den Bärenkrieger von der Seite an.

„Beruhige dich! Diesen Ausflug in unsere Berge werden sie nicht mehr vergessen. An das, was ihnen widerfahren wird, werden sie sich noch Jahre danach mit Grauen erinnern. Bis jetzt haben sie nur Angst vor dem Urwald, doch dann werden sie sich noch mehr vor uns fürchten. Wir sind nicht nur in den Bergen zu finden, sondern auch in den Schluchten und Tälern."

„Dir geht es wohl nur darum, Angst und Schrecken unter ihnen zu verbreiten."

„Zerquetschen werden wir sie", entgegnete Siegbert und er zerdrückte den Holzbecher in seiner Hand.
Der Bärenkrieger sah ihn mit aufgerissenen Augen an. Leise flüsterte er vor sich hin: „Der gute Met."

„Du wirst genügend Neuen heranschaffen können."

„In den Kellern der Frankengüter findest du nur Wein aus Trauben."

„Der schmeckt ebenso gut", entgegnete Siegbert lachend.

Die Vorbereitung zum Abritt waren in vollem Gange. Die Jungkrieger und Vindobonenser hatten ihre Schwerter geschärft und alles Notwendige für den weiten Weg bis zu den Frankengütern zusammengepackt. Siegbert erinnerte sich an die Heerlager, in denen es vor einer Schlacht ähnlich zuging. Alle wussten, was sie zu tun hatten.
Die Frauen zeigten keine Freude, dass ihre Männer am nächsten Morgen wegreiten wollten. Sie dachten an die Möglichkeit, dass der eine oder andere umkommen könnte oder schwer verletzt ins Lager zurück gebracht würde. Von solchen Gedanken wollten die Krieger nichts wissen. Sie konnten den nächsten Morgen kaum erwarten und hofften, große Beute machen zu können.

Es war noch dunkel als Siegbert mit den Rebellen aus dem Hauptlager ritt. Die Frauen standen mit sorgenvollen Gesichtern vor ihren Hütten und sahen den Männern nach. Der Weg führte direkt zum Rynnestig. Auf dem Kammweg ging es in westlicher Richtung weiter. Vereinzelt waren kleine Schneefelder in Bodensenken zu erkennen und die Pferde mieden diese Stellen, da die Löcher tief sein konnten. Einige der Bäume zeigten ein zartes Grün, trotz der fehlenden Sonne. Alles lag im Grau einer ungewöhnlichen Dämmerung. Die Rebellen kamen an einem Hochmoor vorbei, aus dem gespenstische Nebel aufstiegen. Anstatt der Morgensonne zeigten sich rot gefärbte Streifen am Firmament. Sie ließen die Berge in einem dunklen Violett erscheinen.

„So muss es im Totenreich aussehen", meinte der Bärenkrieger, der neben Siegbert ritt.

„Ich stimme dir zu, doch ein bisschen wärmer wird es dort sein. Du brauchst dir keine Sorgen machen, denn wir werden beide nach Walhall kommen."

„Ich weiß gar nicht, ob es dort besser ist als im Reich der Hel", entgegnete sein Freund.

„Was erzählst du da für einen Unsinn. Dort treffen wir unsere Altvorderen wieder und haben zu Essen und zu Trinken im Überfluss. Willst du mehr?"

„Ich wäre lieber mit meiner Frau zusammen. Sie kommt bestimmt nicht nach Walhall zu den Walküren, wie deine Brunhilde."

„Wer sagt dir, dass du sie bei Hel treffen würdest?"

„Balder lebt dort auch mit seiner Frau zusammen."

„Du kannst einen Gott nicht mit uns Menschen vergleichen."

„Wieso nicht? Wir wurden von ihnen geschaffen also sind wir göttlich."

„Aber nicht von Geburt. Es gibt einen Unterschied, ob du der Sohn eines Fürsten bist oder der eines Knechtes."

„Die Urahnen der Fürsten können auch vormals Knechte gewesen sein."

„Kaum!"

„Was sonst?"

„Sie entstammen aus der Liaison einer Menschenfrau mit einem Gott, so wird es erzählt. Die Götter Heimdall und Odin sollen dabei stark mitgewirkt haben."
Der Bärenkrieger schwieg dazu. Er hatte zuvor noch nie ernsthaft darüber nachgedacht.

Am späten Nachmittag erreichten die Rebellen den ersten Wachposten auf dem Höhenweg. Sie hatten genügend Proviant für die Wachmannschaft mitgebracht, die vom Hauptlager aus versorgt wurde. Mehrere Tage dauerte der Ritt, bis sie das westliche Ende des Höhenweges erreichten. Siegbert bog in nördlicher Richtung ab und folgte einem schmalen Pfad talabwärts. An einem mit Buchen bewachsenen Waldstück machten sie Rast. Hier war der Eingang zu einer Schlucht. Siegbert ließ das Nachtlager errichten.
Nachdem alle Vorbereitungen getroffen waren, fragte er seine Krieger, wer ihn in die Drachenschlucht begleiten wollte. Einige waren dazu bereit.

Sie gingen mit Fackeln in den Händen hintereinander zu Fuß am Rande eines Baches entlang. Er war von hohen Felsen gesäumt. Der Pfad wurde enger und die Männer wateten durch das kalte Wasser. Die ersten kehrten um. Ihnen war nicht geheuer an diesem ungastlichen Ort, wo überall Erdgeister und andere Unholde zu leben schienen. Am Ende folgten Siegbert nur noch seine Vindobonenser und ein paar Jungkrieger, die keine

Angst kannten. An einigen Stellen stürzte das Wasser von den Felsen herab und keiner der Männer blieb trocken. Es wurde empfindlich kalt und Siegbert ordnete den Rückzug an. Er hatte genug gesehen und war zufrieden. Hier hinein wollte er die Franken locken und bekämpfen.

Über seinen Plan sprach er noch nicht mit den Männern. Im Lager trockneten sie an den Feuern ihre Kleider und schlürften genüsslich die heiße Fleischbrühe, die ihre Kameraden zubereitet hatten. Gruselige Geschichten wurden über diese Schlucht erzählt.

In der Nacht fanden nur wenige Schlaf. Zu ungewöhnlich erschienen ihnen die Geräusche an diesem grausigen Ort. Gern standen sie zeitig am Morgen auf, um weiter zu ziehen. Der Weg mündete in ein breites Tal, in dem es Weideflächen gab. Siegbert ließ anhalten und an einer geschützten Stelle das Lager errichten. Von hier aus mussten die acht Trupps am nächsten Tag zu Fuß weiter ziehen. Ihre Pferde blieben im Lager. Siegbert ließ einige der Waldwiesen von den Vindobonensern einzäunen und trieb die Pferde hinein. Das frische Gras wuchs nur spärlich und es musste das mitgebrachte Heu zugefüttert werden.

Auf den vorgeschriebenen Wegen zogen die übrigen Rebellen zu den Gütern der Franken weiter. Siegbert blieb zurück und erkundete mit seinen Vindobonensern die ganze Gegend. Es war das Grenzgebiet, wo der Urwald noch dominierte. Bauernhöfe gab es hier keine. Die wenigen Grasflächen schienen nur in den Sommermonaten von Viehhirten genutzt zu werden.

Siegbert war davon überzeugt, dass die Franken zumindest einem der angreifenden Trupps folgen würden. Während die Rebellen die Beute in Sicherheit brachten, wollte er mit seinen Kriegern die Verfolger in die Drachenschlucht locken und dort bekämpfen. Aus Erfahrung wusste er, dass viele Dinge passieren konnten, die nicht abzusehen waren, doch weiter als zu dieser Felsenenge wollte er die Franken nicht kommen lassen.

Mit einem Teil seiner Männer ritt er zurück zur Schlucht und besah sie ein zweites Mal. An manchen Stellen passte nur ein Krieger zwischen den Felsen hindurch. Wenn es ihm gelänge, die verhassten Feinde hierher zu locken, würden sie bestimmt Späher vorausschicken und die sollten keine Falle vermuten. Den ganzen Abend diskutierte er mit seinen Männern am Lagerfeuer, wie sie das machen könnten. Die besten Vorschläge wurden in den nächsten Tagen umgesetzt. Steine und angespitzte Baumstämme wurden auf die Felsen gebracht und dort, von unten unsichtbar, verankert. Den Weg, vom Rynnestig bis zur Schlucht tarnten sie, damit die Franken ihn nicht erkennen und darauf weiterziehen würden. Es sollte nur die eine Möglichkeit des Weiterkommens in das Rebellengebiet geben.
Nachdem alle Vorbereitungen getroffen waren, ritten sie zurück in ihr provisorisches Lager, um abzuwarten. Schon bald müssten die ersten Trupps mit ihrer Beute eintreffen. Die Zeit wollte nicht vergehen und die Spannung stieg. Wie erfolgreich würden die Rebellen sein? Hatten sie Verwundete oder sogar Tote zu beklagen?

Banges Warten zerrte an den Nerven. Nach mehreren Tagen kam ein Jungkrieger mit einem Frankenpferd angesprengt und meldete den siegreichen Überfall auf eines der Königsgüter. Alle lauschten dem Bericht.

„Es war eine leichte Sache. Niemand hatte in dieser Gegend mit einem Angriff von uns gerechnet. Die wenigen Wachleute konnten unserem Ansturm nicht standhalten und wurden bald überwältigt. Widerstandslos ergab sich auch der Verwalter und seine Familie."

„Habt ihr Gefangene auf dem Gut gefunden?", wollte Siegbert wissen.

„Kein Thüringer war da, nur Sklaven aus Sachsen. Zwei haben das Angebot angenommen, in ihre Heimat zu ziehen. Der Verwalter wurde aufgefordert, ihnen einen Freibrief auszustellen, was er bereitwillig tat. Er war froh, dass wir ihm und seinen Leuten kein Leid zufügten und bereitwillig zeigte er uns die Speicher mit dem vom Winter übrig gebliebenen Getreide und Heu."

„Gab es Verwundete oder Tote?"

„Nur ein Wachmann fiel im Kampf und außer kleinen Kratzern, haben unsere Männer nichts abbekommen."

„Was habt ihr mit der Beute gemacht?"

„Alles wurde auf Ochsenkarren geladen und gleich weggebracht. Unser Truppführer ließ alle Leute fesseln und in einen der leeren Getreidespeicher sperren. Danach ritten wir mit den Pferden des Gutsverwalters hierher. Den Sohn des Verwalters haben wir als Geisel mitgenommen. Ich bin vorausgeritten, um dir den Erfolg zu melden."

Stolz sah der Jungkrieger in die Menge, der um ihn herumstehenden Krieger.

„Das habt ihr gut gemacht!", lobte Siegbert den Jungkrieger.

„Jetzt ruhe dich ein wenig aus und dann erzählst du uns die ganze Geschichte noch einmal ausführlich."

Er reichte ihm seinen Becher mit Met.

In einem Zug schüttete der Bursche den Honigwein durch die Kehle. Zur Ruhe kam er nicht. Nach weiterem Drängen begann er von dem Überfall im Detail zu berichten. Alle hörten gespannt zu und stellten danach viele Fragen, wie sie zu dem Gut gekommen waren, es ausgespäht hatten und vieles andere mehr.

Noch bevor sie sich zum Schlafen niederlegten erreichte ein weiterer Jungkrieger das Lager. In seinem Trupp verlief der Überfall ähnlich, ohne Widerstand der Gutsleute. Er musste in allen Einzelheiten berichten und es wurde spät, bis sie zur Ruhe kamen.

Am nächsten Tag erschienen die Meldereiter der übrigen Trupps. Nur der des Bärenkriegers war noch ausständig. Siegbert war darüber besorgt, da er wusste, dass sich dort eine große Wachmannschaft aufhielt und mit Gegenwehr zu rechnen war. Ihm blieb nichts anderes übrig als abzuwarten.

In den folgenden Tagen langten alle angekündigten Trupps mit ihrer Beute ein. Die Geiseln hatten einen Sack über den Kopf gestülpt bekommen, damit sie nicht sehen konnten, wo sie sich befanden. Ihre Bewacher führten sie in ein Nebental und warteten auf den Befehl von Siegbert, was mit ihnen geschehen sollte. Der Rebellenführer wollte sie erst freilassen, wenn er Kunde von dem Trupp des Bärenkriegers erhielt.
Von ihm war jedoch nichts zu hören.
Siegbert ließ alle Karren zum Rynnestig weiterziehen. Sie nahmen den Weg, vorbei an der Drachenschlucht in Richtung Bergkamm. Einen Teil der Jungkrieger behielt er bei sich.

Besorgt ritt er mit vier Vindobonensern in Richtung des Guts, das der Bärenkrieger überfallen sollte. Sie kamen am Abend zu einem einsamen Bauernhof. Nichts rührte sich und die Rebellen glaubten, dass er verwaist war. Sie wollten dort übernachten. Auf dem Herd im Haus machten sie Feuer und bereiteten sich eine Fleischbrühe. Hungrig löffelten sie die Suppe als ein Schrei von einem der Speicher zu hören war. Siegbert sprang auf und sah einen seiner Krieger wie er eine junge Frau hinter sich herzog.

„Wo hast du die gefunden?", wollte Siegbert wissen.

„Sie hatte sich im Speicher versteckt."

„Bring sie herein, zum Feuer. Ich will mit ihr reden." Der Krieger schob die verängstigte Frau vor sich her zum Herdfeuer. Alle sahen gespannt zu dem Weib. Siegbert stellte ihr einen Schemel hin und forderte sie auf sich zu setzen.

„Bist du von hier?", fragte er in ruhigem Ton.

„Was wollt ihr von mir?", schrie sie zurück.

„Du brauchst keine Angst haben. Wir tun dir nichts, wir sind Rebellen."

Misstrauisch sah sich die Frau jeden Krieger genau an als suchte sie ein bekanntes Gesicht.

„Ich dachte, ihr seid Franken. Die kamen vor einem Mond auch mit Pferden."

„Was wollten sie hier?"

„Ich sollte ihnen sagen, wo sich die Rebellen verborgen halten."

„Wieviel waren es?"

„Drei Männer, ganz arge Gesellen!"

„Was hast du ihnen gesagt?"

„Nichts! Ich habe noch nie einen Rebellen gesehen."

„Ich glaube es dir, doch warum hast du dich vor uns versteckt?"

„Sie sagten mir, dass sie bald wiederkommen werden. Deshalb bleibe ich mit meiner Ziege in dem Heuschober am Waldrand."

„Lebst du allein hier?"

„Ja, ich bin die Bäuerin. Mein Mann und meine beiden Kinder sind im letzten Winter gestorben."

„Das tut mir leid. Setz dich zu uns. Du siehst aus als könntest du eine gute Fleischbrühe gebrauchen."

Einer der Krieger reichte seine Schale Siegbert. Der gab sie an die Frau weiter, die mit zitternden Fingern danach fasste. Sie setzte sie an die Lippen und schlürfte die Brühe hastig hinunter. Interessiert sahen alle ihr zu.

Siegbert hatte sich einen Schemel geholt und neben die Frau gesetzt. Als sie sich die kleinen Fleischstücke mit den Fingern in den Mund stopfte und ohne zu kauen hinuntergeschluckt hatte, gab sie ihm die Schale zurück.

„Möchtest du noch etwas, wir haben genug."

Sie schüttelte verneinend mit dem Kopf und ihr Gesicht entspannte sich.

„Wo sind die anderen Tiere vom Hof?", wollte Siegbert wissen.

„Mir ist nur noch die Ziege geblieben. Die Franken haben meine Hühner und das letzte Schwein geschlachtet. Sie sagten, das würde ihnen ohnehin gehören."

„Diese Verbrecher!", rief einer der Rebellen.

„Die Ziege war in der Hütte am Wald. Als die Franken ihr meckern hörten, wollten sie sie einfangen. Es gelang ihnen nicht. Sie lief weg."

„Ein kluges Tier", meinte ein Krieger.

Die Frau nickte.

„Du kannst ins Rebellenlager mitkommen, wenn du willst. Hier bist du allein deines Lebens nicht mehr sicher", bot ihr Siegbert an.

Die Frau schwieg.

„Überlege es dir in Ruhe. Morgen reiten wir weiter und kommen in ein paar Tagen wieder vorbei. Bei uns musst du nicht hungern und deine Ziege kannst du auch mitnehmen", versprach Siegbert.

Die Wachen waren eingeteilt und alle legten sich schlafen. Die Frau lag an ihre Ziege gelehnt auf einem

Laubhaufen in der Stallseite des kleinen Langhauses. Gegen Mitternacht schrie sie auf und weckte alle. Siegbert sprang zu ihr und versuchte sie zu beruhigen.

„Was ist mit dir Weib? Hast du einen schlechten Traum gehabt?"
Sie zitterte am ganzen Körper und Siegbert nahm sie in seine Arme. Bitterlich weinte sie und es dauerte lange, bis sie sich wieder beruhigte. Er ließ sie los und strich ihr mit der Hand über den Kopf. Schluchzend schmiegte sie sich an ihre Ziege und versuchte weiter zu schlafen.

Zeitig am Morgen hatte die Frau das Herdfeuer entfacht. Zwei der Krieger halfen ihr, den Frühstücksbrei zu bereiten. Als der wohlriechende Duft durch den Raum zog, blieb keiner der Männer mehr liegen. Hintereinander stellten sie sich vor dem Kessel an und warteten geduldig, auf eine Schöpfkelle mit dem dampfenden Brei. So manches freundliche Wort galt der adrett aussehenden Frau. Sie schien die Komplimente zu überhören.

Gleich nach dem Frühstück brachen die Rebellen auf. Der Weg wurde breiter und die Weideflächen größer. Gegen Mittag erreichten sie eine Bauernsiedlung und zogen weiter, ohne Rast zu machen. Da rief ihnen jemand etwas Unverständliches hinterher und wedelte aufgeregt mit den Armen. Siegbert ritt zurück und erkannte einen der Jungkrieger des Bärenkriegers.

„Was machst du hier?", fragte er überrascht.

„Ich bin von dem Frankengaul gestürzt und habe mir ein Bein gebrochen. Das Pferd ist zurückgerannt. Ich hatte Glück, dass mich die Bauersfrau gefunden hat."

„Wie geht es dem Bärenkrieger mit seinen Männern? Wir sind in großer Sorge!"

„Er müsste jeden Moment hier eintreffen. Es hat etwas länger gedauert als vorgesehen und mein Unglück kam noch hinzu."

„Lass es gut sein und erzähle kurz, was vorgefallen war!"

„Ein Dutzend Wachmänner waren in dem Gut und schienen sich sicher, dass ihnen nichts passieren kann. Wir besorgten uns einen Leiterwagen mit einem Ochsengespann und beluden ihn mit Heu."

„Wie seid ihr zu dem gekommen?"

„Wir fanden in der Nähe des Gutes einen Bauern, der die Franken nicht mochte. Sie hatten ihm seine Schweine weggenommen. Dafür bekam er ein paar Münzen, mit denen er nichts anzufangen wusste. Deshalb half er uns und wir mussten ihm versprechen, den Wagen mit der doppelten Menge Heu beladen zurückzugeben."

„Das ist ein guter Tausch!", rief Siegbert begeistert.

„Der Bauer hat den Wagen auf den Gutshof gefahren und da man ihn gut kannte, durfte er gleich das Tor passieren und zur Tenne fahren. Zum Glück hatten die Wachleute ihn nicht kontrolliert und mit ihren Speeren in das Heu gestochen. Wir hätten das wohl nicht überlebt."

„Erzähl, wie es weiterging und nicht was hätte sein können!", erwiderte Siegbert ungeduldig.

„Der Bauer ist mit seinem Ochsengespann wieder nach Hause gezogen und ein Sklave sollte später das Heu abladen. Bei den oberen Lagen ging das gut, doch dann stach er einem von uns in den Allerwertesten. Er wollte nachsehen, was da gequiekt hat und schob das Heu beiseite. Der Bärenkrieger packte ihn flink am

Schopf und hielt ihm den Mund zu. Wir fesselten und verbargen ihn an einer dunklen Stelle in der Scheune. Zum Glück hat niemand den Sklaven vermisst. Wir lagen gut verborgen im Heu, bis es dunkel wurde. Ein Teil der Wachmannschaft saß im Hof auf einer Bank und sie betranken sich. Vorsichtig schlichen wir uns an sie heran und schlugen ihnen mit unseren Knüppeln auf die Schädel, dass sie ohnmächtig zu Boden fielen. Wir fesselten und knebelten sie und packten die Burschen zu dem Sklaven im Heu. Es schien alles leicht zu gelingen, da hörten wir ein Weib kreischen, die uns entdeckt hatte. Sofort kamen die anderen Wachmänner angerannt und hieben mit ihren Schwertern auf uns ein. Mein Freund fiel getroffen zu Boden. Ich wehrte mich wie wild, doch sie waren stärker. Da kam mir der Bärenkrieger zu Hilfe. Er mähte zwei mit einem Hieb nieder. Die anderen ergaben sich."

„Was ist mit deinem Freund, lebt er noch?", wollte Siegbert wissen.

„Er ist schwer verwundet, doch ich denke, dass er durchkommt."

„Was ist mit dem Gutsverwalter, hat er sich gewehrt."

„Er war einer der Schlimmsten, die auf uns einhieben. Von hinten kam er heran und hat den Bärenkrieger am Arm verletzt. Das hätte er nicht tun sollen. Auch ihn traf das Schwert des Bärenkriegers tödlich. Der Rest der Wachmannschaft hat sich ergeben und wir haben sie gefesselt und zu den anderen gepackt."

Vom Weg her waren Geräusche zu hören. Ein Reiter kam auf den Hof zugeritten. Siegbert erkannte den Bärenkrieger und lief ihm entgegen.

„Du machst Sachen, lässt dich vom Schwert eines Franken ritzen!", rief ihm Siegbert zu.

„Wieso bist du hier?"

„Du hast dich um ein paar Tage verspätet und da darf ich mir doch Sorgen um dich machen", entgegnete Siegbert spöttisch.

„Glaubst du nicht, dass ich mit einem Häuflein Franken fertig werde?"

„Wieso kommst du erst jetzt?"

„Es hat sich nun mal hingezogen. Auf dem Gut waren nicht genug Wagen und Ochsen, um alles, was wir brauchen können, wegzuschaffen. Ein paar Bauern der Umgebung haben uns ihre Gespanne geliehen."

Von weitem war der Zug der Wagen zu sehen. Es waren mehr als doppelt so viele, wie die anderen Trupps erbeutet hatten. Dazu kamen Pferde, die an den Holmen angebunden waren.

„Wozu bringst du die Pferde mit? Wir haben selbst genug und nicht genügend Heu", sagte Siegbert vorwurfsvoll.

„Wenn wir im Zwischenlager angekommen sind, müssen wir alles auf die Pferde umpacken. Die Hälfte der Wagen gehört unseren Bauern und wir müssen sie ihnen wieder zurückbringen."

„Du hast die Bauern zu Rebellen gemacht. Ich hoffe, die Franken rächen sich nicht an ihnen."

„Sie wissen nicht, dass sie uns halfen. Die einzigen Zeugen sind die fränkischen Wachmänner, die wir aber im Gepäck haben."

„Dann bin ich zufrieden und wir wollen uns beeilen zum Lagerplatz zu kommen. Bald werden die Franken reagieren und uns ihre Krieger hinterherschicken."

„Darauf wartest du doch. Hast du ihren Empfang gut vorbereitet?"

„Alles ist bestens! Es wird kein Entrinnen für sie geben! Was ist mit den Thüringer Gefangenen?", wollte Siegbert wissen.

„Wir haben keine mehr gefunden. Man hat sie vor Tagen weggebracht."

Als die Wagen am Hof angelangt waren, ritt Siegbert die Kolonne ab. Zufrieden blickte er auf die Beute. Es war ausreichend, um manchen Bauern, der in Not geraten war, helfen zu können.

Am Hof der armen Bäuerin kamen sie am späten Abend an. Die Ochsen und Pferde wurden versorgt und die gefangenen Franken erhielten eine Schale mit Brei und frisches Wasser. Die Bäuerin erkannte einen der fränkischen Krieger wieder. Es war der Schlimmste von den Dreien, die vor einem Mond auf ihren Hof kamen. Sie nahm einen großen Knüppel und ging langsam von hinten auf den Mann zu. Er lehnte mit dem Rücken an einem Baumstamm. Mit ganzer Kraft schlug sie ihm den Stock auf den Schädel. Sein Kopf fiel nach vorn auf die Brust und die Beine grätschten weit auseinander. Er rührte sich nicht mehr. Schnell zog die Bäuerin ihr Messer aus der Gürtelscheide und schlitzte ihm die Hose auf.

„Du alter Bock wirst keiner Frau mehr etwas antun!", zischte sie ihm voller Hass ins Ohr. Sie kniete sich vor ihm nieder und hantierte kurz mit dem Messer zwischen seinen Beinen. Geschwind stand sie auf und warf etwas weit von sich. Das blutige Messer steckte sie in die Scheide zurück und sah mit verächtlichem Blick auf ihr Opfer.

Der Mann erwachte aus seiner Ohnmacht und schrie auf, wie ein verwundetes Tier. Seine Kameraden, die ihm gegenüber saßen, blickten voller Entsetzen auf die Frau und schwiegen.

Der Jungkrieger, der die Franken bewachte, kam zu ihm und sah die Frau mit der leeren Schale vor ihm stehen.

„Was ist mit dem?", fragte er sie.

„Ich kann ihn nicht verstehen. Er muss etwas verloren haben, das ihm wichtig war."

„Ach so", sagte der Jungkrieger und ging kopfschüttelnd zurück zu seinem Platz.

Die Wachleute, die das Vorgefallene mit ansahen, trauten sich nicht, ihren Kameraden wortgewaltig zu unterstützen. Die Frau könnte womöglich auch bei ihnen ihr Messer ansetzen.

Zufrieden und gelöst ging die Bäuerin ins Haus zurück. Ihr war auf einmal leicht ums Herz und die Schande, mit der sie leben musste, war wie weggewischt. Sie hatte sich entschlossen, zu den Rebellen zu gehen und zog am folgenden Morgen mit ihnen talaufwärts.

Am Nachmittag erreichten sie das Zwischenlager. Die Wagen wurden abgeladen und die Karren mit den Gespannen der Bauern zurückgeschickt. Das Heu und die Säcke mit dem Getreide musste nun von den Pferden getragen werden.

Am darauffolgenden Tag ging es zur Drachenschlucht. Die leeren Wagen wurden zurückgelassen.

Den in Ketten gelegten Wachleuten wurde ein Sack über den Kopf gestülpt, damit sie nicht den Weg zum Rynnestig erkennen konnten. Sie liefen neben den schwer beladenen Packpferden her.

Siegbert blieb mit den Vindobonensern in der felsigen Schlucht. Er traf die letzten Vorkehrungen für die Begegnung mit den Frankenkriegern. Ob und aus welcher Richtung sie kommen, war nicht vorhersehbar.

Den Weg, der zum Rynnestig führte, ließ Siegbert un-
kenntlich machen. Niemand würde dort versuchen entlang zu gehen. Einzig der Weg durch die Drachenschlucht blieb offen. Die leeren Wagen, die vor dem
Eingang abgestellt wurden, sollten den Verfolgern zeigen, dass sie auf der richtigen Fährte waren. Ebenso
verteilte er, wie durch Zufall, verschiedene Dinge aus
den Königsgütern, die unterwegs verlorengegangen sein
konnten. Eindeutig zeigten Pferdespuren an, dass die
Rebellen mit ihrer Beute zwischen diesen Felsen entlang
gezogen waren.

Zufrieden sah Siegbert zum Eingang der engen
Schlucht und postierte seine Männer auf den Felsen.
Danach ritt er zurück zu dem provisorischen Lager und
verteilte Spähtrupps. Auf einem dieser Wege mussten
die Franken entlang kommen, wenn sie die Verfolgung
aufnahmen.

Ein langes, fast unerträgliches Warten begann. Tage
vergingen und niemand war zu sehen. Noch nicht einmal einen Holzfäller oder Bauer konnten sie entdecken.
Die Hoffnung, dass ein fränkischer Trupp die Rebellen
verfolgen würde, schwand. Siegbert beschloss, das provisorische Lager aufzugeben und mit seinen Männern
zum Rynnestig zurückzureiten. Er war verärgert, dass
sein Plan nicht aufging. Den Spähtrupps gab er Nachricht, dass sie von ihren Posten zurückkehren sollten.
Im letzten Moment wurde ihm eine Gruppe Frankenkrieger gemeldet, die sich dem Lager aus der Richtung
näherte, wo der Bärenkrieger das Gut überfallen hatte.
Geschwind verbargen sich die Rebellen in einer Höhle,
gegenüber der Drachenschlucht.

Zur Mittagszeit erschienen die gut ausgerüsteten
Frankenkrieger. Vorsichtig ritten sie zum Eingang der
Drachenschlucht. Ihr Anführer besah das umliegende

104

Gelände und schickte zwei Reiter los, um die Begehbarkeit und irgendwelche Hinterhalte zu erkunden. Nach einer Weile kehrten die Männer zurück.

Die Franken saßen von ihren Pferden ab und führten sie am Halfter. Als sie etwa die Hälfte des Weges durch die Felsenformation zurückgelegt hatten, prasselten Steine und Balken vor ihnen nieder. Das Geröll versperrte den Weg und sie kehrten eilig um. Da erfolgte das Gleiche im Eingangsbereich der Schlucht. Der Rückweg war versperrt. Kein Rebell war zu sehen. Wie durch Geisterhand war der Weg durch die Enge verschlossen. Gespannt warteten die Frankenkrieger darauf, was folgen würde.

Es blieb ruhig.

„Ist da wer, zeigt euch ihr Feiglinge!", schrie der Anführer im gebrochenen Thüringisch.

Außer dem Echo und dem Rauschen des Wassers in dem kleinen Bach neben dem Pfad, war nichts zu hören. Ein starker Wind setzte ein. Er blies durch die Felsenschlucht und es hörte sich an, wie das Fauchen eines Drachens. Keiner der Frankenkrieger hatte vorher ein solches Wesen gesehen. Das grauenhafte Geräusch konnte nur von ihm herrühren.

Das Wasser rann in kleinen Rinnsalen von einigen Felsen herab und bald waren die fränkischen Krieger vollkommen durchnässt. Mit der Dunkelheit kam die Kälte. Wolfsgeheul durchdrang die Nacht und die Pferde wurden unruhig. Der Wind nahm immer mehr zu und mit ihm die ungewöhnlichsten Geräusche. Der Anführer bemühte sich, seine Männer zu beruhigen. Sie glaubten, vor der Pforte zur Hölle zu stehen. Emsig versuchten sie die Geröllbarrieren zu überwinden. Wenn sie in ihre Nähe kamen, prasselten erneut Steine auf sie nieder. Die Franken waren eingeschlossen, wie in einer Fallgrube.

Zu beiden Seiten riesige Felsen und an den Enden unüberwindbare Geröllhalden. Sie versuchten ein Feuer zu entzünden, doch das Spritzwasser von den Felsen verlöschte es im Nu.

Unermüdlich waren sie bemüht die Steine am Eingang wegzuräumen. Je mehr sie wegschoben umso mehr kamen von oben herunter geprasselt. Dabei wurden mehrere der Männer und Pferde schwer verletzt oder erschlagen. Die Franken glaubten, dass Geister hier am Werk sein mussten.

Der darauffolgende Tag verlief ähnlich. Nur einer der Frankenkrieger schaffte es, über den Geröllberg zu klettern. Siegbert und seine Männer blieben im Verborgenen und ließen ihn ziehen. Er sollte den anderen von den grausigen Bergen und Schluchten des Thüringer Waldes berichten. Als der Franke nicht mehr zu sehen war, betätigten sich die Rebellen weiter als Geister. Sie ließen Felsstücke auf die Eingeschlossenen stürzen und warteten ab. Am nächsten Tag war von den eingekesselten Verfolgern kein Laut mehr zu hören. Siegbert ließ alle Spuren von menschlichem Zutun im Außenbereich beseitigen und die Rebellen zogen sich zum Rynnestig zurück. Die eingeschlossenen Franken überließen sie ihrem Schicksal. Sollten sie überlebt haben, würden sie aus Angst vor den Gebirgsgeistern die Thüringer Bergregion nicht mehr aufsuchen und von den Erlebnissen überall berichten. Siegbert wusste, dass die unsichtbaren Gegner stärker auf Krieger wirken als reale Feinde aus Fleisch und Blut. Die Franken sollten glauben, dass die Waldgeister den Rebellen in den Bergen helfen und sie beschützen würden.

5. Die weißen Pferde
Im Brachmond (Juni) 536

Die Rebellen ritten zurück ins Hauptlager. Sie wurden ungeduldig von allen erwartet und mussten von den Erlebnissen in der Drachenschlucht berichten. Die Vindobonenser hatten ihre Schilderungen stark ausgeschmückt, dass den Zuhörern das Blut in den Adern erstarrte. Sie waren froh, nicht an Stelle der Franken zu sein, doch Mitleid kannten sie keines. Was die Feinde ihnen und ihren Familien angetan hatten, konnten sie nicht vergessen. Es war tief in ihren Herzen eingebrannt.

Von dem Getreide aus den Beutezügen gaben die Rebellen vielen bedürftigen Bauern etwas ab. Es reichte leider nicht für alle. Nach dem großen Erfolg forderten die Jungkrieger vehement nach weiteren Beutezügen. Siegbert blieb stumm. Die Rebellen wussten, dass er seine Entscheidungen kurzfristig traf. Keiner sprach ihn direkt an, wann die nächste Aktion starten sollte.

Die Wettersituation hatte sich nicht verbessert und das Gras wuchs nur spärlich auf den Wiesen und Weiden. Viele Bauern hatten durch den lang anhaltenden Winter ihr Saatgut mit aufgebraucht und mussten sich Getreide von den Königsgütern leihen. Die Franken erhielten ausreichend Nachschub aus dem Südwesten ihres großen Reiches. Die Verschuldung der Bauern zwang viele Thüringer, ihre Höfe aufzugeben und sich als Knechte und Mägde bei den Franken zu verdingen. Wer auf seinem angestammten Boden bleiben konnte, hatte Glück. Um nicht zu verhungern zogen die anderen durchs Land und stahlen, was sie zum Essen benötigten.

Furcht und Angst bestimmten das Leben. Einige waren wie gelähmt und andere wurden aggressiv. Siegbert vermutete, dass dieser Zustand bald zu einem Chaos führen könnte und überlegte, wie sich die Rebellen in dieser neuen Situation verhalten sollten. Die Vorräte gingen zur Neige. Auf den Wiesen und Feldern wuchs nicht genügend nach, um Mensch und Tier satt zu bekommen.

Er ritt allein zu den Koppeln der weißen Pferde. Die Rebellen hatten die Tiere in die tiefen Wälder auf dem Rynnestig getrieben. Es waren die edelsten Stuten und Hengste aus den ehemaligen Zuchtgebieten des Thüringer Königs. Besorgt sah der Anführer der Rebellen zu den schwindenden Futterbeständen in den überdachten Raufen.

In der Nähe der Pferdeweide stand eine Hütte, aus der heller Rauch durch das Schindeldach trat. Siegbert ritt hin. Mit dem Fuß stieß er die Tür auf und trat hinein. Jaros saß vor der offenen Feuerstelle und rieb sich die Hände.

„Du bist lange unterwegs gewesen!", brummte er verärgert vor sich hin.

„Warum bist du mürrisch? Ist dir eine Laus über die Leber gelaufen?", entgegnete Siegbert.

„Seit Wochen bin ich allein im Wald und in Rodewin ist auch keiner, der meine Arbeit macht."

„Mein Bruder hat nicht mehr so viele Pferde wie früher und deshalb hat er dich mir überlassen."

„Das war aber nicht für lange gedacht."

„Es gibt keinen Besseren, der sich mit Pferden auskennt. Deshalb brauche ich dich hier. Oder willst du, dass die edlen Tiere verkommen?"

„Wenn das schlechte Wetter anhält, wirst du bald nichts mehr zum Füttern haben."

„Ich beschaffe es aus den Frankengütern."

„Denen geht es wie uns. Es wächst nichts mehr. Wo nichts ist, kannst du nichts wegnehmen", entgegnete Jaros verzweifelt.

„Die Franken bekommen noch genügend Heu und Stroh aus den südgallischen Gebieten geliefert."

„Das wird nicht ewig gehen. Was machst du, wenn du kein Futter mehr findest. Willst du die Pferde dann töten?", fragte Janos.
Siegbert raufte sich die Haare.

„Daran habe ich noch nicht gedacht. Vielleicht reichen bis dahin unsere gerodeten Flächen, um genügend Heu selbst zu erzeugen."

„Wenn die Sonne nicht scheint, wächst gar nichts", erwiderte Jaros heftig.

„Was schlägst du vor, was soll ich tun?"

„Du musst einen Großteil der Tiere verkaufen."

„An wen, vielleicht an die Franken?", schrie Siegbert den Pferdesklaven an.

„Es ist besser sie ihnen zu überlassen als dass sie verhungern."
Aufgeregt ging der Rebellenführer im Raum hin und her. Er wusste, dass Jaros recht hatte. Einen Ausweg aus dieser Situation konnte er nicht sehen. Die gerodeten Waldflächen reichten nicht aus, um die Pferde über den nächsten Winter zu bringen, Dies wurde Siegbert immer deutlicher bewusst.

„Wir reiten nach Rodewin. Ich will mit meinem Bruder Harald darüber reden. Er weiß in allen Dingen Rat."
Das Gesicht des alten Mannes erhellte sich. Endlich konnte er wieder zu seiner Frau und Tochter. Eilig packte er ein paar Sachen zusammen und sattelte sein Pferd. Siegbert hatte den Jungkriegern, die auf die Pferde aufpassten, Bescheid gegeben, dass Jaros in ein paar

Tagen zurückkommen würde. Der Pferdesklave galoppierte mit ihm in Richtung Wiesenland davon.

Spät in der Nacht kamen sie in Rodewin an. Alle schliefen. Jaros lief zu seiner Frau und Siegbert ging ins Haus seines Bruders. Vor der Herdstelle schlief die Sklavin Rosa auf einem Strohlager. Er weckte sie und erschrocken fuhr sie zusammen.

„Was machst du hier?"

„Ich muss dringend mit Harald sprechen. Geh und wecke ihn."

Sie raffte ihren Unterrock hoch und lief barfüßig in den Schlafraum ihres Herrn.

Harald humpelte auf seiner Krücke hinter ihr her in die Küche.

„Was ist passiert?", rief Harald besorgt.

„Noch nichts, doch ich muss etwas Wichtiges mit dir besprechen."

„Du wirst hungrig sein. Rosa macht dir einen kräftigen Brei. Wir gehen in die Wohnstube. Dort kannst du mir in Ruhe erzählen, was dich bedrückt."

Siegbert folgte seinem Bruder in den großen Nebenraum und sie setzten sich an den Tisch.

„Erzähl! Was ist los?", drängte Harald und sah seinen Bruder erwartungsvoll an.

„Ich mache mir Sorgen um unsere Pferde. Wir haben zu viele auf den Koppeln in den Bergen. Bald werden wir sie nicht mehr ernähren können. Was soll ich tun?"

Harald überlegte eine Weile.

„Als du den Franken die Tiere weggenommen hast, war mein erster Gedanke, wie du sie satt bekommst. Die Rodungen im Wald waren eine gute Idee, doch damals schien die Sonne und das Gras wuchs prächtig. Jetzt sind die Erträge zu gering, da bleibt nichts anderes übrig als sich von einem Teil der Tiere zu trennen."

„Soll ich sie schlachten?", erwiderte Siegbert heftig.

„Das habe ich nicht gesagt. Vielleicht kannst du einige verkaufen?"

„Die Franken würden sich freuen, wenn ich ihnen die geraubten Tiere zum Kauf anbiete. Niemals bekommen sie von mir auch nur ein Pferd, eher opfere ich die Tiere. Ich entzünde ein solches Feuer, wie es noch nie zuvor einer gesehen hat. Die Götter wird es erfreuen."

„Bleib ruhig!", beschwichtigte Harald seinen Bruder, „es gibt doch noch andere, die Pferde brauchen und gut dafür zahlen."

„Das Futter ist überall knapp."

„Vielleicht sieht es im Süden etwas besser aus. Du warst doch bei den Langobarden. Sie haben viele Krieger und die benötigen gute Pferde. Es wäre eine Möglichkeit, die Tiere an sie zu verkaufen."

Rosa unterbrach die Unterhaltung. Sie kam mit einer Schale Brei und heißem Tee in die Wohnstube und stellte beides auf den Tisch.

„Lasst es euch schmecken!", sagte sie betont freundlich und ging zurück in die Küche.

Siegbert langte mit dem Löffel kräftig zu.

„Warum isst du nichts?", fragte er seinen Bruder.

„Es ist noch zu früh für mich."

Bald war die große Schale leer.

„Habt ihr genug zu essen in den Bergen?", wollte Harald wissen.

„Es reicht für uns und wir können noch vielen Bauern mit dem erbeuteten Getreide aushelfen."

„Das wird nicht ewig weiter gehen. Von unserem fränkischen Verwalter des Wiesenlandes hörte ich, dass sie härter gegen die Rebellen vorgehen wollen und Krieger von ihrem König angefordert haben."

„Sollen die nur kommen. Wir werden ihnen zeigen, wer der Stärkere ist."

„Nimm es nicht leicht und unterschätze die Frankenkrieger nicht. Die Wachleute, die ihr in den Gütern bisher angetroffen habt, sind nicht mit ihnen zu vergleichen."

„Mach dir keine Sorgen. Unsere Angriffe sind gut vorbereitet und wir haben noch keinen Toten zu beklagen."

„Was hältst du von meinem Vorschlag mit den Langobarden?" wollte Harald wissen.

„Er ist gut, doch wie bekommen wir die Pferde bis in ihr Gebiet. Die Franken würden es bemerken und alles daran setzen, uns die Tiere wegzunehmen."

„Da hast du recht. Wir sollten jedoch diese Möglichkeit trotzdem nicht aus dem Auge verlieren."

„Ich werde jetzt fortreiten", sagte Siegbert und stand von seinem Schemel auf. Er erkannte, dass sein Bruder ihm nicht mit Futter für die Pferde aushelfen konnte. Was mit den weißen Pferden auf dem Rynnestig werden sollte, belastete Siegbert. Ratlos und deprimiert sah er zu Boden.

„Willst du nicht eine Weile bei uns bleiben und dich ein wenig ausruhen?", nötigte ihn Harald.

„Beim nächsten Mal. Ich will noch zum Grabhügel meiner Frau reiten, bevor ich ins Lager zurückkehre."

„Der Schmerz begleitet dich immer noch, das kann ich verstehen. Ich will dich nicht aufhalten."

„Ich danke dir für den Rat und bitte dich, dass du Jaros nach drei Tagen wieder zu den Pferden am Rynnestig schickst. Er ist mit mir her geritten und braucht eine kurze Verschnaufpause bei seiner Frau."

Harald lächelte und begleitete Siegbert bis zur Tür.

Der Rebellenführer ritt in Richtung der Wachstation am Roten Stein und weiter zum Grabhügel seiner Frau. Nebel nahm ihm die Sicht. Ein einzelner Wolf tauchte vor ihm auf als würde er die Grabanlage beschützen. Siegbert kramte aus seiner Tasche ein Stück Brot hervor, das er als Wegzehrung bei sich hatte. Er warf es dem Isegrim zu. Flink schnappte der Wolf danach und verschwand. Vielleicht war es ein Nachkomme des Fenriswolfs und sein Erscheinen hatte eine besondere Bedeutung.

Zufrieden ritt der Rebellenführer weiter. Sein Freund Ulf hatte ihn den Weg heraufkommen sehen und selbst das Tor geöffnet.

„Wieso bist du so früh und allein unterwegs?", bestürmte er ihn.

„Ich wollte nachsehen, wie es dir geht."

„Viel besser als das letzte Mal! Meine Freundin Ratlind ist wieder bei mir. Sie hat die neue Köchin, die du uns gegeben hast, gesehen und meinte, dass sie besser für die Männer auf dem Roten Stein sorgen könnte als diese Frau."

„Hast du die Frau ins Hauptlager zurückgeschickt?"

„Nein! Die Arbeit ist von zwei Weibern kaum zu schaffen."

„Was ist mit den Waisenkindern?", wollte Siegbert wissen.

„Die meisten sind im Hauptlager und den Rest hat Ratlind hier behalten."

„Das passt zu ihr. Jetzt wirst du bald Vater von dem ganzen Haufen sein", meinte Siegbert lachend.

An diese Möglichkeit hatte Ulf nicht gedacht.

„Die Kleinen bringen Leben in die Wallburg. Du wirst es sehen. Mir gefällt es", entgegnete Ulf frohgelaunt.

„Hat deine Braut mit ihrer Mutter, wegen der Hochzeit gesprochen?", wollte Siegbert wissen.

„Letzte Woche waren wir bei ihr und mir wurde verziehen, dass ich ihre Tochter entführt habe. Nur dass ich bei den Rebellen bin und nicht auf ihren Hof gehen will, das gefällt ihr nicht."

„Wenn du lieber Bauer sein willst, hindere ich dich nicht daran. Mir wäre es jedoch lieber, wenn du bleibst", erwiderte Siegbert.

„Ich will nicht auf den Hof. Dort würde mich die Schwiegermutter, wie einen Sklaven behandeln. Sie ist herrisch und gleicht einem Drachen."

„Somit hast du keine andere Wahl als hier zu bleiben. Kaufe ihr einen Sklaven für die Hof- und Feldarbeit. Ich gebe dir ein paar fränkische Münzen. Dafür kannst du sogar zwei bekommen."

Siegbert zählte ihm die Geldstücke in die Hand.

„Die werden bei uns nicht auf dem Markt feilgeboten?", erwiderte Ulf resigniert.

„Du bekommst sie von meinem slawischen Händler. Der hat immer welche bei sich. Die Burschen sind fleißig und genügsam. Wenn du willst, schicke ich dir den Handelsmann vorbei. Ich will ihm alle gefangenen fränkischen Wachleute anbieten."

„Haben ihre Verwalter sie nicht zurückhaben wollen?", wollte Ulf wissen.

„Bis jetzt bekam ich kein Angebot. Die Gutsverwalter werden bestimmt nicht mehr für sie bezahlen als ich von dem slawischen Händler bekomme. Hast du die Franken in den Löchern nicht verhungern lassen?"

„Nein! Wo denkst du hin! Sie sind gesund und munter. Der Große flucht und schimpft immer noch, wenn ich ihnen Brot und Wasser in die Höhle hinunterlasse."

„Vielleicht solltest du die Ration verringern, damit die anderen ihm klarmachen, wie man sich gehörig benimmt. Ich werde heute selbst zu ihnen reiten und das Essen bringen."

Gemeinsam gingen sie zu dem Aufenthaltsraum der Wachmannschaft, an den die Küche angebaut war. Dort stand Ulfs Braut und die Köchin aus dem Hauptlager. Sie bereiteten gemeinsam das Frühstück.

„Ich freue mich, dich zu sehen, Ratlind. Wie ist es dir mit den Kindern ergangen?", fragte Siegbert interessiert.

„Gut komme ich mit ihnen zurecht. Vor ein paar Tagen sind wir alle aus Rodewin fortgezogen. Die meisten sind ins Hauptlager zurück und ein Dutzend von ihnen behielt ich bei mir."

„Wird es nicht zu viel sein, die Männer und Kinder zu versorgen?"

„Ich habe doch eine gute Hilfe, die uns der Bärenkrieger aus dem Lager gesandt hat. Mit ihr zusammen, schaffe ich es."

„Dann wollen wir frühstücken. Ich habe einen Wolfshunger."
Eifrig rührte Ratlind den Brei weiter und wischte sich mit der Schürze den Schweiß von der Stirn.
Ein paar Kinder waren frühzeitig aufgestanden und begrüßten Siegbert.

„Wie gefällt es euch auf der Burg?", fragte er.

„Besser als in Rodewin. Dort mussten wir immer leise sein, wenn wir auf dem Hof spielten. Hier stört sich niemand an dem Lärm, den wir machen."

Sie rannten zurück auf den Vorhof der Wallburg, um sich mit Holzschwertern zu bekriegen. Die Mädchen standen den Knaben dabei nicht nach. Nur einer der Jungen saß abseits auf einem Stein und kratzte mit einem Stock Zeichen in den Sand.

Der Brei war noch nicht fertig. Siegbert ging zu dem Jungen und sprach mit ihm.

„Warum sitzt du hier allein?"

„Ich darf nicht mitspielen!", entgegnete der Knabe bitter.

„Wieso nicht?"

„Sie sagen, ich hätte deine Frau umgebracht und mit so einem gibt man sich nicht ab."

„Was für ein Unsinn. Sie ist ertrunken."

„Das ist es ja. Wenn ich nicht um Hilfe gerufen hätte, wäre sie nicht aufs Eis gegangen und eingebrochen." Verdutzt ging Siegbert zurück zu seinem Tisch. Sein Freund war inzwischen bei den Pferdeställen und versorgte seinen Hengst. Siegbert musste immer wieder hinaus auf den Hof zu dem kleinen Jungen sehen. Hatte er Schuld, am Tod von Brunhilde?

Ganz bestimmt war es nicht seine Absicht, Brunhilde durch den Hilfeschrei aufs Eis zu locken. Das Schicksal hatte es gewollt, wie es viele Dinge in unserem Leben beeinflusst. Selbst das, was wir bewusst tun, ist mitunter schon vorherbestimmt. An der Quelle Urdaborn sitzen die drei Nornen Urd, Verdandi und Skuld und spinnen. Sie bestimmen das Schicksal der Menschen, daher kann der Junge nicht für den Tod von Brunhilde verantwortlich sein.

Ratlind brachte eine Schale Brei. Siegbert war durch die Begegnung mit dem Jungen, der Hunger vergangen.

„Schmeckt es dir nicht?", fragte sie verwundert.

„Ich habe keinen Appetit."

„Du musst essen, damit du bei Kräften bleibst", nötigte sie ihn.

Nach dem ersten Löffel langte er weiter kräftig zu und im Nu war alles aufgegessen. Zufrieden betrachtete Ratlind die leere Schale.

„Möchtest du noch etwas haben?"

„Nein danke! Doch sage mir, wieso die anderen Kinder nicht mit dem kleinen Jungen spielen."

„Welchem Jungen?", fragte sie erstaunt.

„Der mit seinem Stock Zeichen in den Sand zieht."

„Ach der, das ist ein Einzelgänger. Er spielt immer allein."

„Kann ich ihn mit ins Reital nehmen. Ich will den gefangenen Franken etwas zu Essen bringen."

„Nimm ihn nur mit. Das wird ihm gefallen."

Der Junge war begeistert, mitreiten zu dürfen. Es war das erste Mal, dass er auf einem Pferd saß. Krampfhaft hielt er sich an der Mähne von Siegberts Hengst fest.

„Hast du Angst?"

„Nein!", sagte der Junge, was natürlich gelogen war.

Hinter der Mühle verschwand das Wasser des Flusses Rei plötzlich im Boden. Das Bachbett war trocken und keine Pfütze zu sehen. Sie ritten langsam weiter und kamen zu der Höhle, die nur über ein großes Loch im trockenen Flussbett erreichbar war. Siegbert räumte das Reisig beiseite, das den Eingang abdeckte. Er beugte sich vor und rief hinab in die Dunkelheit.

„Lebt ihr noch?"

„Wann lässt du uns raus?", schrie einer der Gefangenen nach oben.

„Eure Gutsverwalter haben sich nicht gemeldet, um euch loszukaufen. Ihr seid ihnen wohl nicht viel wert. In ein paar Tagen werde ich euch an einen slawischen Sklavenhändler verkaufen."

„Besser Sklave sein als hier unten zu verrecken", schrie ein anderer hinauf.

„Ich lass euch gleich einen Sack mit Brot und geräuchertem Speck hinab."

„Wir brauchen frisches Wasser. Die Quelle in der Höhle ist versiegt."

Siegbert überlegte, wo er Wasser herbekommen konnte.

„Ich werde euch jemand schicken, der welches bringt", schrie er hinab.

„Dann sind wir verdurstet. Seit Tagen haben wir nichts mehr getrunken", kam die Antwort.

Die Franken taten ihm leid und er holte seinen Trinkschlauch, den er am Sattel angebunden hatte. Leider war er leer. Kurz bevor die Rei in die Ge fließt, hatte er das Wasser aus dem Untergrund wieder an die Oberfläche fließen sehen. Zu dieser Stelle musste er reiten, um den Trinkschlauch zu füllen.

„Bleib hier Junge und rühre dich nicht von der Stelle. Vor allen Dingen, gehe nicht zu nah an das Loch, damit du nicht hineinfällst. Ich reite weg, um den Trinkschlauch mit Wasser für die Gefangenen zu füllen. Danach kehren wir wieder nach Hause."

Der Junge nickte, dass er alles verstanden hatte und Siegbert ritt weg.

Nach einer Weile waren Stimmen aus der Höhle zu hören. Die Franken schrien sich gegenseitig an.

„Lass den Sack mit den Lebensmitteln herunter", schrie einer der Gefangenen in gebrochenem thüringisch nach oben.

Der Junge blieb auf dem Stein sitzen und rührte sich nicht vom Fleck. Die Rufe wurden lauter und klagender. Der Knabe sah vorsichtig über den Rand des Lochs.

„Ihr müsst warten bis der Anführer zurückkommt", rief er den Franken zu.

„Erbarme dich! Gib uns ein Stück Brot zu essen, sonst sterben wir."

Der Junge überlegte, was er tun sollte. Siegbert sagte ihm, sich nicht zu rühren, doch die Gefangenen konnten jeden Moment verhungern und dann wäre es seine Schuld, wenn sie tot wären.

Das Seil, an dem der Sack angebunden war, band er an einem Weidenbaum fest. Mit seinen schwachen Armen rollte er den Sack, Stück für Stück, zu dem Loch. Es war eine große Schinderei und der Schweiß lief ihm über das Gesicht. Ein letzter Fußtritt und es war geschafft.

Das Seil lag schlecht und hatte sich um seine Beine geschlungen. Blitzschnell riss es ihn in die Tiefe der Höhle hinab. Im letzten Moment konnte er es fassen und klammerte sich daran fest, denn sonst wäre er auf den harten Höhlenboden aufgeschlagen.

Die Franken griffen nach seinen Füßen und zogen ihn zu sich hinab. Nur das Seil interessierte sie. Einer von ihnen kletterte daran hinauf. Als er oben anlangte, kam gerade Siegbert zurück geritten. Der Rebellenführer überriss sofort die Situation und packte den Frankenkrieger an den Haaren. Er warf ihn zu Boden. Mit einem Strick fesselte er ihn.

„Was habt ihr mit dem Jungen gemacht!", schrie er ihn an.

„Nichts!", erwiderte der Gefangene ängstlich.

Siegbert sah in die Höhle hinab. Er konnte den Knaben nicht erkennen.

„Bindet den Jungen ans Seil, damit ich ihn hochziehen kann", rief er hinunter.

„Erst wenn wir alle aus der Höhle sind, dann bekommst du den Jungen", schrie einer hinauf.

„Wer sagt mir, dass ihr ihm nichts getan habt."

Der große Franke zog den Jungen am Ohr. Vor Schmerzen schrie er laut auf.

„Ich werde dem Knaben ein Stück nach dem anderen abschneiden. Oben kannst du ihn wieder zusammensetzen."

Siegbert überlegte. Dem großen Franken traute er alles zu. Was konnte er tun, um nicht das Leben des Jungen zu gefährden?

„Lasst den Jungen zuerst hoch. Ihr dürft danach rauf kommen. Ich gebe euch mein Wort!"

„Erst müssen wir alle oben sein. Nur dann bekommst du den Jungen."

„Das ist mir zu unsicher, ob er unversehrt oben anlangt."

„Du kannst uns oben fesseln und erst dann die Stricke lösen, wenn du den Knaben am Seil hochgezogen hast", schlug der große Franke vor.

Der Vorschlag schien Siegbert annehmbar. Er ließ jeden Einzelnen am Seil hochklettern und band ihre Handgelenke mit Stricken zusammen.

Zuletzt kam der große Wachmann, der einst Siegbert mit einem Fußtritt durch das fränkische Gutstor beförderte, oben an. Er hatte den Jungen bei sich und schob ihn über die Gesteinskante auf den festen Boden des ausgetrockneten Bachs. Siegbert lief zu dem Knaben, um zu sehen, ob er unverletzt war. Da blitzte ein Messer in der Hand des Franken auf. Wild stach er auf Siegbert ein. Es gelang ihm jedoch nicht, den Rebellenführer zu verletzen. Gekonnt wich der Thüringer aus und versetzte dem Franken einen Hieb gegen die Schläfe.

Benommen torkelte der Wachmann umher. Ein zweiter Faustschlag streckte ihn nieder. Siegbert fesselte den Bewusstlosen. Er ging zu dem weinenden Knaben und legte seine Arme beschützend auf seine Schultern.

Die anfängliche Wut, die er hatte, war auf einmal verschwunden.

„Erzähl, was passiert ist!", forderte er den Jungen auf.

Ängstlich sah sich der Knabe um. Nachdem er sich ein wenig beruhigt hatte, berichtete er wie alles gekommen war.

„Was machen wir jetzt mit den Franken?", wollte Siegbert von ihm wissen.

„Du hast ihnen versprochen, sie freizulassen und was man sagt, muss man halten."

Mit dieser Antwort hatte der Rebellenführer nicht gerechnet. Sollte er die Gefangenen wirklich freilassen?

Siegbert fasste die Hand des Jungen und sah ihn an.

„Was würde passieren, wenn ich sie laufen lasse? Überlege gut!"

„Sie würden allen sagen, wo sie versteckt waren."

„Gut, darin sind wir einer Meinung! Was meinst du, was dann passieren wird?"

„Sie schicken Krieger, um gegen uns zu kämpfen."

„Genau das ist der Grund, sie wieder in die Höhle zu werfen. Doch es gibt noch einen anderen Grund. Der Große von ihnen versuchte mich umzubringen. Das war gegen unsere Abmachung. Sie haben damit ihr Wort gebrochen."

„Du könntest sie blenden, dann können sie keinem verraten, wo sie waren."

Lachend ging Siegbert auf die Franken zu.

„Was ist euch lieber geblendet zu werden und frei davonziehen zu können oder dass ich euch zurück in die Höhle werfe."

Sie waren sich schnell einig. Das Augenlicht wollte keiner verlieren. Siegbert schnitt ihre Handfesseln durch und brav kletterten sie am Seil zurück in die Höhle. Nur den großen Franken, der ihn mit dem Messer erstechen wollte, schupste er gefesselt in die Tiefe. Ein lauter Schrei drang von unten herauf.

Siegbert bedeckte die Höhlenöffnung mit Reisig und ritt mit dem Jungen zurück zur Wachstation auf dem Roten Stein. Dort erzählte er Ulf, was passiert war.

„Du hättest sie alle töten sollen. Sie werden uns noch viel Ärger bereiten“, sagte sein Freund wütend.

„Dem slawischen Sklavenhändler werde ich sie verkaufen. Ihm wird es eine große Freude sein, sie zu bändigen.“

„Wann kommt er vorbei?“

„Er wird schon da sein! Morgen reite ich zum vereinbarten Ort und werde mit ihm sprechen.“

„Ich würde gern mitkommen!“, entgegnete Ulf.

„Von mir aus, doch ich werde sehr zeitig losreiten.“ Ulf war es als Verwalter der Wachstation zu langweilig geworden. Er beneidete die Vindobonenser, die regelmäßig zu Beutezügen gegen die Franken ausrückten und er musste in der Wallburg ausharren.

6. Der Sklavenhändler
Im Heumond (Juli) 536

Zeitig am Morgen wartete Ulf auf Siegbert vor dem Tor. Es war dunkel und er hatte nicht gefrühstückt.

„Du bist pünktlich! Das hätte ich nicht gedacht", sagte Siegbert.

Am Tor wartete noch jemand. Es war der Junge.

„Darf ich auch mitkommen?", fragte er Siegbert. Er sah ihn mit seinen großen Augen an, dass man ihm keine Bitte abschlagen konnte.

„Wenn du uns keinen Ärger machst, dann hol dir ein freies Pferd aus dem Stall und folge uns."

Eilig rannte der Knabe davon und kam nach kurzer Zeit angeritten.

„Dein Pferd hat wohl auf dich gewartet. Du bist gerade erst weggelaufen."

„Ich hatte es auf dem Hof an einen Baumstamm angebunden."

„Du bist ja ein ganz Gescheiter!", meinte Ulf und öffnete das Tor. Ratlind winkte ihnen nach.

Vorsichtig ritten sie auf einem ausgetretenen Weg in östlicher Richtung. Siegbert hatte ein paar Speckstreifen eingepackt.

„Wollt ihr etwas davon abhaben als Ersatz für das Frühstück?", fragte er seine beiden Weggefährten.

Die verneinten einstimmig.

Sie kamen an einen Bach, der nicht weit weg vom Rynnestig entsprang. Am Ende dieses Tals stand eine kleine Holzfällersiedlung, die der vereinbarte Treffpunkt mit dem Sklavenhändler war. Siegbert hatte schon einmal gute Geschäfte mit ihm gemacht und vertraute dem Mann.

Die Siedlung schien verlassen und leer, wie ausgestorben. Es drang kein Rauch aus den mit Schindeln gedeckten Dächern.

„Bleibt hier und wartet, bis ich euch rufe!", sagte Siegbert und ritt allein auf eine große Blockhütte zu. Sie diente den Holzfällern als Aufenthaltsraum. Er ging zur Tür und stieß sie mit dem Fuß auf. Gebückt schritt er hinein und seine Augen versuchten sich an die Dunkelheit im Raum zu gewöhnen.

Plötzlich fiel von der Decke ein großes Netz herab und mehrere Männer sprangen von den Seiten auf ihn zu. Sie schnürten ihn im Nu zu einem Knäul zusammen. Hilflos lag er gebunden auf der Erde.

Am Herd versuchte ein Mann umständlich Feuer zu entfachen. Als ihm dies endlich gelang, sah er sich den Gefangenen an. Er lachte laut auf.

„Befreit ihn von seinen Fesseln!", rief er seinen Männern zu.

Sie lösten die Knoten und betrachteten den vermeintlichen Eindringling misstrauisch.

„Du musst unser Vorgehen entschuldigen, aber gestern sahen wir einen Trupp Franken das Tal hinauf reiten. Du hättest einer von ihnen sein können."

Der Sklavenhändler zog Siegbert vom Boden hoch und deutete ihm an, Platz zu nehmen. Einer der Männer stellte zwei Becher und eine Kanne Wein auf den Tisch.

„Bist du allein hier?"

„Meine Leute warten vor der Siedlung", antwortete Siegbert verhalten.

„Sie sollen zu uns kommen. Ich lasse sie holen. Jetzt zu uns! Was hast du mir anzubieten?"

Siegbert sah sich um und betrachtete die Männer des Sklavenhändlers. Es waren Riesen von Gestalt, denen man nur ungern im Kampf entgegen trat.

„Ich habe zwei Dutzend fränkische Wachleute für dich."

„Sind sie gesund und stark?"

„Wie die Letzten, die ich dir überließ!"

„Das ist gut, dann kommen wir ins Geschäft. Wieviel willst du dafür haben?"

„Wenn du sie gesehen hast sage mir einen Preis, der angemessen ist. Ich will nicht mit dir feilschen, da ich dir vertraue, wie einem Verwandten."

„Das kannst du. Ich liebe dich, wie einen Bruder. Lass uns darauf anstoßen."

In einem Zug wurden die Becher geleert und neu nachgeschenkt.

„Hältst du die Franken alle an einem Ort gefangen, wo ich sie sehen kann?"

„Nein! Ich kann sie dir hierher bringen lassen", bot Siegbert an.

„Das ist nicht notwendig. Meine Leute können sie einsammeln. Die Franken gewöhnen sich gleich an unsere liebevolle Behandlung."

Lachend prostete er Siegbert zu und kippte den Wein die Kehle hinunter.

Ulf und der Junge traten durch die Tür und sahen verstört zu Siegbert. Er winkte ihnen zu, zum Tisch zu kommen.

„Habt keine Angst vor ihnen. Sie sehen gefährlicher aus als sie es sind", sagte der Rebellenführer.

Dieser Spruch gefiel dem Sklavenhändler, der auflachte und wiederum seinen Becher in einem Zuge leerte.

„Kommt und setzt euch zu uns. Ich habe noch genügend Wein in meinem Vorrat."

Einer seiner Männer stellte zwei Becher dazu und schenkte ein.

Der Junge fiel nach dem zweiten Becher betrunken unter den Tisch und Ulf folgte ihm bald darauf. Siegbert spürte seine Zunge kaum noch und das Sprechen fiel ihm schwer.

„Wenn ich weitertrinke kann ich dir den Weg nicht mehr zeigen", lallte er dem Sklavenhändler zu.

„Dann lass uns reiten!", sprach er und seine Männer halfen dem Thüringer auf sein Pferd. Der Junge und Ulf sollten in der Blockhütte liegenbleiben und ausnüchtern. Einer der Gehilfen des Sklavenhändlers blieb bei ihnen.

Die frische Luft verstärkte das Schwindelgefühl und Siegbert musste sich übergeben. Danach ging es ihm besser.

Bevor sie zu der Höhle in dem trockenen Flussbett kamen, war Siegbert wieder nüchtern. Sie machten Halt und der Sklavenhändler fragte verwundert, wo die Gefangenen wären.

„Du stehst über ihnen", entgegnete Siegbert lachend.

„Hier sind nur Kieselsteine und Sand!"

„Das Loch dort ist der Zugang zu einer Höhle. Sieh hinab, dann kannst du die Franken erkennen."

Der Sklavenhändler sah in den Schlund.

„Da unten rührt sich nichts. Das Wasser wird sie weggespült haben."

Siegbert sah selbst hinunter, doch es war zu dunkel.

Mit seinem Feuerstein und Stahl entzündete er einen Reisighaufen. Den warf er durch das Loch hinab.

Die Franken sprangen ängstlich von einer Seite zur anderen und konnten sich nicht erklären, was das Feuer bedeutete.

Jetzt konnte der Sklavenhändler die Leute sehen und befahl einem seiner Männer sie heraufzubringen. An einem Seil kletterte einer der Riesen hinab. Es dauerte nicht lange, da zogen die anderen einen Franken nach dem anderen an die Oberfläche.

„Sie sehen nicht schlecht aus, doch sie sind abgemagert. Für das Auffüttern muss ich dir etwas abziehen."

„Wir können noch die anderen holen, die wir in einer Blockhütte auf dem Rynnestig angekettet haben."

„Lass uns reiten. Zwei meiner Männer bringen diese Kerle zu der Holzfällersiedlung am Bach."

Siegbert ritt voran zum Rynnestig. Es war ein beschwerlicher Weg. Inzwischen hatte es angefangen zu regnen und die Pferde rutschten oft aus. Das letzte Stück mussten sie zu Fuß gehen. Der Regen hatte sich in Schnee verwandelt und ein kalter Wind blies ihnen ins Gesicht.

„Ich dachte, nur wir im Osten haben schlechtes Wetter, aber bei euch ist es nicht besser", bemerkte der Sklavenhändler mürrisch.

„Ich hörte, dass es überall schlecht sein soll, auch im Süden", entgegnete Siegbert.

Sie gingen nebeneinander und führten ihre Pferde am Zügel. Der Sklavenhändler erzählte dem Thüringer von seiner Heimat und wie die Menschen dort lebten. Das Reich lag am Meer, weit im Nordosten. Den Handel mit Sklaven betrieb er mehrere Jahre. Es gab bestimmte Wege, die seit Jahrhunderten bestanden, wie die Bernsteinstraße. Auf ihr zog er mit seinen Männern einmal im Jahr nach Süden in die pannonische Tiefebene und tauschte wertvolle Pelze, Bernstein und Edelmetalle gegen Sklaven, die der Langobardenkönig in Illyrien gemacht hatte. Diese Leute waren bei seinem Fürsten sehr begehrt, da sie gute Handwerker waren. Seltener kam er in das Gebiet der Thüringer. Von den fränkischen Verwaltern hatte er manchmal im Herbst Gefangene günstig bekommen können, da es für sie zu dieser Jahreszeit kaum einen Absatz im Frankenreich gab. Wenn er jetzt fränkische Wachleute von den Rebellen erhielt, war ihm das gleich. Dieses Geschäft ließ er sich nicht entgehen.

Spät kamen sie am Rynnestig an. Die Blockhütte mit den Gefangenen war zu sehen. Am Wegrand erkannte Siegbert die Umrisse der in Ketten gelegten Franken, die Rodungsarbeiten verrichteten. Ein paar Rebellen bewachten sie. Sie gingen nicht zimperlich mit ihnen um. Das Knallen von Peitschen war zu hören und aus der Ferne ertönte das Echo.

„Es ist zu spät, um sie heute noch mitzunehmen. Können wir hier übernachten?", fragte der Sklavenhändler.

„Viel Platz ist nicht in der Hütte. Er reicht kaum für die Gefangenen", entgegnete Siegbert.

„Die können im Hof bleiben, dann gewöhnen sie sich schneller an das raue Klima in ihrer neuen Heimat." Siegbert sah den Händler skeptisch an.

„Es wird keiner erfrieren! Sind das alle Männer, die du hast?"
Siegbert nickte.
Die Gefangenen kamen paarweise auf den Hof zurück. Je zwei Männer waren aneinander gekettet. Sie stellten sich in einer Linie auf und der Sklavenhändler begutachtete mit Kennerblick jeden Einzelnen.

„Die sind besser ernährt als die anderen. Ich mache dir ein gutes Angebot. Wenn du damit einverstanden bist nehme ich sie morgen früh gleich mit und du begleitest uns bis zur Hütte."
Siegbert willigte ein.

„Eine eiserne Ration an Wein habe ich zum Glück bei mir. Wir können schon jetzt auf das gute Geschäft anstoßen."

Er löste vom Sattel einen prall gefüllten Weinschlauch und ging zum Blockhaus. Siegbert folgte ihm. Auf der offenen Feuerstelle stand ein großer Kessel mit Fleischbrühe und einer der wachhabenden Rebellen rührte mit einer Kelle darin herum. Der Sklavenhändler roch daran.

„Die duftet gut. Gib uns etwas davon!", sagte er zu dem Mann.

Der Rebell sah Siegbert an und dieser nickte zustimmend.

Die Riesen aus dem Osten löffelten mit einem Heißhunger ihre Suppenschalen leer und verlangten mehrmals Nachschlag. Die Suppe reichte nicht mehr für die Gefangenen und der Küchenmeister musste einen neuen Kessel aufsetzen. Auf dem Hof standen die frierenden Franken und warteten auf ihre Mahlzeit. Als sie erfuhren, dass die Fremden alles gegessen hatten, fingen sie an zu murren und einige schrien in ihrer Sprache die Riesen an. Die nutzten die Gelegenheit, um sich Respekt zu verschaffen. Mit Fausthieben streckten sie einige der Schreihälse zu Boden. Die anderen verstummten.

Die Rebellen entzündeten auf dem Hof ein großes Reisigfeuer, an dem sich die Gefangenen ein wenig aufwärmen konnten. Es dauerte lange, bis die neue Brühe essfertig war. Der Küchenmeister holte sich ein paar Franken, die den Kessel auf den Hof tragen mussten und die Suppe an ihre Kameraden verteilten. Ausgehungert verschlangen sie die noch nicht gar gekochten Fleischstücke und setzten sich danach um die offene Feuerstelle zum Aufwärmen. Genügend Holz zum Nachlegen war vorhanden und das Feuer ging die ganze Nacht nicht aus. Niemand verriet ihnen, wer die Fremden waren, doch sie ahnten, dass man sie nun in die Sklaverei verschleppen würde. Den meisten schien es besser als getötet zu werden. Die Hoffnung auf Freikauf hatten sie aufgegeben und an Flucht war nicht zu denken. Resignation machte sich bei ihnen breit und jeder dachte nur noch ans eigene Überleben.

Siegbert musste mit dem Sklavenhändler zechen. Er tat es nicht gern, doch ihm war der Handel wichtig. Auf diese Weise wurde er die Franken los, ohne sie umbringen zu müssen. Gegen Mitternacht war der Weinschlauch leergetrunken und sie legten sich in der Nähe des Herdfeuers auf das ausgebreitete Laub am Boden zum Schlafen.

Am frühen Morgen brachte Peitschenknall die Gefangenen auf die Beine. Sie wurden aneinandergekettet und zogen aus dem Lager in Richtung des Tals, in dem sich die Siedlung der Holzfäller befand. Es ging stetig auf einem schmalen Weg bergab. Bald erreichten sie die Schneegrenze und das zarte Grün der Waldwiesen war zu erkennen. An der Quelle des Baches, der sich durch das Tal schlängelte, machten sie Rast und konnten ihren Durst löschen. Es ging weiter und gegen Mittag sahen sie von weitem die Holzfällersiedlung.

Der Sklavenhändler ließ die Kolonne halten und schickte einen seiner Männer voraus, um nachzusehen, ob alles in Ordnung war. Aufgeregt kehrte der Knecht zurück und berichtete seinem Herrn.

„Was ist los?", fragte Siegbert, der den Riesen in seiner Sprache nicht verstand.

„Die Gefangenen sind in der Nacht ausgebrochen und in alle Winde davongerannt. Meine Männer werden sie einfangen."

„Wie ist das möglich?", erwiderte Siegbert erschrocken.

„Ich weiß nicht. Bisher ist mir noch kein Sklave entlaufen. Sie sollen sehen, mit wem sie es zu tun haben."

Im Galopp ritt er auf die Siedlung zu und Siegbert folgte ihm. Auf dem Vorplatz zur Blockhütte der Holzfäller rief er irgendetwas in seiner Sprache und der Riese, den er zurückließ, kam aus dem Haus gerannt und warf sich vor ihm in den Sand. Vor Wut rasend, hieb der Sklavenhändler mit seiner Peitsche auf den Mann ein. Dann gab er ein paar Befehle. Die Riesen, die bei ihm waren, ritten los und suchten nach Spuren der Geflüchteten. Kurze Zeit später kehrten sie zurück und zeigten in die Richtungen, die die Franken genommen hatten.

Siegbert ging mit dem Sklavenhändler ins Blockhaus. Dort standen Ulf und der Junge am Herd und bereiteten in einem Kessel Brei. Siegbert ging zu ihnen und fragte, was passiert war.

Ulf berichtete: „Die Gefangenen aus der Höhle sind in der Nacht geflohen. Ihre Fesseln hatten sich wie durch Geisterhand gelöst und die Tür des Speichers, in dem sie eingesperrt waren, stand offen. Einer der Franken muss ein Germane gewesen sein, der den Götterzauber kannte, mit dem man freikommt. Anders ist es nicht zu erklären. Als wir es bemerkten, waren sie verschwunden. Die beiden Männer des Sklavenhändlers, die sie herbrachten sind gleich los, um sie einzufangen."

„Hoffen wir, dass alle gefunden werden, denn sie kennen den Weg zu der Höhle und auch zu dieser Siedlung. Wir würden großen Ärger mit den fränkischen Kriegern bekommen und müssten uns schnellstens auf einen Angriff vorbereiten."

Siegbert setzte sich an den Tisch zu dem Sklavenhändler. Der versuchte seine Wut mit Wein zu stillen. Missgelaunt schob er seinen Becher zu Siegbert, damit auch er einen Schluck nehmen konnte.

Wie zu sich selbst sprach er: „Das hat es noch nie gegeben, dass einer ausreißen konnte. Ich werde sie alle umbringen, dieses Lumpenpack. Die anderen sollen zusehen, wie grausam ich sein kann."

Einer seiner Männer brachte ihm einen neuen Becher und füllte ihn mit Wein.

„Mein Mann, den ich ausgepeitscht habe, sagte mir, dass nur ein Zauber sie befreien konnte. Glaubst du es?"

Siegbert sah in seinen Weinbecher als wolle er dort eine Erklärung finden.

„Manche Germanen kennen Zaubersprüche, mit denen verschiedenes zu bewirken ist. Vielleicht kannte sich einer der Franken damit aus."

„Die sind doch Katholiken und glauben nicht an solche Dinge."

„Bevor sie Christen wurden, waren sie Germanen, wie wir Thüringer."

„Das mag sein, doch die Ketten lösen und eine versperrte Eichentür öffnen ist unmöglich."

„Vielleicht doch! Es gibt einen solchen Zauberspruch. Ich bin mir nicht sicher, ob er wirkt. Es kommt darauf an, ob die Götter in der Nähe sind und ihn hören können."

„Sag schon, wie lautet er?"

Siegbert überlegte den genauen Wortlaut und sprach: „Einst saßen Idise, setzten sich hierher und dorthin. Einige hefteten Fesseln, einige reizten die Heere auf. Einige klaubten herum an den Volksfesseln. Entspringe den Haftbanden, entkomme den Feinden."

Der Sklavenhändler sah ungläubig den Rebellenführer an.

„Ich werde ihn ausprobieren!", sagte er.

„Bist du ein Germane?", fragte Siegbert.

„Das nicht! Ich glaube an andere Götter."

„Dann funktioniert es nicht."

„Du bist doch einer. Versuche du es!", forderte der Slawe den Rebellenführer auf.

„Diesen Spruch darfst du nur in großer Not aufsagen, sonst verärgerst du die Götter und sie strafen dich dafür."

„Das leuchtet mir ein. Wir werden warten, bis meine Männer die Franken eingefangen haben und hierher zurückbringen. Erledigen wir bis dahin das Geschäftliche."

Unter seinem Wams zog er einen Beutel mit Silbermünzen hervor. Siegbert erkannte die Geldstücke. Mit solchen Münzen wurden die Waren im Langobardenreich bezahlt. Eine Silbermünze für jeden Sklaven, auch für die Entflohenen zählte er auf den Tisch.

„Das ist ein brüderlicher Preis, mein Freund, über den man nicht feilschen muss. Als zusätzliches Geschenk habe ich noch gelbe Steine für dich. Frauen mögen dieses Gold, das leicht ist, wie Holz. Es soll ihnen Gesundheit und Schönheit verleihen."

Aus einer Ecke holte er einen Ledersack und öffnete ihn. Einen Teil des Inhalts schüttete er auf den Tisch. Es waren verschieden große Stücke mit unterschiedlichen Farben zwischen hellgelb und dunkelbraun. Siegbert nahm einen und hielt ihn gegen das Licht des Herdfeuers. Das Funkeln gefiel ihm.

„Ich bin mit dem Preis einverstanden und bedanke mich für die gelben Steine. Meinen Frauen werden sie bestimmt gefallen."

„Wieviel hast du denn?", wollte der Slawe wissen.

„In meinem Hauptlager sind es mehr als wir beide Finger an den Händen haben."

„Oh!", entgegnete der Sklavenhändler überrascht. Mit einem anerkennenden Blick musterte er Siegbert.

„Wenn ich dich das nächste Mal besuche, musst du sie mir vorstellen."

Siegbert wusste, dass das nie in Frage kommen würde, denn so weit ging seine brüderliche Liebe zu dem Mann aus dem Osten nicht.

„Da wir das Geschäftliche geklärt haben, werde ich in mein Lager zurückreiten. Bei der Suche der entlaufenen Sklaven benötigst du doch meine Hilfe nicht."

„Kannst du mir deine Gesellen überlassen, damit sie uns entlang des Rynnestigs bis zur Grenze ins Langobardenreich führen. Sie kennen sich doch aus?"

„Ich spreche mit ihnen!", entgegnete Siegbert zögernd.

Ulf rührte mit dem Jungen noch immer den Brei. Sie mussten aufpassen, dass nichts anbrannte. Er unterbreitete ihm den Wunsch des Sklavenhändlers. Ulf hatte keine Einwände und der Junge war froh, noch für einige Tage dem tristen Leben auf der Wallburg am Roten Stein entfliehen zu können. Obwohl er die Sprache der Fremden nicht verstand, kamen sie gut miteinander aus. Die Riesen schienen kinderfreundlich zu sein und reichten ihm manche Leckerei, die er noch nicht kannte.

Siegbert ging zu dem Sklavenhändler.

„Die Beiden führen euch sicher zur Grenze. Ich habe mit ihnen gesprochen."

„Das ist gut mein Freund. Auf den Wegen im Tiefland kämen wir mit der kostbaren Fracht nicht weit. Die Franken würden uns am nächsten Baum aufknüpfen. Das wäre doch schlecht für unsere Freundschaft, denn es gäbe mich dann nicht mehr. Lass uns zum Abschied noch einen Becher leeren. Wenn du wieder ein paar Sklaven für mich hast, weißt du, wie du mich findest."

Er umfasste Siegbert wie einen Bruder mit seinen Armen und küsste ihn auf den Mund. Das war für den Thüringer zu viel. Eilig kippte er den Becher mit Wein hinunter, nahm die Beutel mit den Silbermünzen und den gelben Steinen und lief auf den Hof zu seinem Pferd.

Langsam ritt er davon. Der Sklavenhändler stand sichtlich gerührt vor dem Blockhaus und winkte ihm lange nach.

7. Das Thing der Rebellenführer
Im Heumond (Juli) 536

Auf direktem Weg erreichte Siegbert das Hauptlager und erzählte dem Bärenkrieger von dem Geschäft, das er mit dem Sklavenhändler abgeschlossen hatte. Die Flucht der fränkischen Gefangenen beunruhigte ihn. Die Geflohenen hatten die Rebellenlager nicht gesehen, doch sie konnten die Gegend beschreiben, in der sie sich aufhielten.

„Wir müssen unbedingt Vorkehrungen treffen", meinte der Bärenkrieger.

„Mir wurde gemeldet, dass eine Hundertschaft fränkischer Krieger zur Bertaburg unterwegs ist. Ich kann nicht sagen, ob sie dort bleiben oder auf die Königsgüter verteilt werden."

„Hoffentlich ziehen sie weiter in den Norden. Dort soll es erneut Grenzkonflikte mit den Sachsen geben."

„Ich denke, dass sie die Sachsen an der Grenze nicht mehr lange zurückhalten können. Vielleicht wollen sie es auch nicht", überlegte Siegbert.

„Wie meinst du das?", fragte der Bärenkrieger erstaunt.

„Die Sachsen brauchen Land, das sie bestellen können und die Franken haben es. Solange sich die Eindringlinge friedlich zu den Franken verhalten und deren Herrschaft anerkennen, wird es dem Frankenkönig egal sein, wer den Boden bestellt. Hauptsache, die Steuern werden pünktlich gezahlt."

„Wovon? Die Bauern haben nicht genug für sich selbst, bei dieser schlechten Witterung. Wie sollen sie von dem Wenigen etwas abgeben können?"

„Das interessiert Theudebert nicht. Er wird sie genauso behandeln, wie uns Thüringer oder die Slawen jenseits der Saale", meinte Siegbert.

Betrübt sahen die beiden Rebellenführer hinab auf das Lager, in dem das Leben sich nicht zu ändern schien. Die Rebellen hatten noch genügend zu Essen, doch bei den Überfällen in den letzten Tagen, waren mehrere Tote zu beklagen. In den Königsgütern hatten sich die Wachmannschaften besser gegen die Angriffe gewappnet. Es war nicht leicht, unbeobachtet in die Nähe ihrer Gutshöfe zu kommen, geschweige sie einzunehmen. Siegbert überlegte seit vielen Tagen, wie er das Los seiner Leute verbessern konnte. Die ständigen Überfälle schienen bei den Franken nicht viel zu bewirken. Sie bekamen regelmäßig Nachschub aus den reichen Provinzen im Westen. Es gab keine Anzeichen, dass sie sich aus den besetzten Gebieten zurückziehen würden. Das Gegenteil war der Fall. Viele fränkische Bauern übernahmen die leeren oder verschuldeten Höfe der Thüringer. Die ehemaligen Besitzer mussten sich nun als Knechte verdingen, um überleben zu können. Die Rebellen konnten diese Entwicklung nicht verhindern, das war Siegbert bewusst. Er sprach oft mit dem Bärenkrieger darüber, dem der Weitblick dazu fehlte. Die letzte Entscheidung hatte Siegbert zu treffen. Auf ihn waren die Rebellen eingeschworen und sie vertrauten ihm.

„Was hältst du davon, von hier wegzuziehen? Dorthin, wo es keine Franken gibt", wollte Siegbert vom Bärenkrieger wissen.

Erstaunt sah dieser seinen Freund an.

„Es gibt keinen anderen Platz in der Welt für uns!", sagte er bestimmt.

„Einen gibt es, bei den Langobarden", entgegnete Siegbert.

„Was sollen wir dort in der Fremde. Nur hier gehören wir hin. Das ist unsere Heimat."

„Wenn sie dich nicht mehr ernähren kann, muss das Volk wegziehen. So war es schon zu Vorzeiten, wie mir mein Vater berichtete. Damals entschied das Los, wer gehen musste."

„Du denkst an die Goten?"

„Ja! Ihre Reise führte weit weg von der angestammten Heimat und heute lebt ihr Volk in den warmen Ländern am Mittelmeer."

„Du kannst sie nicht mit uns vergleichen!"

„Wieso nicht? Unser Land ernährt nur noch wenige. Sollen wir hier alle über kurz oder lang verhungern. Ich möchte auch lieber bleiben, doch muss ich auf die Stimmen der anderen hören."

„Wer spricht von weggehen? Bestimmt nur die Vindobonenser", erwidert verbittert der Bärenkrieger.

„Sie sprechen über nichts anderes mehr. Als sie noch bei den Langobarden waren, plagte sie das Heimweh und mancher dachte daran, zu Hause auf dem eigenen Bauernhof zu schaffen. Doch sie sind alle zu uns ins Lager zurückgekommen, weil es ihnen daheim nicht mehr gefiel."

„Denen kann man es nirgendwo recht machen", entgegnete der Bärenkrieger entrüstet.
Die Krieger, die Siegbert aus dem Langobardenreich mit nach Thüringen brachte, waren ihm von Anfang an unsympathisch.

„Du kannst sie nicht leiden, doch sie wissen, wie es hier und in Vindobona aussieht."

„Das musst du entscheiden, was weiter passiert. Die Königin hat dich dazu bestimmt, uns anzuführen und daran wird sich nichts ändern."

„Ich werde ein Thing aller Rebellenführer einberufen und wir werden über diese Sache sprechen. Sende morgen Boten in alle Lager. Sage aber noch keinem, worum es geht."

Siegbert ging in seine Hütte. Er fühlte sich sehr einsam. Brunhilde fehlte ihm. Wenn andere ihr Mitleid ihm gegenüber zeigten, tat es ihm gut. Mit der Kräuterfrau am Eichelsee hatte er darüber gesprochen und sie riet ihm, seine Gefühle der Trauer auszuleben. Mehrere Wochen waren nach Brunhildes Tod vergangen und der Schmerz darüber hatte in der langen Zeit nicht nachgelassen. Gern würde er ihr folgen. Es gab genügend Gelegenheiten im Angriff gegen die Franken heldenhaft zu sterben. Was hielt ihn zurück?

Oft machte er sich darüber Gedanken und kam zu dem Schluss, dass es die Verantwortung für die Rebellen war. Sie glaubten an ihn und vertrauten auf seine Führungsstärke.

Siegbert ritt aus dem Hauptlager, um nach den weißen Pferden zu sehen, die sie den Franken abgenommen hatten. Sie standen verteilt auf verschiedenen Weiden in der Nähe des Rynnestigs. Das raue Klima in den Bergen störte sie nicht. Gefahr ging von den Wölfen aus. Es gab zu wenig Wild in den Wäldern. Seine Jungkrieger versuchten die Rudel zu dezimieren, doch je mehr sie von ihnen erlegten, umso mehr schienen es zu werden. Das war nicht erklärbar! Vielleicht zogen die Bestien aus anderen Gebieten in den Thüringer Wald.

Die Weiden mussten auch tagsüber bewacht werden. Das übernahmen die Jungkrieger, die noch nicht alt genug waren, um an den Überfällen auf die Frankengüter teilzunehmen. Ihr Ehrgeiz bestand darin, Wolfsfelle zu sammeln. Wer die meisten hatte, galt unter den Kameraden als der Tapferste.

Nahe der Einzäunung stand eine Blockhütte, in der sich drei Burschen aufhielten. Siegbert erinnerte sich an die Kindheit als er mit seinen beiden Brüdern die Pferde auf die Sommerweiden in die Berge trieb und auch an Jaros, den Pferdesklaven aus Rodewin, mit dem er viel Zeit in dieser Wildnis verbrachte.

„Wie geht es euch?", sprach er die Jungkrieger an.
Die Burschen waren erfreut über seinen Besuch und erzählten von ihren Erfolgen bei den Wolfsjagden. Siegbert ließ sie ausreden und sie gingen gemeinsam zu der Herde, die auf einer großen eingezäunten Weidefläche stand.

„Bisher hat mir noch keiner gesagt, wie es den Pferden geht", sagte Siegbert in ruhigem Ton.
Betretenes Schweigen folgte.

„Wisst ihr es nicht oder ist es euch unwichtig?"

„Es geht ihnen gut!", sagte einer halblaut.

„Das wollte ich als Erstes hören. Das Wohl der Pferde ist eure wichtigste Aufgabe, an der ihr gemessen werdet. Sie sind der ganze Stolz der Thüringer."
Sie erreichten die Abzäunung zu der Weide. Siegbert öffnete das Gatter und lief mit den Jungkriegern auf die Tiere zu. Ihr Zustand war nicht gut. Unterernährt standen sie dösend da und machten keine Anstalten davonzulaufen.

„Wer meint, dass die Herde in einem guten Zustand ist, der versteht nichts von Pferden. Sie sind halb verhungert!"
Betroffen sahen sich die Burschen an.

„Wir haben kein Futter mehr und das Gras wächst nicht genug."

140

„Dann müsst ihr von woanders Grünzeug beschaffen."

„Es wächst nirgendwo was. Wir haben im ganzen Umkreis danach gesucht."

„Unten in den Tälern habe ich grüne Wiesen gesehen. Treibt die Tiere dorthin. Kommt aber nicht zu nah an die Siedlungen heran. Es gibt Bauern, die uns Rebellen nicht freundlich gesinnt sind und eure Anwesenheit den Franken melden."

Ohne sich länger aufzuhalten ritt er zu den nächsten Pferdeweiden. Es war überall das gleiche Bild. Die Tiere hatten nicht genug Futter und keiner tat etwas dagegen. Mehrere Tage war Siegbert unterwegs und riet überall, die tiefer gelegenen Talwiesen aufzusuchen. Als er alle Herden inspiziert hatte, ritt er besorgt ins Hauptlager zurück.

Dort begrüßten ihn die Anführer aus den entlegenen Rebellenlagern. Es fehlten nur noch die, aus den Harzbergen. Ihr Weg war der Beschwerlichste, denn sie mussten unbemerkt durch das Frankengebiet gelangen.
Die Zeit bis zu ihrer Ankunft nutzten die Männer, um Siegbert über ihre Erfolge und Misserfolge zu berichten. Es häuften sich deutlich erkennbar die Schwierigkeiten. Viele Angriffe der Rebellen auf die fränkischen Güter wurden abgewehrt. Es blieb die Beute aus, die das Überleben in den Lagern sicherte. Mit der Unterstützung durch die Thüringer Bauern konnten sie nicht mehr rechnen, denn die hatten selbst nicht genug zu essen. Die Aussicht für die Zukunft war hoffnungslos.
Siegbert machte sich bei den Berichten kurze Notizen auf ein Pergament. Nichts sollte in der Fülle der Informationen vergessen werden.

Wenige Tage später trafen die Rebellenführer aus dem Harzgebiet ein. Sie berichteten Siegbert, bevor mit dem Thing begonnen wurde.

Alle waren gespannt, was der Rebellenführer mit ihnen besprechen wollte. Die meisten vermuteten, dass eine Nachricht von der Königin eingetroffen war. Doch was sollte sie ihnen sagen. Sie war in Ravenna, weit von ihrem Volk entfernt. Die Lebensumstände in ihrem Reich konnte sie nicht kennen.

Bis zum Thingtag löste eine Spekulation die andere ab. Siegbert hörte sich die Berichte der Hauptleute geduldig an, ohne etwas dazu zu sagen. Ihm waren die verschiedenen Meinungen wichtig, denn sie spiegelten die Wünsche und Sorgen seiner Anführer wider.

Die Versammlung begann zeitig am Morgen. Auf dem Kampfplatz vor den Hütten wurde ein rundes Feld abgegrenzt und an einer Seite ein Holzpodest aufgestellt. Innerhalb dieses kreisrunden Feldes versammelten sich die Anführer und Siegbert stieg auf das Podest. Hier konnte er von allen gut gesehen und gehört werden.

Er hob die Hände und es wurde still.

„Liebe Brüder", begann er seine Ansprache.

„Wir sind zusammengekommen, um eine ganz wichtige Sache zu besprechen. Ihr alle seid in großer Sorge, um unser Reich und wie wir die Franken zur Aufgabe zwingen können. Es ist uns bisher nicht gelungen, sie wirklich zu schwächen und wir müssen mit ansehen, wie unser Volk verarmt und verhungert. Die Schläge, die wir dem Feind versetzen sind stark, doch sie verlieren ihre Wirkung. Viele unserer Brüder fanden in den letzten Tagen im Kampf den Tod. Sie sind nach Walhall abgeritten."

Die Umstehenden schlugen mit der Breitseite der Schwerter auf die Schilde und nickten heftig mit dem Kopf.

„Ich weiß, dass ihr jeden Tropfen eures Bluts dafür gebt, um die Franken aus unserem Reich zu vertreiben. Nicht nur sie sind unsere Feinde, sondern auch das Wetter mit den Missernten. Was auf den Feldern wächst reicht nicht einmal mehr für unsere Bauern, die das Korn gesät haben. Den nächsten Winter werden viele Thüringer nicht überstehen. Daher will ich wissen, ob ihr bereit seid auszuwandern. Darüber wollen wir sprechen. Ein jeder, der dazu etwas sagen will, soll zu mir auf das Podest kommen und sich dazu äußern."

„Wohin könnten wir gehen? Unsere Königin ist im Ostgotenreich, doch dort zu leben ist uns verwehrt", sprach einer der Truppführer und sah ratlos in die Runde.

„Wir könnten zu den Langobarden. Viele unserer Krieger leben schon dort", schlug Siegbert vor.
Eine laute Diskussion folgte der Rede von Siegbert. Viele Arme wurden nach oben gestreckt. Sie wollten zu den Versammelten sprechen.
Siegbert ließ einen nach dem anderen auf das Podest steigen und reden.
Am späten Nachmittag hatten alle, die eine Wortmeldung angezeigt hatten, gesprochen. Siegbert beendete den ersten Thingtag und zog sich in seine Hütte zurück. Obwohl viele mit ihm gern weiter diskutieren wollten, akzeptierten sie seinen Weggang.
Der Bärenkrieger brachte dem Freund eine Schale Suppe, die seine Frau bereitet hatte und nutzte die Gelegenheit mit ihm unter vier Augen zu sprechen. Er setzte sich Siegbert gegenüber an den Tisch und wartete, bis er die Suppe ausgelöffelt hatte.

„Du sitzt doch nicht nur da, um mir beim Essen zu-
zusehen. Sag, was du auf dem Herzen hast."

„Ich bin verwundert, wie viele gern ins Langobardenreich auswandern wollen."

„Aus ihnen spricht die reine Vernunft", entgegnete
Siegbert nüchtern.

„Bin ich ein dummer Mensch, wenn ich hierbleiben
will und weiterkämpfe?"
Siegbert wischte sich mit dem Ärmel die Lippen trocken
und sah in die leere Schale.

„Es geht hier nicht um dumm oder klug. Sieh dir die
Suppenschale an. Sie ist leer. Ich bin aber noch nicht
satt. Wenn du nicht zu deiner Frau gehst und sie mir die
Schale ein zweites Mal füllt, muss ich mich hungrig niederlegen."

„Ich bringe dir sofort Nachschlag. Aber was hat das
mit meiner Frage zu tun?"

„Darüber kannst du auf dem Weg nachdenken!"
Der Bärenkrieger schüttelte verständnislos den Kopf
und ging mit der leeren Holzschale nach draußen. Er
erzählte seiner Frau was Siegbert zu ihm sagte. Sie gab
ihm eine Antwort darauf. Freudig kehrte er zu Siegbert
zurück und stellte ihm die volle Schale auf den Tisch.

„Hast du darüber nachgedacht?"

„Du meinst damit, dass ich dir nichts hätte bringen
können, wenn keine Suppe mehr im Kessel gewesen
wäre."

„Du bist ein kluger Mann und hast es begriffen. Nur
das kann gegessen werden, was im Kessel ist. Wenn der
leer ist, kann keiner mehr etwas bekommen und muss
hungern. Wenn wir hierbleiben, werden wir im nächsten
Winter nicht mehr genügend zu Essen haben. Viele von
uns werden sterben und die Schwachen trifft es zuerst.

Das kann ich nicht verantworten und deshalb bin ich dafür, dass wir zu den Langobarden auswandern."

„Für ein paar Wenige wird aber die Suppe reichen!"

„Du kannst hier im Lager bleiben und weiter machen, wie bisher. Ein Gut der Franken könnt ihr dann bestimmt nicht mehr ausrauben, dazu wäret ihr zu schwach, doch es ist wichtig, die Jungkrieger auszubilden. Sie könnten bei dir im Lager Zuflucht finden und sich vor den Franken verstecken. Für eine kleine Schar von Rebellen würden die Vorräte reichen."

Zufrieden sah der Bärenkrieger seinem Anführer beim Essen zu. Siegbert hatte ihn als einen klugen Mann bezeichnet. Wenn auch seine Frau einen großen Anteil daran hatte, erfüllte es ihn mit Stolz. Zudem wusste er, dass er bleiben konnte. Sein Leben würde sich kaum ändern und das stimmte ihn froh.

An den beiden nächsten Tagen wurde im Thing heftig weiter diskutiert. Es hatten sich zwei Meinungen gebildet. Die einen wollten weiter gegen die Franken kämpfen bis sie aus Thüringen wegzogen und waren bereit, ihr Leben dafür zu geben. Anders dachte die zweite und bedeutend größere Gruppe, die einen Abzug ins Reich der Langobarden als die sinnvollste Lösung ansah. Sie konnten sich nicht einigen und überließen die endgültige Entscheidung Siegbert als ihren Anführer.

Er war der rechtmäßige Vertreter. Die Thüringer Königin Amalaberga hatte ihn beauftragt, die Rebellen zu führen und somit hatte er das letzte Wort. Die Mehrheit stimmte in der Versammlung dafür, ihm zu folgen, wenn er den Zeitpunkt für den Abzug für richtig erachtete.

Die Rebellenführer ritten zurück in ihre Lager und besprachen die Angelegenheit mit ihren Männern. Es gab auch dort unterschiedliche Auffassungen, für und gegen eine Auswanderung ins Langobardenreich.

Siegbert zog sich zurück in die Wachstation auf dem Roten Stein und wollte dort in Ruhe über die Entscheidungen im Thing nachdenken. Ulf öffnete ihm das Tor.

„Was ist mit dir?", fragte Siegbert. „Du machst ein Gesicht als wäre dir eine Laus über die Leber gelaufen."

„Es ist nichts Gutes, was ich dir sagen muss!"

„Gibt es Ärger mit deiner Braut?"

„Nein, mit Ratlind ist alles in Ordnung."

„Spann mich nicht auf die Folter!"

„Der Junge ist weg!"

„Wieso weg? Ist er davongelaufen?"

„Viel schlimmer! Der Sklavenhändler hat ihn mitgenommen."

„Spinnt der! Er kann doch nicht einfach einen meiner Leute versklaven. Erzähl, was ist passiert!"

Ulf hatte das Pferd im Stall angebunden und sich zu Siegbert auf einen Strohballen gesetzt. Es fiel ihm schwer darüber zu sprechen.

„Ich konnte ihm wirklich nicht helfen", versicherte Ulf.

„Rede! Was ist passiert?"

„Bis auf zwei Franken konnten alle Entlaufenen wieder eingefangen werden. Der Sklavenhändler beschloss, ohne die beiden abzureisen. Jeden Abend nahm er sich die Entflohenen vor und wollte von ihnen wissen, wie sie frei gekommen waren. Sie sagten nichts. Er ließ ihnen Daumenschrauben und anderes Zeug anlegen und steigerte die Qualen von Tag zu Tag. Als wir die Grenze zu den Langobarden erreichten, fing einer von den Franken an, zu reden. Er erzählte, dass der Junge ihnen half, die Tür von außen öffnete und ihre Halsfesseln löste."

146

„Warum hat er das getan?"

„Das fragte ihn der Sklavenhändler auch. Er sagte ihm, dass ihnen die Freiheit versprochen wurde."

„So ein dummer Junge. Wie konnte er das nur tun?", klagte Siegbert.

„Der Sklavenhändler entschied, dass der Junge ihm solange dienen müsse, bis er den Schaden abgearbeitet hätte. Ich wollte ihm Geld geben, doch er lehnte es ab. Deshalb musste ich allein nach Hause ziehen."

„Vielleicht ist es nicht das Schlechteste für den Knaben. Er ist etwas Besonderes und womöglich haben die Götter ihn für eine große Aufgabe bestimmt."

„Was ist, wenn der Sklavenhändler ihn wie die Franken behandelt. Ich habe mit ansehen müssen, wie sie gequält wurden. Das wünsche ich nicht meinem ärgsten Feind."

„Sei unbesorgt. Dem Jungen wird bestimmt kein Leid zugefügt. Es ist sein Schicksal, zu den wilden Völkern im Osten zu reisen. Niemand kann es ändern. Irgendwie spüre ich, dass ich ihn eines Tages wiedersehen werde", sprach Siegbert.

„Es ist gut, dass du mir keine Vorwürfe machst, weil ich ihn nicht mit zurückgebracht habe."

„Ich kenne den Jungen und weiß, dass ihn nichts von seinem Entschluss abgebracht hätte, die Männer freizulassen."

„Er sagte mir, dass du den Franken die Freiheit versprochen hast."

Siegbert erzählte seinem Freund Ulf, was damals bei der Höhle passiert war. Er hatte den Gefangenen das Versprechen gegeben, wenn sie den Jungen freilassen würden.

Die Schuld war somit eingelöst, wenn auch möglicherweise mit fatalen Folgen für den Knaben. Die beiden fränkischen Wachleute, die nicht wieder eingefangen wurden, hatten wahrscheinlich eines der Königsgüter erreicht und die Orte verraten, wo sie gefangen waren. Die Rebellen mussten damit rechnen, dass in den nächsten Tagen fränkische Krieger die Ge flussaufwärts zogen. Möglicherweise würden sie bis zur Wachstation am Roten Stein kommen.

Siegbert ließ am Eingang zum Tal ein paar Jungkrieger postieren, die das Herannahen der Franken sofort melden sollten. Die Vindobonenser trafen Vorkehrungen für die Verteidigung.

Die Sorgen wegen eines Angriffs der Franken schienen umsonst. Keiner von ihnen ließ sich im Tal der oberen Ge sehen. Die Franken hatten sich mit dem Verlust ihrer Kameraden abgefunden. Kein Krieger drang in die unwegsame Vorgebirgsregion der Thüringer Berge vor.

Ungeduldig wartete Siegbert auf die Nachricht aus den Rebellenlagern über die Entscheidung zu den im Thing diskutierten Vorschlag der Auswanderung ins Langobardenreich. Es dauerte nicht lange und die ersten Boten trafen ein. Die Mehrheit der kampfbereiten Männer hatte sich für das Weggehen entschieden. Siegbert sollte sie an die Donau führen und den Zeitpunkt für die Abreise bestimmen.

Der Rebellenführer musste seine neutrale Haltung in dieser Sache aufgeben. Er wollte mit seinem Bruder Harald, der in Rodewin war, darüber sprechen. Sein Rat war ihm immer wichtig.

Um nicht gesehen zu werden, ritt er erst bei eintretender Dunkelheit los. Der Weg durch das Tal der Wip war ihm vertraut und er kam abends am Haus der Kräuterfrau vorbei. Hier machte er kurz Halt und klopfte an die Tür.

Nach einer Weile wurde sie einen Spalt geöffnet. Die alte Frau sah hinaus und erkannte Siegbert. Sie ließ ihn eintreten. In dem großen Raum saßen ihre beiden Töchter und die Enkelin am Tisch. Sie waren beim Abendessen und boten dem hochgewachsenen Mann einen Platz an.

„Du kannst mit uns essen", sagte die alte Frau. Ein Blick in den breiten Tiegel mit den wenigen Bissen genügte Siegbert, um zu erkennen, wie schlecht es ihnen ging.

„Ich habe keinen Hunger! Kannst du mir weissagen? In den nächsten Tagen muss ich eine wichtige Entscheidung treffen und bin unsicher, das Richtige zu tun."

Die Kräuterfrau ging zur Feuerstelle und deutete Siegbert, sich auf den Boden zu setzen.

Sie stellte sich hinter ihn und legte ihre Hände auf seine Stirn. Siegbert kam es vor als würde sie Gedanken lesen wollen.

Die Kräuterfrau murmelte ein paar unverständliche Sprüche und ließ von ihm ab. Aus einem Regal nahm sie eine Holzschale mit Runensteinen und warf sie hoch. Die Steine fielen in den Sand und sie beugte sich darüber. Obwohl sie nicht wusste, worum es ging, sprach sie vom Abzug der Rebellen in ein fernes Land und dass die Ahnen bei ihnen sind.

Siegbert war über diese Auskunft sehr zufrieden.

Er hatte eine weitere Frage. Vielleicht konnte die Frau auch diese noch beantworten.

„Sag mir, wie lange die Trauer um meine geliebte Frau andauert. Jeden Tag denke ich an sie und kann ihren Tod nicht verwinden."

Die Kräuterfrau sah ihm in die Augen und fasste seine Hände.

„Die Antwort lag in den Runen. Du wirst darüber hinweg sein, wenn du am Ziel deiner Reise angekommen bist."

Er hatte alles erfahren, was er wissen wollte und verabschiedete sich eilig von den Frauen. Der kleinen Enkelin legte er ein Silberstück in das Händchen, da er wusste, dass die Kräuterfrau eine Bezahlung ablehnen würde. Schnell verschwand er aus dem Haus und ritt in Richtung Rodewin.

Kurz vor Mitternacht kam er dort an. Niemand war mehr wach. Vorsichtig klopfte er an der Tür von Haralds Haus. Nichts rührte sich Innen. Immer wieder versuchte er es. Da erschien Heidrun, seine Schwägerin und sah nach.

„Was machst du hier?", fragte sie erstaunt.

„Lass mich herein!"

„Alle schlafen bereits!"

„Wecke deinen Mann! Ich muss unbedingt mit ihm reden."

„Hat es nicht Zeit bis morgen früh?"

„Nein!", antwortete Siegbert barsch.

Heidrun ging und weckte Harald.

Schlaftrunken erschien er im Wohnraum und setzte sich an den Tisch.

„Es muss etwas ganz Wichtiges sein, weil du so spät hier erscheinst."

Harald drehte sich zu Heidrun um und sagte ihr, dass sie für Siegbert etwas Kräftiges zum Essen bringen soll. Schweigend und mürrisch verschwand die Hausfrau in der Küche.

„Erzähl Bruder, was führt dich hierher?"

Siegbert berichtete seinem Bruder über die Absicht der Mehrheit der Rebellen, ihre Heimat verlassen zu wollen und ins Langobardenreich auszuwandern. Er gestand ihm seine Zerrissenheit, in der er sich befand. Harald konnte ihn gut verstehen. Er riet ihm, nach reiflichem Abwägen der Vor- und Nachteile, mit den Rebellen fort zu gehen. Wie das geschehen könnte, wollte er sich noch überlegen.

Jetzt erst fragte er ihn, wie es ihm ging.

„Sieh mich an, dann weißt du es!“, antwortete Siegbert kurz.

Harald nickte verständnisvoll.

„Unser Bruder Hartwig ist im Haus, kannst du länger bleiben oder soll ich ihn wecken.“

„Ich muss vor dem Morgengrauen verschwinden. Niemand darf mich bei dir sehen. Es wäre für euch zu gefährlich. Erzähle mir von Hartwig, was er tut und wie es ihm geht!“

„Er steht bei den Franken im Dienst und ist Gebietsverwalter der Ostprovinz.“

„Also ist er ein Verräter!“, rief Siegbert enttäuscht.

„Das kann man nicht sagen. Er tut in seinem Amt viel für die Thüringer, die in seinem Gebiet leben und lindert ihre Not.“

„Tun wir das nicht! Wir vergießen unser Blut für sie“, entgegnete Siegbert aufgebracht.

„Reg dich nicht auf. Er hat sich das Amt nicht ausgesucht.“

„Trotzdem hat er es angenommen und damit sein Volk verraten. Für mich ist er ein Verräter und ich will nichts mit ihm zu tun haben.“

Harald wusste nicht, wie er Siegbert beruhigen konnte.

Heidrun kam aus der Küche und brachte Brot und kalten Braten. Sie schenkte den Männern Met ein und setzte sich zu ihnen. Siegbert musste von dem Leben bei den Rebellen berichten und sie hörten ihm zu, während er hastig aß. Jetzt erst sah Heidrun ihn genau an. Ihr Schwager war abgemagert. Seine Haare und Kleidung waren ungepflegt. Eindeutig fehlte ihm eine Frau, stellte sie für sich fest.

Die Männer fingen wieder an zu streiten, ob Hartwig ein Verräter sei oder nicht. Am Ende schien Harald seinen Bruder überzeugen zu können, dass es für alle Thüringer gut sei, dass Hartwig dieses schwere Amt angenommen hatte.

„Wenn du mit deinen Rebellen wegziehst, geht der Schutz für alle Thüringer verloren. Unser Bruder könnte die Situation für uns verbessern. Vielleicht erreicht er mehr als ihr Rebellen je schaffen könntet."

Im Gang hörten sie eine Tür in den Angeln quietschen. Alle sahen in die Richtung, aus der das Geräusch kam. Hartwig trat aus seinem Zimmer in den Gang, um nachzusehen, woher die lauten Stimmen kamen.

„Komm zu uns!", rief Harald.

Siegbert stand auf und überlegte, ob er Hartwig umarmen oder kühl abweisen sollte. Vor Jahren begleiteten sie gemeinsam die Königin nach Ravenna und sein Bruder genoss das Vertrauen von Prinz Amalafred. Vielleicht hatte er einen geheimen Auftrag von der Königin als fränkischer Graf seinen Einfluss in Thüringen geltend zu machen. Dann wäre er kein Verräter.

Hartwig fragte Siegbert nach seinem Wohlergehen. Das hätte er sich sparen können. Auf den ersten Blick hatte er erkannt, wie verwahrlost sein Bruder vor ihm stand. Harald berichtete von dem Zwiespalt, in dem sich Siegbert befand. Im Gespräch kamen sie auf die Königswahl im Thing der Gaugrafen zu sprechen. Prinz Amalafred wurde damals von den meisten Gaugrafen nicht zum König gewählt. Hartwig nannte die Gründe, die dazu führten. Das Silber der Franken verhinderte die Wahl.

Siegbert war geschockt von dieser Aussage. Für ihn war es eine ungeheure Anschuldigung, die ehrenwerten und tapferen Männer im ehemaligen Thüringer Königreich der Bestechlichkeit zu bezichtigen. Wütend sah Siegbert seinen Bruder Harald an, der damals als einer der Gaugrafen bei diesem Thing war. Harald bestätigte die Aussage von Hartwig. Für Siegbert brach eine Welt zusammen. All sein Sinnen und Trachten um das Thüringer Königreich schien ihm sinnlos.

Hartwig unterstützte den Vorschlag, dass alle Rebellen ins Langobardenreich auswandern sollen.

Er wollte Siegbert bei dem Abzug helfen und bot ihm an als Gebietsverwalter mit den Franken zu verhandeln. Die Rebellen brauchten einen sicheren Abzug und den konnte er vielleicht erwirken.

Siegbert erschien es als wäre die Entscheidung von den Schicksalsgöttinnen gelenkt worden. Er musste nur zustimmen und alles seinen Lauf gehen lassen. Der Zeitpunkt für den Abzug der Rebellen wurde besprochen und der Tag der Wintersonnenwende ins Auge gefasst.

Siegbert hoffte, dass Hartwig sich mit seinen Forderungen bei den Franken durchsetzen konnte.

Während er aß, erzählte Hartwig von seinen Erlebnissen als Begleiter der langobardischen Gesandtschaft im Frankenreich, dem Streit mit den Herulern und der Flucht in seine Grafschaft. Dann berichtete er von der Gefangenschaft auf seinem Hof und wie er durch Weibel wieder frei gekommen war. Zuletzt sprach er von der Ernennung als Gebietsverwalter und der schweren Entscheidung, das Amt anzunehmen.

Siegbert war nun überzeugt, dass Hartwig kein Verräter war.

Bevor es draußen hell wurde, verabschiedete sich der Rebellenführer.

Harald gab ihm zwei Packpferde mit, die mit Lebensmitteln beladen waren. Zufrieden ritt der jüngste Bruder davon. Ihm schien es wie eine göttliche Fügung, dass Hartwig zu Besuch war und ihm seine Hilfe anbot. Er war jetzt davon überzeugt, dass er es mit seiner Unterstützung schaffen konnte. Bis Jahresende würde er mit seinen Kriegern abziehen.

Gegen Mittag erreichte Siegbert die Wallburg am Roten Stein. Die meisten der Vindobonenser waren anwesend und schienen sich zu langweilen.

„Kommt alle zum Thing zusammen. Ich will euch etwas mitteilen."

Aus allen Ecken strömten die Männer zur Mitte des Hofes. Sie blickten müde vor sich hin und vermuteten, dass Siegbert Anweisungen zum Schutz gegen die Franken erteilen würde.

„Ihr schaut drein, wie eine Herde müder Gäule. Dabei wollte ich euch sagen, dass wir ins Langobardenreich ziehen werden."

Die Müdigkeit schien bei allen, wie weggeblasen.

„Wann geht es los?", hörte Siegbert von überall die Männer rufen.

„Zur Wintersonnenwende, wenn es den Nornen und Göttern gefällt. Wir wollen ihnen Morgen ein Opfer darbringen, um sie gnädig zu stimmen."

Die Freude war riesengroß bei den Vindobonensern. Ulf sah überrascht auf die aufgeregte Schar und wusste nicht, worüber die sich freuten.

8. Vorbereitungen für den Abzug
Im Erntemond (August) 536

Am nächsten Morgen ritt Siegbert zum Hauptlager. Die Entscheidung für den Abzug ins Langobardenreich war getroffen. Auch wenn es keine Einigung mit den Franken geben würde, war es nun eine beschlossene Sache. Die Rebellen wollten sich dann den Weg bis zur langobardischen Grenze freikämpfen, auch wenn dabei wahrscheinlich viele ihr Leben lassen müssten. Käme es zum Kampf, würden auch die Frankenkrieger nicht ungeschoren davonkommen. Dies wünschte sich Siegbert mehr als einen friedlichen Abzug.

Zu allen Lagern sandte er Boten, die die Entscheidung des Rebellenführers bekanntgaben. Angriffe gegen die fränkischen Königsgüter wurden ab nun eingestellt und jeder, sollte sich für den Abzug bis zur Wintersonnenwende vorbereiten.

Wer Thüringen nicht verlassen wollte, durfte in den Lagern der Rebellen bleiben. Den Bärenkrieger bestimmte er als seinen Nachfolger. Jeder sollte ihm seine Entscheidung bis zum nächsten Vollmond mitteilen.

Ein Teil der Vorbereitungen bestand darin, die Pferde in den Koppeln am Rynnestig an das Tragen von Lasten zu gewöhnen. Das war beschwerlicher als es am Anfang schien. Jaros half den Jungkriegern dabei. Er war froh, dass die Tiere wegen Futtermangels nicht geschlachtet wurden.

Siegbert blieb im Hauptlager. Bei ihm langten die Meldungen aus den verschiedenen Rebellenlagern von den Harzbergen bis hin zum Rynnestig ein. Die Mehrheit der Rebellen hatte sich für den Abzug entschieden und sie wollten auch ihre Familienangehörigen auf die beschwerliche Reise mitnehmen.

Das Ausmaß des Trosses überstieg bei weitem seine Einschätzungen, doch zurückweisen konnte und wollte er keinen. Die Hoffnung, im fernen Langobardenreich eine neue Existenz aufbauen zu können, veranlasste viele Bauern, sich den Rebellen anzuschließen. Sie hatten keine echte Wahl. Es war abzusehen, dass im nächsten Winter eine große Hungersnot ausbrechen würde. Mit dem Abzug bestand die Chance, zu überleben.

Im Verwaltungsgebiet seines Bruders Hartwig war der Sammelplatz vereinbart worden. Er lag in der Nähe eines alten Handelsweges, der vom Norden nach Süden führte und auf dem schon die Königin mit ihren Begleitern entlanggezogen war.

Alle sollten sich dort zusammenfinden und wachsam gegen Angriffe der Franken sein. Obwohl Hartwig mit ihnen eine Vereinbarung erwirken wollte, traute man keinem der Feinde. Das war auch verständlich, denn zu oft waren die Franken wortbrüchig geworden und die Thüringer hatten das Nachsehen.

Siegberts Hauptleute kümmerten sich um die Organisation und es blieb für den Rebellenführer nichts Wesentliches mehr zu tun. Mit dem Bärenkrieger hatte er alle Einzelheiten, nach der Zeit des Abzugs besprochen. Er war sich sicher, dass die zurückbleibenden Rebellen am besten durch ihn geführt werden konnten. Ihre Aufgaben wären andere. Die Überfälle auf die Frankengüter mussten wegfallen. Sie waren nicht mehr stark genug. Ihre Hauptaufgabe bestand nun in der Ausbildung der Jungkrieger für die verschiedenen Waffentechniken. Die Lager in den unwegsamen Gebieten im Thüringer Wald und im Harz boten hinreichenden Schutz für viele bedrängte Landsleute. Unter ihnen waren viele Frauen und Kinder. Versorgt wurden die Menschen von wenigen mildtätigen Thüringer Bauern und den Familien, deren Söhne als Jungkrieger ausgebildet wurden.

Die letzten Tage wollte Siegbert bei seiner Sippe in Rodewin verbringen. Es hatte viel geregnet und die Erde war aufgeweicht, wie ein gesättigter Schwamm. Zeitig am Morgen stand er auf und sah den Hang hinab zu den verlassenen Hütten seiner Männer. Nur aus wenigen quoll noch Rauch durch die Schindeldächer. Der Bärenkrieger stand vor seiner Behausung und sah ihn an.

„Willst du nicht doch mitkommen?", fragte Siegbert ihn zum letzten Mal. Er kannte seine Antwort und hätte sich die Frage sparen können. Zum einen bedauerte er, dass sein Freund nicht mit ins Langobardenreich auswanderte und zum anderen war er froh über seine Entscheidung, hier zu bleiben. Keinem anderen vertraute er die Letzten seiner Rebellenschar lieber an als ihm. Er wusste, dass es die beste Lösung war und er sich um ihre Zukunft keine Sorgen machen musste. Mit den Lebensmitteln, die sie in den Höhlen eingelagert hatten, würden sie lange Zeit gut überleben können.

Zusammen mit dem Bärenkrieger ging er hinab zum Kampfplatz. Aus den Hütten kamen die Leute verschlafen heraus. Sie wollten sich von ihrem Anführer verabschieden. Jedem war bewusst, dass es eine Trennung für immer war und sich von nun an ihr Leben anders gestalten würde. Trotzdem bereuten sie es nicht, zu bleiben. Zu unsicher erschien ihnen ein Leben in der Fremde. Siegbert verstand es nicht, doch akzeptierte er ihre Entscheidung.

Einige übergaben ihm zum Abschied noch ein selbstgemachtes Geschenk. Es waren meist kleine Holzfiguren. Sie sollten ihm Glück bringen und auf dem gefährlichen Weg vor bösen Geistern schützen. Dankbar nahm er die Gaben an und steckte sie in einen ledernen Sack.

Am schwersten fiel ihm der Abschied vom Bärenkrieger, der seine Tränen nicht zurückhalten konnte.

Eilig ritt Siegbert aus dem Lager und sah nicht mehr zurück.

Der Weg verlief entlang eines Hangs. In der Tiefe konnte er das Tal erkennen, durch das er als Kind oft geritten war. Dort entsprang die Il, die weit im Norden in die Saale mündete.

Das Pferd scheute und brach zur Seite aus. Siegbert konnte es beruhigen. Auf dem Weg vor ihm stand ein großer Wolf und sah ihn ruhig an.

„Willst du dich auch von mir verabschieden?", fragte Siegbert. Der Wolf verharrte reglos und trottete nach einer Weile ins Unterholz.

Es war nicht mehr weit, bis zum Wachturm auf dem Rumpelsberg. Der hölzerne Aussichtsturm stand einsam und verlassen da. Sein Schwager war bereits mit den anderen Rebellen zum Sammelplatz, östlich der Saale, gezogen. Gespenstisch blies der Wind durch die Schlitze der Balkenwände. Die offene Tür schlug mit jeder Bö gegen die Außenwand. Siegbert drückte den Türflügel in den Rahmen und stemmte einen Balken dagegen. Er wusste nicht, warum er das tat. Es war nicht notwendig, denn keiner seiner Männer würde je wieder hier herkommen. In ein paar Jahren dürfte alles verfallen sein oder der Turm von einem Blitzschlag getroffen, abbrennen. In diesem Augenblick war das alles nicht mehr von Bedeutung. Was gestern noch wichtig war, gehörte dem Vergessen an. Vielleicht ist es mit uns Menschen genauso, dachte sich Siegbert.

Er führte sein Pferd bis zu der Stelle, wo die Wachstation auf dem Roten Stein gut zu erkennen war und sah wehmütig zu dem Holzbau, in dem er schöne Tage mit seiner verstorbenen Frau verbrachte. Ihre Ruhestätte war auf dem Hügel links daneben. Deutlich konnte Siegbert den großen Steinhaufen erkennen, der ihre Asche bedeckte. Er hatte inzwischen eine beträchtliche Größe erreicht. Es war ein schöner Gedanke, dass viele Menschen sich an seine Frau erinnerten und die Grabstätte besuchten.

In Gedanken versunken ritt Siegbert zur Wallburg. Das Tor war verschlossen. Er rief laut und schlug mit einem Stock gegen die Bohlen, doch im Hof rührte sich nichts. Vielleicht ist keiner mehr hier, dachte er sich und wollte in Richtung Rodewin weiterreiten. Vom Hof her hörte er ein Geräusch. Ulf kam eilig angelaufen. Er sah verschlafen aus.

„Habe ich dich in deiner Mittagsruhe gestört", meinte Siegbert lächelnd.

„Das macht nichts. Ich bin froh, dass du noch einmal gekommen bist. Außer mir und meiner Braut Ratlind ist niemand hier. Alle sind vor ein paar Tagen zum Sammelplatz gezogen."

„Ich weiß! Ohne mich von euch zu verabschieden, würde ich nicht gehen. Wenn ihr wollt, könnt ihr mich nach Rodewin begleiten. Ein paar Tage werde ich mich dort erholen, bevor ich zu den anderen stoße."

„Ich sage Ratlind Bescheid! Sie wird sich freuen."

„Ihr braucht euch nicht beeilen. Ich reite zuvor zum Grabhügel. Holt mich dort ab!"

Siegbert ritt zu dem Hügel gegenüber der Wallburg, auf dessen höchsten Punkt sich ein großer Haufen loser Steine befand. Es sah aus als wäre hier ein Riesenmaulwurf am Werk gewesen. Am Rand ragten die Stümpfe der gefällten Eichenstämme heraus. Auf einen davon setzte sich Siegbert und dachte an Brunhilde. Er sprach laut mit ihr. Sie stand plötzlich vor ihm und streckte ihre Hände nach ihm aus. Es war nur ein Trugbild, das durch die aus dem Tal heraufziehenden Nebelschwaden verstärkt wurde. Ob sie ihn sehen und hören konnte? Der Wind brauste durch die Wipfel der Eichen, die um den Grabhügel kreisförmig herum standen. Wie mächtige Krieger bewachten sie die Grabstätte. Wehmütig lauschte er der Melodie des Windes. Ihm war bewusst, dass er niemals wieder hierher zurückkommen würde. Diesen Augenblick versuchte er zu verinnerlichen. Ganz gleich, wo er sich aufhielt, Brunhilde war bei ihm, tief in seinem Herzen.

Ausführlich erzählte er ihr von den Vorbereitungen für den Abzug der Rebellen und was er in der Fremde bei den Langobarden erwartete. Sie schien ihm zuzunicken. Auch seine Zweifel bekannte er ihr. Vielleicht hätte er in Thüringen bleiben sollen, mit denen, die nicht bereit waren, ihre Heimat zu verlassen. Doch wer sollte seine Männer nach Vindobona führen. Die Krieger, die ihn aus dem Langobardenreich nach Thüringen begleiteten, hatten seine Führung gefordert. Was wird die Königin dazu sagen? Sie bevollmächtigte ihn, an der Spitze der Rebellen zu stehen. Er war hier ihr verlängerter Arm. Als sie ihm diesen Auftrag gab, war jedoch nicht diese extreme Wetterverschlechterung abzusehen. Immer wieder stellte sich Siegbert die Frage, ob er nun in ihrem Sinne handelte. Würde Amalaberga seine Entscheidung als Verrat ansehen?

Siegbert dachte an die Begegnung mit seinem Bruder Hartwig vor mehreren Tagen in Rodewin. Ihm hatte er vorgeworfen, dass er im Dienst des Frankenkönigs Theudebert stand und nun von den meisten Thüringern als Verräter an seinem Volk angesehen wurde. Bald würde er das Land seiner Ahnen verlassen, entgegen der Anweisung der Königin. War das nicht ein größerer Verrat an seinem Volk? Niemand war mehr da, der die geknechteten Thüringer vor den Franken schützen konnte. Der Bärenkrieger und seine wenigen Rebellen, die sich in ihren Verstecken aufhielten, waren zu schwach, um die Bauern ausreichend gegen Schikanen und Übergriffe der Feinde beschützen zu können. Von welcher Seite er es auch betrachtet, die Zweifel blieben. Das Bild von Brunhilde verschwand im Nebel und ein Wolf tauchte auf. Er war real. Was bedeutete das? War es ein Wink der Götter?

Die Entscheidung hierzubleiben oder zu gehen musste Siegbert selbst treffen. Da konnte ihm niemand helfen, doch darüber sprechen musste er mit jemand, der ihn verstand. Nur sein Bruder Harald fiel ihm ein, mit dem er darüber reden konnte. Er hatte ihn zum Weggehen ermutigt.

Der Wolf verschwand im Nebel und hinter sich hörte er die vertraute Stimme seines Jugendfreundes Ulf.

„Gehen wir! Der Weg nach Rodewin ist bei dem Regen beschwerlich."

Siegbert drehte sich um und sah ihn wie geistesabwesend an.

„Du hast recht! Ich bin soweit!", sagte er in festem Ton.

Ratlind wartete an der Wegbiegung, wo die Pferde angebunden waren. Sie ritten zu dritt auf dem Weg entlang der Wip. Am Rande der sumpfigen Talniederung führte ein sandiger Pfad durch den Wald. Im Sumpfgebiet, das vom Eichelsee mit frischem Quellwasser gespeist wurde, gab es eine Abzweigung über den Sandberg nach Rodewin.

„Wir reiten noch bei der Kräuterfrau vorbei. Sie soll mir die Runen werfen."

„Du warst doch schon oft bei ihr und jedes Mal hat sie dir das Gleiche gesagt."

„Es bestärkt mich in meiner Entscheidung. Wenn du nicht mitkommen willst, könnt ihr direkt nach Rodewin reiten."

„Ich werde dich nicht unbeschützt allein lassen", entgegnete Ulf lachend.

„Wer mehr Schutz bedarf, darüber will ich nicht mit dir streiten. Es kommt darauf an, wovor du mich beschützen willst."

„Na, vor den Töchtern der Kräuterfrau!"
Ratlind horchte auf.

„Was ist mit den Töchtern? Ihr habt noch nie zuvor von ihnen gesprochen."
Betreten sahen sich die beiden Männer an.

„Wir kennen sie kaum, Man sagt, dass sie die Männer verhexen können."

„Was meint ihr damit?", wollte Ratlind wissen.

„Genau lässt sich das nicht sagen", stammelte Ulf und sah hilfesuchend zu Siegbert.

„Es heißt, dass sie verschiedene Künste beherrschen, um Männern den Kopf zu verdrehen."

„Die will ich mir ansehen!", sagte Ratlind in bestimmendem Ton, der keinen Widerspruch erlaubte.

Sie ritten am Rand des Moores entlang und kamen an einem Holzsteg vorbei, der zur Freyainsel führte. Sie lag im dichten Nebel. Plötzlich tauchte, wie aus dem Nichts, eine Blockhütte auf.

„Hier lebt die Kräuterfrau mit ihren Töchtern. Es ist ruhig, wahrscheinlich sind sie im Wald, Beeren suchen." Siegbert und Ulf glitten aus den Sätteln und banden ihre Pferde an den Bäumen vor dem Haus fest. Ratlind blieb im Sattel und wartete ab.

Ulf ging zur Tür und legte sein Ohr an das Türblatt.

„Es ist still! Sie werden nicht zu Hause sein! Wir sollten weiterreiten. Wenn du die Kräuterfrau sprechen willst, musst du morgen noch einmal herkommen." Siegbert war im Begriff sein Pferd loszubinden als sie im Inneren des Blockhauses einen Schrei hörten. Überrascht drehte er sich um und lief zur Tür.

Beide Männer horchten, doch innen blieb es still.

„Es mag sein, dass wir uns verhört haben, oder wollen wir nachsehen", flüsterte Siegbert.

„Geh du allein. Ich warte hier auf dich. Wenn du meine Hilfe brauchst, rufe nach mir", sagte Ulf.

Vorsichtig öffneten Siegbert die Tür und trat in den dunklen Raum. Er konnte nichts sehen. Die Fensterläden waren geschlossen. Seine Augen gewöhnten sich nur langsam an die Dunkelheit. Ein großer Mann stand vor dem Esstisch mit dem Rücken zur Tür. Ferun kniete vor ihm. Siegbert verharrte, wie angewurzelt am Eingang und verhielt sich still. Jetzt erkannte er den Schmiedegehilfen aus Alfenheim. Siegbert wollte gehen, da drehte Ferun ihren Kopf zur Seite und sah ihn an. Sie schwieg und ihr Blick suchte seine Augen. Es schien ihr zu gefallen, dass er sie betrachtete. Siegbert fühlte sich unwohl und schlich nach draußen.

„Was ist los? Hast du jemand gesehen?", fragte Ulf ungeduldig.

„Es ist niemand da. Ich werde morgen noch einmal herkommen müssen", sagte er leise.

Eilig ritten sie weiter, um noch vor Einbruch der Dunkelheit in Rodewin zu sein. Der Regen hatte erneut eingesetzt und sie waren völlig durchnässt. Nach der flüchtigen Begrüßung gingen sie in Siegberts Haus und Ratlind entfachte ein starkes Feuer in der Küche. Sie reichte den Männern Decken und hängte die nasse Kleidung über eine Stange zum Trocknen.

Zum Abendessen gingen sie ins Haupthaus. Alle saßen zusammen, nur Heidrun, Haralds Frau fehlte. Sie hatte Leibschmerzen und blieb im Bett. Rosa brachte ihr das Essen.

„Was fehlt deiner Frau?", fragte Siegbert seinen Bruder.

„Sie bekommt ein Kind. Es müsste bald soweit sein. Jedes Mal vor ihrer Niederkunft hat sie Schmerzen, doch die Kräuterfrau meint, dass es nichts Schlimmes ist."

„Ihr habt viele Kinder! Waren die Beschwerden bei den anderen ebenso?"

„Mal mehr und mal weniger. Mit der Zeit gewöhnt man sich daran. Uns Männern geht es da etwas besser. Du wirst mit mir doch nicht über das Kinderkriegen reden wollen. Sag was du auf dem Herzen hast!"

„Ich wollte mit dir unter vier Augen über eine Sache sprechen, die mich sehr beschäftigt."

„Dann lass uns in mein Haus gehen, dort sind wir ungestört."

Siegbert folgte seinem Bruder in dessen Wohnstube. Die Tür zu Heidruns Schlafraum stand offen. Rosa hatte ihrer Herrin das Essen gebracht. Siegbert ging zu ihr. Heidrun lag in ihrem Bett und löffelte den Brei aus einer Holzschale.

„Wie geht es dir, Schwägerin?", fragte er leise.

„Ich kann nicht wirklich klagen. Einmal ist es besser und ein anderes Mal schlechter. Ich glaube, es wird ein Mädchen. Bei denen habe ich es immer schwer gehabt."

„Ich wünsche dir, dass auch diesmal alles gut geht."

„Danke Siegbert. Es ist schön, dass du gekommen bist, um dich zu verabschieden. Vielleicht sehen wir uns nie wieder."

„Das wissen nur die Nornen, ob ich noch einmal nach Thüringen zurückkehren werde. Wenn ich daran denke, ist mir wehmütig ums Herz", gestand Siegbert.

„Ich könnte nicht für immer von hier weg. Früher bin ich viel mit Harald zusammen gereist, doch heute wollte ich es nicht mehr. Vielleicht liegt es daran, dass ich älter geworden bin."

„Du hast eine große Sippe, für die du sorgen musst und die Kinder sind alle in Rodewin aufgewachsen. Vielleicht ist dadurch deine Bindung stark."

„Wann willst du abreisen?", fragte Heidrun.

„In wenigen Tagen, vielleicht schon übermorgen. Ich will von allem und jeden in Ruhe Abschied nehmen." Heidrun strich gerührt über seine Hand.

Harald wartete im Wohnzimmer auf seinen Bruder und trank Met.

„Was hast du auf dem Herzen?", fragte er ungeduldig.

„Du erinnerst dich an unser Gespräch mit Hartwig. Ich war der Meinung, dass er ein Verräter an seinem Volk ist, weil er jetzt dem fränkischen König dient. Was ist eigentlich ein Verräter?"

„Ich weiß nicht, worauf du hinaus willst?", entgegnete Harald.

„Glaubst du, dass ich auch einer bin, wenn ich mit meinen Leuten ins Langobardenreich ziehe."

„Wie kommst du darauf? Das ist ein blödsinniger Gedanke!", entgegnete Harald verwundert.

„Die Königin gab mir in Ravenna den Auftrag, die Rebellen im Kampf gegen die Franken anzuführen. Jetzt kehre ich der Heimat den Rücken und lasse ihr Volk im Stich."

Harald starrte schweigend in seinen Metbecher als wollte er daraus die richtige Antwort lesen.

„Ich kenne die wahren Absichten unserer Königin nicht. Wenn sie jedoch das von dir denken sollte, müsste sie sich fragen, warum sie nach Ravenna geflohen ist. Es gibt Situationen im Leben, wo man seine Entscheidung abwägen muss. Die Königin tat es, um sich und ihre Kinder zu retten und du tust es, um die Rebellen vor dem Hungertod zu bewahren. Da geht es nicht um die Frage nach Verrat oder Wortbruch. Da geht es um die Verantwortung für das Leben anderer."

„Das dachte ich auch, doch in den letzten Tagen sind mir Zweifel gekommen."

„Ich versichere dir, dass du unverantwortlich handeln würdest, wenn du hier bliebest und deine Männer ohne deine Führung allein ins Langobardenreich ziehen müssten."

„Ich freue mich, dass du eine feste und sichere Meinung dazu hast. Mit dem Bärenkrieger sprach ich vor ein paar Tagen darüber. Ich habe ihn zu meinem Nachfolger bestimmt und er wird die wenigen Jungkrieger, die bleiben wollen, anführen. Er war sich nicht sicher, wie die Königin meinen Abzug sehen wird."

„Du kennst den Bärenkrieger, wie ich. Er ist ein einfacher Mensch und sehr bodenständig. Wenn du ihm, im Namen der Königin gesagt hättest, dass er an deiner statt mit Rebellen nach Vindobona ziehen soll, wüsste ich nicht, ob er dieser Aufforderung folgen würde. Für manche ist es leichter, mit einem Schwert in der Hand das Leben zu riskieren als in die Fremde zu gehen."

Das Gespräch mit seinem Bruder tat Siegbert gut. Seine letzten Zweifel lösten sich auf. Er hatte sich in der Vergangenheit immer auf die Meinung von Harald verlassen können. Sie tranken noch einige Becher des köstlichen Mets und Siegbert zog sich in sein Haus zurück.

Mit seinen Freunden saß er noch eine Weile zusammen, bevor sie sich zum Schlafen niederlegten. Ratlind fühlte sich in Siegberts Haus wohl. Sie hatte den ganzen Winter mit den Waisenkindern hier gelebt und schöne Stunden mit Brunhilde in diesen Wänden verbracht. Es schmerzte sie, wenn sie an den Tod der Freundin dachte, doch der Glaube an ihre Götter stärkte sie. Sie war davon überzeugt, dass das frühe Ableben ihrer Freundin einen tieferen Sinn hatte, den sie mit ihrem kleinen Menschenverstand nicht erfassen konnte.

Der Met wiegte sie bald in einen süßen Schlaf.

Draußen regnete es heftig und von weitem war Donner zu hören. Das Grollen kam näher und weckte Ratlind. Sie stand auf und legte ein paar Holzscheite auf die Glut. Bald erhellten die Flammen den ganzen Raum. Die Männer schliefen. Ihnen schienen die Donnerschläge nichts anzuhaben. Ängstlich kroch Ratlind unter Ulfs Wolldecke und schmiegte sich eng an ihn. Er wurde wach und hatte ihre Annäherung missverstanden.

„Nicht jetzt, Siegbert könnte wach werden", flüsterte sie ihm zu.

„Der schläft, wie ein Bär."

„Ich glaube, er hat sich gerührt."

„Sträub dich nicht! Erst weckst du mich und jetzt zierst du dich, wie eine alte Jungfer."

Ulf hatte die Wolldecke bis über den Kopf gezogen.

„Ich kriege keine Luft", stöhnte sie und versuchte ihn wegzuschieben.

Siegbert wurde wach und beobachtete die Rangelei. Ratlind verschaffte sich endlich Luft und schob die Decke weg. Im Schein des Blitzes erblickte sie Siegbert, wie er zu ihnen hinsah. Er drehte sich auf die andere Seite, um weiterzuschlafen.

Ratlind war verunsichert, ob sie Ulf nachgeben sollte oder nicht.

„Er hat uns zugesehen", flüsterte sie ihm zu.

„Mich stört es nicht und ihm ist es egal. Hör, wie er schnarcht."

Widerstrebend gab sie dem Drängen von Ulf nach.

Siegbert konnte nicht mehr einschlafen. Er dachte an das Gespräch mit Harald. Wie hätte er an seiner Stelle entschieden? Vielleicht war er noch wach und sie konnten weiter darüber sprechen. Siegbert stand auf und lugte durch die Haustür. Das kleine Fenster in dem Wohnraum von Haralds Haus war erleuchtet. Siegbert warf sich eine Decke über die Schultern und watete barfuß durch den aufgeweichten Sand über den Hof. Leise öffnete er die Tür. Vom Gang aus konnte er ins Wohnzimmer sehen. Die Öllampe brannte und der Metbecher stand auf dem Tisch. Harald war nicht da. Durch die Fugen von Rosas Tür war das Flackern eines Lichts zu erkennen. Sie musste wach sein und wusste vielleicht, wo sich Harald aufhielt.

Leise schlich er zur Tür und lugte durch einen Spalt. Harald lag auf Rosas Bett und sie saß auf ihm. Entsetzt wich Siegbert zurück.

Was war das?

Es musste eine Sinnestäuschung sein. Erneut sah er hin und erkannte, dass er sich nicht irrte. Sein Bruder hatte ein Verhältnis mit Rosa, der Sklavin seiner Frau. Erschrocken wich er zurück und stolperte über einen Holzschemel, der im Gang stand.

Rosa öffnete ihre Tür, um nachzusehen, was das für ein Geräusch war. Sie erkannte Siegbert, wie er schnell durch die Haustür verschwand.

„Was war das für ein Lärm?", fragte Harald.

„Ich kann nichts erkennen. Es ist zu dunkel im Gang."

„Komm herein! Es war bestimmt nur der Wind, der eine Tür zugeschlagen hat."

Die ganze Nacht konnte Siegbert keinen Schlaf mehr finden. Nie hätte er seinem Bruder zugetraut, dass er Heidrun hintergehen würde. Seine Frau erwartete ein Kind und mit Untreue dankte er es ihr. Für Siegbert war das Verhalten von Harald unbegreiflich. Vielleicht war es nicht seine Schuld, sondern die von Rosa. Sie hatte seinen Bruder mit ihren weiblichen Reizen verhext. Morgen früh wollte er mit ihr darüber reden.

Zum Frühstück war Harald nicht ins Haupthaus von seiner Mutter gekommen.

Siegbert suchte nach Rosa und fand sie in Heidruns Küche bei der Zubereitung der Suppe für ihre Herrin. Er setzte sich zu ihr und sah sie schweigend an.

„Du hast mich gestern heimlich durch die Tür beobachtet. Warum tust du das?", fragte sie, ohne ihn anzusehen.

„Ich wollte Harald sprechen und sah noch Licht im Haus. Wie kannst du das deiner Herrin antun. Ich begreife dich nicht!"

„Was meinst du mit antun?"

„Na das, was du mit meinem Bruder gemacht hast. Wenn du ihn nicht verhext hättest, wäre er niemals zu dir gekommen."

Rosa blieb ruhig und rührte weiter im Kessel.

„Würdest du mir zutrauen, dass ich einen Mann verhexen kann?"

„Was ich gesehen habe, das reicht mir. Du bist wahrscheinlich zu allem fähig."

„Dich habe ich noch nicht verhext oder stimmt das nicht?"

„Versuche nicht abzulenken. Es geht um deine Herrin und der allein hast du zu gehorchen."

„Das stimmt!", erwiderte Rosa ruhig.

Siegbert war aufgeregt und Rosas Ruhe reizte ihn bis aufs Äußerste.

„Ich glaube, du verstehst mich nicht oder willst es nicht begreifen. Vielleicht sollte ich mit Heidrun darüber sprechen."

„Was glaubst du, was du damit erreichst?"

„Sie wird dich verprügeln lassen."

Kess sah Rosa den um ein paar Jahre jüngeren Siegbert in die Augen.

„Würde es dir Freude bereiten, wenn sie dich mit meiner Bestrafung beauftragt. Du reißt mir das Hemd vom Leibe, wirfst mich auf die Bank und züchtigst mich mit der Rute, bis das Blut den Rücken hinabfließt. Gefällt dir das!"

Irritiert wich Siegbert zurück. Er kannte Rosa schon als Kind. Sie war viel mit seinem Bruder Hartwig zusammen. Für ihn hatte sie sich damals nicht interessiert, da er wahrscheinlich noch zu jung war. Inzwischen sind viele Jahre vergangen und die Kindheit war eine vage Erinnerung.

„Wieso sollte ich dich schlagen?"

„Du findest mein Handeln verwerflich und urteilst über mich, ohne die wahren Hintergründe zu kennen."

„Es genügt mir, was ich gesehen habe!"

„Das Sehen ist das eine, doch es kommt auf das Verstehen an."

Rosa rührte die Suppe als würden die Vorwürfe von Siegbert sie nichts angehen.

„Sag mir, warum du das tust. Es ist bestimmt nicht das erste Mal gewesen, dass du meine Schwägerin hintergehst."

„Ich bin meiner Herrin immer treu und das werde ich bleiben."

„Nennst du das Treue?", entgegnete Siegbert aufgebracht.

„Meine Herrin hat es mir aufgetragen bei ihrem Mann zu liegen. Sie braucht die Ruhe vor und nach der Niederkunft. Ich bin nur eine Sklavin und keine Rivalin. Was ich tu, ist in ihrem Sinn und zum Wohl des Herrn." Verwundert sah Siegbert Rosa an.

„Spürst du keine Liebe dabei?"

Rosa schwieg.

Sie tat ihm leid. Er hatte sie beschuldigt und es war ganz anders als es schien. Vielleicht tat sie alles mit Widerwillen. Er fand, dass sie die Bedauernswerte war. Langsam ging er zur Feuerstelle. Sie legte den Quirl aus der Hand und drehte sich zu ihm. Er drückte sie an sich und strich ihr väterlich über den Kopf. Es tat ihr gut, auch wenn es von ihm anders gemeint war als sie es gern hätte. Frühere Versuche von ihr, den jüngsten Bruder von Harald zu verführen, scheiterten. Von ihrer heimlichen Liebe zu Harald verriet sie ihm nichts.

Ulf und Ratlind schliefen noch. Er ließ sie ruhen und brühte sich selbst einen Tee auf. Genüsslich schlürfte er ihn und sah zu den beiden hin. Ratlind wurde munter und rekelte sich. Sie zog Ulf die Decke weg, damit er wach werden würde. Verspielt tummelten sie sich im Bett und fühlten sich unbeobachtet.

Siegbert räusperte sich, damit sie mitbekamen, dass er am Tisch saß. Erschrocken zog Ratlind die Decke über sich. Ulf stand auf und kam zu Siegbert.

„Entschuldige, dass wir dich nicht bemerkt haben", sagte er verschlafen und gähnte laut.

„Ist schon gut. Ich werde ein wenig durch die Gegend reiten und von allem Abschied nehmen."

„Soll ich mitkommen?"

„Das brauchst du nicht. Ich bin lieber allein."

„Dann warte ich mit Ratlind hier auf dich."

Siegbert nickte und ging zum Pferdestall, in dem sein weißer Hengst in einer Box stand.

Ein junger Sklave versorgte gerade das Tier.

„Bist du ein Gehilfe von Jaros?"

„Ja, Herr!", antwortete der Sklave.

„Du bist aber nicht verwandt mit ihm?"

„Nein, Herr! Ich bin Sachse."

Siegbert sah ihm zu, wie er das Fell striegelte und die Hufe reinigte. Er stellte sich sehr geschickt an und war gründlich bei der Arbeit.

„Es sieht aus als würdest du dich gut mit Pferden auskennen?"

„Ich bin mit ihnen aufgewachsen und froh, dass mein neuer Herr sie mir überlässt."

Harald kam in den Stall.

„Da finde ich dich endlich!", rief er ihm zu.

„Du hast mir nicht verraten, dass du einen neuen Pferdesklaven hast."

„Er ist noch nicht lange bei mir. Vorher gehörte er dem Verwalter des Königsguts in Arnberg."

172

„Hast du ihn abgekauft?"

„Ich bekam ihn geschenkt. Aus meiner Zucht überließ ich ihm eine Stute und dafür hat er sich mit dem Burschen erkenntlich gezeigt."

„Du musst ein gutes Verhältnis zu dem Gutsverwalter haben."

„Was meinst du damit?", entgegnete Harald misstrauisch.

„Ich denke, wenn man sich derart großzügige Geschenke macht, muss man sich auch sonst in allem einig sein."

„Ich verstehe dich nicht. Worauf willst du hinaus?"

„Unser Bruder Hartwig dient dem Frankenkönig und du machst mit dem Verwalter des Königsguts Geschäfte. Ich denke, ihr habt die Hoffnung auf ein freies Thüringen aufgegeben."

„Glaubst du noch daran?"

„Ich schon!", schrie Siegbert zornig seinen Bruder an.

„Wir werden sehen, ob du nach der Wetterbesserung in den nächsten Jahren mit deinen Männern zurückkommen wirst. Du vielleicht, doch die anderen nicht."

„Amalafred selbst wird sie anführen und den Franken das Fürchten lehren", erwiderte Siegbert überzeugt. Harald schwieg dazu. Er hatte eine andere Meinung und das Gespräch schien zu eskalieren. Geschickt lenkte er zu einem anderen Thema hin. Einen Streit zwischen ihm und seinen Bruder wollte er unbedingt vermeiden.

„Gefällt dir der Sklave?"

„Er stellt sich sehr geschickt im Umgang mit Pferden an. Mein Hengst lässt nicht jeden so nah an sich heran."

„Wenn du ihn willst, schenke ich ihn dir. Jaros wird bald wieder hier sein. Wie ich hörte sind alle eure Pferde am Sammelplatz eingetroffen. Es wird gut sein, wenn du jemand hast, der sich mit den Tieren auskennt. Er ist mein Abschiedsgeschenk für dich."

Siegbert war überrascht von dem Angebot seines Bruders.

„Entschuldige, wenn ich laut geworden bin. Du hast scharfe Worte nicht verdient, wo du uns Rebellen immer geholfen hast."

„Ist schon gut!", beruhigte ihn Harald.

„In den letzten Tagen bin ich von Zweifeln hin- und hergerissen. Ich selbst hätte in Thüringen bleiben sollen. Wie hättest du an meiner Stelle gehandelt?"

„So wie du es jetzt vorhast."

„Ich fürchte den Vorwurf der Königin", gestand Siegbert.

„Sei unbesorgt! Ich kenne Amalaberga gut. Sie ist eine Frau mit Weitblick und wird dir danken, dass du ihre Krieger in Sicherheit gebracht hast. Wenn du willst, gebe ich dir einen Brief für sie mit, in dem ich die Lage in Thüringen aus meiner Sicht schildere."

„Du kannst es tun, doch die Zweifel bleiben in mir."

„Wenn es dir bei den Langobarden zu langweilig wird, kehrst du zurück. Der Bärenkrieger wäre bestimmt nicht traurig darüber."

„Da ist eine andere Sache, die mir Sorgen macht. Er ist ein guter Kämpfer, doch kommt er gegen die Falschheit der Franken nicht an."

„Das braucht er nicht. Wichtig ist, dass er unsere Jungkrieger mit dem Schwert vertraut macht. Nach dem Aderlass dauert es viele Winter, bis genügend wehrhafte Männer heranwachsen, um erneut gegen die Franken antreten zu können."

Siegbert hatte sich beruhigt. Er sah dem Pferdesklaven weiter bei der Arbeit zu.

„Dein Geschenk nehme ich dankend an. Der Bursche ist geschickt im Umgang mit Rössern, das erkenne ich gleich."

„Ich werde ihm sagen, dass er ab nun dir gehört."
Harald rief den Burschen zu sich und erklärte ihm, dass Siegbert sein neuer Herr wäre. Verwundert sah der Sklave Harald an.

„Seid ihr nicht zufrieden mit mir, Herr?", entgegnete der Sachse enttäuscht.

„Du hast deine Arbeit gut gemacht, doch mein Bruder braucht einen fleißigen Burschen, wie dich, dringender als ich. Deshalb wirst du jetzt ihm treu dienen."
Der Bursche fiel auf die Knie und senkte demütig das Haupt. Siegbert berührte mit der flachen Hand seinen Kopf und damit war der Besitzwechsel vollzogen.

„Ich will sehen, wie gut du reiten kannst. Mein Bruder gibt dir ein Pferd."

Ohne Sattel folgte der Bursche Siegbert. Sie ritten die Wip bachabwärts bis zum Wilberg. Auf dem Wachturm, der von einem Palisadenzaun umgeben war, standen Kinder und hielten Ausschau. Als sie Siegbert entdeckten, öffneten sie das Tor. Stolz zeigten sie ihm ihre Anlage und die Kurzschwerter, die sie versteckt hatten.

„Lasst die Messer dort, wo sie niemand findet. Wenn die Franken sie entdecken, nehmen sie die Waffen und euch gleich mit."

„Die trauen sich nicht zu uns. Wir haben viele Schikanen um den Berg herum gebaut. Wer den Pfad zu uns nicht kennt, kommt nicht unbeschadet herauf."
Es waren nicht nur Knaben, die hier Wache hielten, sondern auch größere Mädchen. Den ältesten Sohn von Harald nannten sie Hauptmann und er hatte das Sagen. Auf einem Spieß schmorte ein Feldhase über leichtem Feuer. Siegbert und sein Begleiter wurden zum Essen

eingeladen. Er setzte sich nah ans Feuer und erzählte den Kindern von den Überfällen auf die fränkischen Königsgüter. Alle hörten gespannt zu.

Siegbert musste weiterziehen. Die Kinder waren glücklich über seinen Besuch und verfolgten von ihrem Aussichtsturm lange seinen Ritt in Richtung Rinsberge. Der Weg bildete die nördliche Grenze des Oberwipgaus. In seinem Zentrum lag die Thingstätte mit der Behausung für den Priester. Ihn wollte er besuchen und einige Dinge mit ihm besprechen. Den alten Mann fand er vor seiner Hütte. Seine beiden Gehilfen fädelten Kräuter zum Trocknen auf eine Schnur. Der Priester bot Siegbert an, sich zu ihm zu setzen.

„Es ist lange her, dass du bei mir warst. Hast du dein Leid überwunden?"

„Es ist nicht mehr, wie am Anfang, doch jede Nacht träume ich von Brunhilde."

„Es wird lange dauern, bis das vergeht. Deine großen Aufgaben, die vor dir stehen, werden dich ablenken."

„Hat Harald mit dir darüber gesprochen?"

„Ich weiß Bescheid! Zieh mit deinen Männern zu den Langobarden. Sie sind unsere Brüder und fest in ihrem Glauben."

„Einige von ihnen haben sich von unseren Göttern abgewandt und sind Arianer geworden."

„Das ist nur eine vorübergehende Erscheinung. Bald werden sie zu dem Glauben ihrer Väter zurückfinden, da bin ich mir sicher."

Einer der Gehilfen brachte Siegbert und dem Priester eine Schale Tee. Genüsslich schlürften sie das, nach Äpfeln schmeckende Getränk.

„Ich wollte dich fragen, wann das Wetter sich bessert und die Sonne, wie in den früheren Jahren, scheinen wird."

„Dein Bruder Harald und ich haben in dieser Frage eine unterschiedliche Meinung. Ich habe mich mit ihm geeinigt, dass ich den Leuten nur seine Version erzähle, um sie nicht zu verwirren. Ich bin jedoch davon überzeugt, dass nach drei Wintern die Götter auf dem Schlachtfeld gegen die Riesen kämpfen werden und die ganze Welt durch einen Brand den Flammen anheimfällt."

„Wie können wir Menschen den Göttern helfen?", wollte Siegbert wissen.

„Nichts können wir tun, mein Junge. Es wird genauso kommen, wie es die Weissagung vorherbestimmt hat."

„Was sagt Harald dazu?"

„Er glaubt, dass dieser Wetterspuk in drei Jahren vorbei ist und die Sonne, wie früher scheinen wird. Das erzähle ich nun auch den Leuten, die zu mir kommen, damit sie nicht verzagen und sich ein Chaos unter den Menschen ausbreitet."

„Was kannst du mir raten, Priester?", bat ihn Siegbert.

„Suche mit deinen Kriegern die offene Schlacht und sterbt wie Helden. Nur so kommt ihr nach Walhall und verstärkt das Heer Odins. Er wird jeden Einherjer benötigen, um gegen die Überzahl der Riesen anzutreten. Viele tapfere Männer sind bei ihm, auch dein Vater, der als Held gegen die Franken, gefallen ist."

„Ich danke dir für den weisen Rat. Im Langobardenreich wird es für uns ausreichend Gelegenheit geben, Mut zu beweisen und heldenhaft zu sterben. Bevor die

Schlacht der Götter beginnt, werden wir im Heer Odins kämpfen dürfen."

Erfreut sah der Priester Siegbert an und drückte ihm fest die Hand.

Von Wipa war es nicht mehr weit nach Rodewin. Sie kamen rechtzeitig zum gemeinsamen Abendessen im elterlichen Haus an.

Ulf schlug vor, am nächsten Tag zur Jagd zu gehen. Ein paar Enten wollte er am Eichelsee erlegen. Siegbert war einverstanden und erzählte ihm, von dem Geschenk, dass ihm sein Bruder gemacht hatte.

„Wir können ihn morgen mitnehmen, da sehen wir, ob er für die Jagd taugt."

„Mit Pferden kennt er sich gut aus, das hat er mir heute gezeigt. Enten fangen ist etwas anderes."

„Zuerst muss er bellen und schwimmen lernen, sonst können wir ihn nicht gebrauchen", erwiderte Ulf lachend.

„Du denkst wohl daran, wie es dir das erste Mal erging als wir am Eichelsee nach Federvieh Ausschau hielten. Du bist mir fast ertrunken."

„Jetzt kann ich darüber lachen, aber damals war mir nicht danach zumute. Wenn nicht die eine Tochter der Kräuterfrau gekommen wäre und mich am Haarschopf aus dem tiefen Wasser gezogen hätte, wäre ich abgesoffen. Wie hieß sie denn?", wollte Ulf wissen.

„Es war Helga, die jüngste Tochter der Kräuterfrau."

„Das ist doch die, welche du unbedingt heiraten wolltest."

Siegbert musste lachen als er daran dachte.

„Wusstest du, dass sie mich abwies. Im Nachhinein betrachtet, bin ich froh darüber. Ich hätte sonst nicht Brunhilde kennengelernt."

„Ob Helga noch bei ihrer Mutter in der Hütte lebt?"

„Ich denke schon! Wir können sie besuchen."

Zeitig am Morgen ritten die drei los. Sie kamen zu dem Schwemmteich und ritten durch den Wald bis zu einer kleinen Anhöhe. Von dort sahen sie ein riesiges Nebelmeer vor sich liegen. Das Dach der Kräuterfrau ragte ein wenig hervor und die Kronen der Bäume, die den See einschlossen, waren zu erkennen.

„Mit der Entenjagd werden wir heute kein Glück haben!", meinte Siegbert enttäuscht.
Traurig verzog Ulf das Gesicht.

„Darf ich es versuchen Herr?", fragte der Sklave.

„Wie willst du es anstellen, wenn du im Nebel nichts sehen kannst?"

„Ich habe ein Netz bei mir, das ich auswerfe."
Skeptisch sah Siegbert sich das kleine Bündel an, das der Sklave in seinen Händen hielt.

„Versuche es!", sagte er und schritt voran zum Ufer des Sees.
Je näher sie kamen, umso dichter wurde der Nebel. Nur wenige Schritte weit konnte man sehen.

„Bleibt beide in meiner Nähe, sonst ertrinkt mir noch einer von euch", warnte Siegbert.
Sie standen am Ufer und sahen vor sich nur Schilf, das sich im Nebel langsam auflöste.

„Wir können nichts machen und kehren lieber zurück auf die Höhe", sagte Siegbert und war im Begriff zu gehen.

„Herr, lasst es mich zuvor versuchen. Wartet hier, bis ich zurückkomme."

„Das will ich sehen, wie du es anstellen willst, eine Ente zu fangen."

„Dann folgt mir ganz leise!"

Vorsichtig wateten sie durch die sumpfige Schilfzone. Der Sklave trieb einige Enten langsam vor sich her zu dem offenen Teil des Sees. Das Wasser reichte ihnen bis zur Hüfte. Plötzlich blieb der Sklave stehen als wollte er nicht mehr weiter gehen. Die Enten warteten ab und sahen zu den Männern. Der Sklave hatte inzwischen das Netz zurechtgelegt. An seinem Rand waren kleine Steine angebracht. Mit Schwung warf er es aus. Keiner konnte es mehr sehen.

Wildes Flattern war zu hören. Schnell schritt der Sklave zu der Stelle, wo er sein Netz hingeworfen hatte. Dort versuchten sich die Enten aus den Maschen zu befreien. Es gelang ihnen nicht. Der Sklave packte sie und tötete alle. Das leblose Bündel trug er zum Ufer.
Fünf Enten lagen vor ihnen im Gras. Soviel hätten sie wahrscheinlich nicht mit Pfeil und Bogen erlegt. Anerkennend klopfte Siegbert dem Sklaven auf die Schulter.

„Wie ist dein Name?"

„Ich heiß so, wie ihr mich nennen wollt."

„Wie wurdest du als Kind gerufen?"

„Bodo!"

„Diesen Namen sollst du behalten. Du bist ein geschickter Entenjäger. Wir gehen jetzt zum Haus der Kräuterfrau, dort können wir unsere Sachen trocknen."

Sie liefen den Hügel hinauf, wo am Waldrand die Pferde angebunden waren und ritten zu der Hütte der Kräuterfrau. Es war niemand da. Siegbert überlegte, wo sie sich am Waldrand ein Feuer machen konnten, um ihre Sachen zu trocknen und sich aufzuwärmen. Da trat Helga mit einem Bündel Reisig unter dem Arm aus dem Wald.

„Wolltet ihr uns besuchen?", rief sie erfreut.

„Unsere Kleidung ist nass, wir müssen sie trocknen und uns aufwärmen. Bei der Entenjagd sind wir ins Wasser gestiegen."

„Wie ich sehe, hattet ihr Erfolg. Kommt herein, ich schüre sofort das Feuer an."

Die Männer folgten Helga. Sie legte das Reisigbündel neben dem Herd ab und steckte ein paar trockene Äste in die Glut. Im Nu flammte das Feuer auf und verströmte eine angenehme Wärme.

„Zieht eure nassen Sachen aus, damit ich sie waschen und trocknen kann", sagte sie und schüttete Wasser in den Kessel neben dem Feuer.

Zögerlich zogen die drei Männer ihre Hosen und Schuhe aus und gaben sie Helga. Sie legte sie in einen Korb und ging damit nach draußen. An der Wasserstelle bürstete sie den faulig riechenden Schlamm ab. Als sie zurückkam, standen die Männer mit ihren nackten Beinen in ihren nassen Hemden vor dem Herd und fächelnden sich warme Luft zu. Helga fand den Anblick komisch und lachte laut auf.

Verlegen sahen sie zu ihr hin.

Sie hängte die nassen Hosen über die Trockenstange und stellte die Schuhe auf die warmen Herdsteine.

„Eure Hemden sind ganz nass. Zieht sie aus, oder wollt ihr euch verkühlen?"

Zögernd kamen sie der Aufforderung nach. Nackt standen sie nebeneinander vor dem wärmenden Feuer. Helga nahm ein trockenes Tuch und rubbelte Siegberts Rücken trocken. Als sie tiefer kam, verwehrte er es ihr, weiter zu machen.

„Wie du willst!", sagte sie schnippisch und wand sich von ihm ab.

„Wie ist es mit dir? Willst du dich auch selbst trockenreiben?", fragte sie verärgert seinen Freund.

Ulf nickte.

Den Sklaven, den sie noch nicht kannte, fragte sie gar nicht erst. An ihm wollte sie zeigen, was den beiden anderen entging. Flink rieb sie ihm den Rücken ab. Er ließ es sich gern gefallen und blieb starr, wie eine Eissäule stehen. Sie widmete sich seiner Vorderseite. Bodo wusste nicht, wie er sich verhalten sollte und rührte sich nicht. Helga nutzte es schamlos aus. Siegbert und Ulf sahen ihr wortlos und grinsend zu.

Das Feuer am Herd brannte lichterloh. Im Raum wurde es heiß. Die Männer setzten sich, nur mit einem Tuch um die Lenden gebunden, an den Tisch. Allen lief der Schweiß über das Gesicht.

„Es ist mir zu warm im Raum. Ich muss hinausgehen oder mich ausziehen", sagte Helga nach Luft ringend.

„Uns stört es nicht, wenn du deine Sachen ablegst. Wir sitzen auch nackt da", meinte Ulf lachend.

Sie ließ ihr Kleid über die Schultern zu Boden fallen und hätte es wahrscheinlich auch getan, wenn Ulf sie nicht dazu ermutigte.

Siegbert störte es, dass sie unbekleidet vor ihnen herumlief, doch bald gewöhnte er sich daran. Helga servierte ihnen Tee.

Die Tür wurde aufgestoßen und die Kräuterfrau trat ins Haus. Entsetzt sahen die Männer zu der alten Frau, doch die schien ihr Anblick nicht zu stören. Sie ging zum Herd und stellte ihren Tragkorb ab. Er war voller Kräuter, die sie für ihre Salben und Gesundheitstees brauchte.

„Seid ihr schon lange hier?", fragte sie die Männer, ohne sie anzusehen.

„Ein Weilchen", erwiderte Siegbert, dem es peinlich war, nackt herumzusitzen.

„Ihr seid in den See gefallen", stellte sie fest und prüfte die Kleidung über der Trockenstange.

„Wir waren Enten jagen", rief Ulf.

„Bald sind eure Sachen trocken. Möchtet ihr bei uns mitessen?"

Siegbert kannte die Kochkünste der Kräuterfrau und überlegte sich einen Grund, wie er ablehnen konnte, ohne sie zu beleidigen.

Ulf war voreilig und kam ihm zuvor. Er nahm dankend an.

„Hilf mir dabei!", sagte die Frau zu ihrer Tochter, die geschwind zur Herdstelle lief und den Dreibock mit dem Kessel über das Feuer stellte.

Siegbert stand auf und sah selbst nach seinen Sachen. Sie waren noch klamm.

„Ihr müsst einen Augenblick warten, bis die Hosen und Hemden trocken sind. Mich stört es nicht, wenn ihr nackt herumsitzt", meinte die Alte und grinste verschmitzt.

Siegbert hatte das Handtuch über seinem Schoss enger gebunden und sah den beiden Frauen bei der Arbeit zu. Er stellte fest, dass die Kräuterfrau in den letzten Jahren stark gealtert war. Dagegen hatte Helga sehr gewonnen. Sie war gut gebaut und nicht zu dünn, obwohl sie kein Fleisch aß und sich, wie die anderen Mitbewohner, nur von Pflanzen ernährte. Ihre Brüste waren straff und der Hintern prall und fest. Er dachte daran, dass er sie in seiner Jugendzeit einmal heiraten wollte. Sie hatte es ihm zum Glück ausgeredet. Jetzt konnte er erkennen, dass es niemals gut ausgegangen wäre. Sie hatte ihre eigene Welt, in der sie sich glücklich fühlte und das schien ihr zu genügen.

Während Helga die Suppe in dem Kessel rührte, sah sie verstohlen zu den Männern am Tisch und erfreute sich daran, wie sie sich an ihrem Anblick ergötzten. Von den Dreien gefiel ihr der Sklave am besten und ihm schenkte sie ab und zu ein Lächeln.

Die Kleidung war trocken und die Kräuterfrau reichte sie den Männern. Geschwind zogen sie sich an und setzten sich auf ihre Schemel.

Helga ließ sich weiter von ihnen begaffen. Ihre Mutter hatte es bemerkt und nahm es mit Genugtuung wahr.

„Hole mir etwas Holz", sagte sie zu ihrer Tochter. Helga zog ihr Kleid über und griff nach dem Korb. Sie sah zu dem Sklaven und forderte ihn auf, ihr dabei zu helfen. Siegbert nickte ihm zu, dass er ihr folgen durfte. Die beiden verschwanden lachend durch die Tür.

„Wann wirst du abreisen?", fragte die Kräuterfrau Siegbert.

„In ein paar Tagen. Ich wollte dich zuvor bitten, dass du mir nochmals die Runen befragst."

„Wir können es gleich tun. Die Suppe muss leicht köcheln und ich brauche nicht ständig umrühren."
Die Alte holte aus dem Regal Runenhölzchen. Sie warf sie auf den Boden und betrachtete sie in Ruhe.

„Komm zu mir Siegbert, ich will dir erklären, was sie bedeuten."
Sie nannte ihm jedes Zeichen und seine Bedeutung.
Danach fragte sie ihn ab und war überrascht, dass er sich alles gemerkt hatte.

„Du bist ein kluger Junge. Ich werde dir diese Runen schenken und dann kannst du selbst aus ihnen lesen. In der Fremde werden sie dir helfen, deine Entscheidungen zu treffen."
Siegbert nannte seine Frage und warf die kleinen Holzscheiben auf einmal nach oben. Sie fielen zu Boden und lagen verstreut kreuz und quer.

„Versuche selbst die Deutung!"

Siegbert betrachtete die Lage der Runen zueinander und begann sie mit seiner Frage in Beziehung zu bringen.

„Es ist, wie du es mir vorausgesagt hast. Mein Schmerz wegen Brunhilde wird in der Ferne vergehen und ich werde erfolgreich sein."

„Du siehst, dass die Runen hilfreich sind. Nimm sie und achte darauf, dass du sie nicht verlierst. Sie werden dir gute Dienste leisten."
Die Kräuterfrau legte die Holzscheiben in das Tuch und drückte es Siegbert in die Hand.

„Darf ich dir etwas dafür schenken?", fragte er verlegen.

„Nein!", sagte sie bestimmt. „Es würde die Kraft der Zeichen vermindern."

Die Suppe war fertig. Helga und der Sklave kamen aus dem Wald zurück. Er stellte den Korb mit dem Brennholz neben die Feuerstelle. Helga versuchte mit einem Holzkamm die Tannennadeln aus ihren langen Haaren zu entfernen.

„Wo habt ihr euch herumgetrieben?", wollte Siegbert wissen.

„Du hättest mitkommen können!", erwiderte sie keck und sah triumphierend zu dem Sklaven hin. Sie verteilte die Holzschalen und Löffel. Ihre Mutter stellte den Kessel mittig auf die dicke Tischplatte und gab jedem einen großen Schöpflöffel der dampfenden Suppe.
Siegbert ahnte, wie sie schmecken würde und sah schelmisch zu Ulf und Bodo. Die versuchten eine gute Miene aufzusetzen und schluckten die Kräutersuppe hinab. Es fehlte noch die obligatorische Frage der Alten, ob sie ihnen schmecke. Lange brauchte er nicht zu warten und die Männer nickten mit einem verzogenen Grinsen.

„Wo ist deine älteste Tochter mit ihrem Kind?", fragte Siegbert, um das Gespräch in eine andere Richtung zu lenken.

„Sie sind für ein paar Tage verreist. Wenn du übermorgen kommst, kannst du sie sprechen."

„Übermorgen will ich abreisen. Grüße sie vielmals von mir."

Nach dem Essen drängte Siegbert zum Aufbruch. Er dankte dem Kräuterweib nochmals für das Wahrsagen und die Runenhölzer. Sie umarmte ihn, was früher noch nie vorgekommen war.

„Die Götter mögen es in der Fremde immer gut mit dir meinen. Leb wohl mein Sohn!"

Siegbert konnte sich nicht erinnern, die Frau jemals so gerührt gesehen zu haben. Mit ihrem Ärmel wischte sie sich die Tränen aus den Augen. Unbewusst kam ihm der Gedanke, ob sie in den Runen etwas gesehen hatte, was sie ihm verheimlichte. Da er jetzt selbst welche besaß, wollte er lernen, damit umzugehen.

Die Männer gingen zu ihren Pferden und banden sie los. Helga eilte zu Siegbert und küsste ihn auf den Mund.

„Willst du dich nicht von mir verabschieden?", fragte sie vorwurfsvoll.

„Liegt dir denn etwas daran?", entgegnete er. Ihm gefiel nicht, dass Helga sich mit seinem Sklaven abgegeben hatte. Sie hätte wegen der früheren engen Beziehungen zu ihm, in seiner Anwesenheit zurückhaltender sein können. Er wusste, dass Helga und ihre Schwester durch Liebesdienste für Männer in den umliegenden Siedlungen einen Teil ihres Unterhalts bestritten. Die Zuwendung zu seinem Sklaven kränkte ihn. Helga konnte sich seine abweisende Haltung nicht erklären.

186

„Wie kannst du so etwas sagen? Du weißt, dass ich dich mehr als alle anderen liebe", entgegnete sie naiv. Siegbert drückte ihr eine Silbermünze in die Hand.

„Was ist das?", fragte sie überrascht.

„Es ist ein Geschenk von meinem Sklaven, der dir beim Holzholen half. Es war nicht zu übersehen, dass er seine Freude mit dir hatte."

„Du hättest an seiner statt mit mir gehen können", erwiderte sie betroffen. Siegbert schwang sich mit einem Satz auf das Pferd.

Im Galopp preschten die Männer in Richtung Sandberg davon. Als sie oberhalb der großen Linde ankamen, machten sie Halt und blickten zurück. Der See und die Hütte der Kräuterfrau lagen noch im Nebel.

„Seid ihr satt geworden?", fragte Siegbert seine Begleiter.

„Das war eklig, was uns das Weib vorgesetzt hat und bitter war die Suppe auch", gestand Ulf.

„Ich denke, wir lassen uns jetzt die Enten schmecken. Für jeden eine und die anderen beiden bringen wir als Jagdbeute mit nach Hause", schlug Siegbert vor.

Ulf und Bodo bereiteten das Mahl. Sie entfachten ein Feuer und hielten die Holzstöcke mit den gerupften und ausgenommenen Enten darüber. Siegbert brauchte sich um nichts kümmern. Er setzte sich abseits von der Feuerstelle ins Gras und ging seinen Gedanken nach.

Oft saß er als Knabe an dieser Stelle und blickte über den Eichelsee bis hin zu den Bergen des Thüringer Waldes. In Rodewin hatte er eine schöne Kindheit verbracht und dankte den Schicksalsgöttinnen dafür. Rauch sickerte durch das Schilfdach des Lehmhauses der Kräuterfrau. Die Menschen in dieser Gegend verdankten ihr viel. Wurde jemand in den Siedlungen krank und die Hausmittel halfen nicht mehr, dann war sie zur Stelle und heilte mit ihren Kräutern oftmals im letzten Moment.

Helga hatte viel von den schamanistischen Zauberkünsten ihrer Mutter gelernt. Vielleicht hätte er sie fragen sollen, ob sie ihn ins Langobardenreich begleitet.

Bald verwarf er den Gedanken. Sie war zu sehr verwurzelt an diesen schönen Flecken Erde mit dem großen See. Sie gehörte hier her und würde woanders unglücklich werden.

Die wärmende Sonne hatte den Nebel über dem Wasser aufgelöst. Siegbert nahm die Holzstücke mit den eingeritzten Runen und warf sie auf den sandigen Boden. Es gab viele Fragen, die er gern beantwortet hätte. Die Runen schienen zu ihm zu sprechen. Müdigkeit erfasste ihn und er schloss die Augen. Im Traum sprach seine verstorbene Frau zu ihm und machte ihm Mut für die bevorstehende Unternehmung, ins Langobardenreich auszuwandern.

Ulf rüttelte ihn an seiner Schulter. Jäh riss der Freund ihn aus seinem schönen Traum. Die Enten waren fertig. Siegbert setzte sich zu seinen Begleitern und probierte von dem Fleisch. Es war zart und fiel fast von den Knochen. Anerkennend nickte er Bodo zu.

„Das schmeckt besser als die fleischlose Suppe der Kräuterfrau."

Ulf nickte und ließ sich nicht beim Abnagen der Entenknochen stören.

„Von hier aus kannst du bis zum Wachturm auf dem Rumpelsberg sehen. Man muss nur wissen, wo er liegt." Ulf sah in die Richtung, in die Siegbert zeigte, doch er konnte nichts erkennen.

„Der Abschied fällt dir schwer. Du siehst ständig zum Rynnestig hin", bemerkte Ulf.

„Du hast recht. Ich komme mir vor, wie ein Versto-
ßener, für den es kein Zurück mehr gibt."

„An unserem Herd findest du immer einen Platz,
wenn es dir in der Fremde nicht mehr gefällt."
Dankbar sah ihm Siegbert in die Augen.

„Reiten wir zurück nach Rodewin. Übermorgen will
ich abreisen. Ich nehme einen Umweg in die Harzberge,
um zu sehen, ob sich die Franken an unsere Abmachung gehalten haben."

„Es wird nicht ungefährlich sein. Wenn sie dich auf-
greifen und dein Schwert sehen, nehmen sie dich gefangen", warnte Ulf.

„Ich denke, es wird nicht dazu kommen. Hartwig sicherte mir zu, dass die fränkischen Wachen bis zur Wintersonnenwende ihre Gutshöfe nicht verlassen."

„Traust du ihnen?"

„Den Franken nicht, aber meinem Bruder! Er hat alles mit ihnen ausgehandelt und auf ihn ist Verlass."

„Weißt du, was man über ihn sagt?"

„Nein."

„Die Leute erzählen sich, dass er mit den Franken
gemeinsame Sache macht und sich von ihnen kaufen
ließ. Er soll ein Verräter sein."
Siegbert war wütend und stieß Ulf vom Stein, dass er
rücklings ins Gras fiel.

„Sowas sagst du niemals mehr über meinen Bruder.
Wenn er uns Rebellen nicht helfen würde, müssten wir
hierbleiben und viele unserer Jungkrieger würden im
kommenden Winter nicht überleben."
Die Worte von Ulf waren für Siegbert wie Öl in das
Feuer seiner Zweifel. Gefühlsmäßig hätte er anders
entschieden und wäre in Thüringen geblieben. Seine
Vernunft sagte ihm jedoch, dass der Abzug der Rebellen
ins Langobardenreich die richtige Lösung war.

„Wer sagt dir, dass sie nicht auf dem Weg ins Langobardenreich umkommen. Es ist Winter und du wirst den Weg nach Vindobona nicht mehr erkennen", sprach Ulf weiter.

„Meinst du es wäre besser, es nicht zu versuchen?"

„Besser in der Heimat umkommen als in der Fremde sterben."

„Die Möglichkeiten nach Walhall zu kommen ist bei den Langobarden größer als hier. Jedes Jahr starten sie einen großen Heerzug und machen reichlich Beute."

„Heldenhaft sterben kann man auch hier. Du hast es uns gezeigt", entgegnete Ulf beharrlich.

Siegbert war verärgert, wie Ulf an seiner Meinung festhielt. Nur weil er sein Freund war, durfte er so mit ihm reden und sagen, was er dachte.

9. Reise in die Harzberge
Im Herbstmond (September) 536

Schweigend ritten die drei nach Rodewin. Vom Sandberg aus konnten sie die mit einem Palisadenwall eingefasste Siedlung sehen. Verwundert stellte Siegbert fest, dass der Hof mit Ochsenkarren angefüllt war. Er hielt an und versuchte mehr Einzelheiten zu erkennen.

„Was ist dort los? Hält Harald ein Marktfest ab?", fragte Siegbert seinen Freund.

„Sie werden gekommen sein, um sich von dir zu verabschieden."

„Dann ständen dort Pferde und keine Ochsenkarren."

„Kaum einer der Bauern hat noch ein Ross. Harald ist eine große Ausnahme, weil er Gaugraf ist."
Die vielen Menschen irritierten Siegbert. Vor seinem Haus stand Ratlind und teilte Suppe aus. Eine Schlange von Erwachsenen und Kindern hatte sich vor ihrem Kessel gebildet. Siegbert eilte zu ihr.

„Wer sind die Menschen?"

„Die wollen mit dir ins Langobardenreich reisen."

„Wieso kommen sie hierher. Wer sich uns anschließen will, der soll sich auf dem Sammelplatz, östlich der Saale einfinden."
Siegbert sah sich um und entdeckte Harald inmitten der Leute. Er ging zu ihm.

„Was ist los, Bruder?", fragte er ihn fassungslos.

„Es sind Bauern aus dem Wiesenland, die sich entschlossen haben, dir ins Langobardenreich zu folgen", erklärte Harald.

„Wieso kommen sie zu dir und nicht zum Sammelplatz am Elbtor."

„Sie hörten, dass du in Rodewin bist und wollten in deiner Begleitung dorthin reisen."

Siegbert war ratlos. Er hatte vorgehabt, zu den aufgelassenen Rebellenlagern in die Harzberge zu reiten. Auf dieser Reise konnte er niemand mitnehmen und es wäre ein Umweg. Die Leute mussten selbst sehen, wie sie zum Sammellager kommen konnten.

„Das geht nicht!", sagte Siegbert nachdrücklich zu seinem Bruder.

„Du kannst die Leute nicht zurückweisen, sie haben alles aufgegeben."

Fassungslos sah Siegbert sich um.

Er ging zu Ulf und fragte ihn, ob er bereit wäre, die Leute zu führen. Sein Freund verzog den Mund. Gern tat er es nicht. Er wäre viele Tage von Ratlind getrennt. Das konnte er als Grund nicht angeben. Missgestimmt willigte er ein.

Am nächsten Morgen brachen Siegbert und sein neuer Sklave Bodo zeitig auf. Der Abschied ging in dem allgemeinen Durcheinander fast unter. Viele Auswanderer waren bereits auf den Beinen, denn sie wollten mit Ulf zum Sammelplatz ziehen. Nur Siegberts Mutter kümmerte sich um ihren Sohn, den sie wahrscheinlich nie wiedersehen wird. Sie hatte ihm seinen Lieblingsbrei zubereitet und einen Proviantsack mit Brot, Speck und anderen Köstlichkeiten zusammengepackt. Mit Tränen in den Augen brachte sie ihren jüngsten Sohn bis zum Siedlungstor und winkte den beiden Männern lange nach.

Siegbert ritt entlang der Wip bis zur Ge und von dort bis zur Mündung des Flusses in die Unstrut. Jedes Mal, wenn er diesen Ort erreichte, besuchte er die Ruine der Tretenburg. Sie hatte für ihn eine große symbolische

Bedeutung und war der Inbegriff des eigenständigen Thüringer Königreichs. Hier versammelten sich die Großen des Reichs, um sich in wichtigen Angelegenheiten zu beraten und Beschlüsse zu fassen.

Die Nacht verbrachten die beiden Männer im Windschatten der verfallenen Anlage. Siegbert erzählte Bodo, wie die Thinge abliefen und er erfuhr von dem Sachsen, dass es in seiner Heimat ähnliche Versammlungsplätze gab. Das kleine Feuer wärmte nur wenig. Es war in den letzten Tagen empfindlich kalt geworden, doch zum Glück regnete es nicht. Im Lichtschein war der Schatten eines Wolfes zu erkennen. Siegbert sprach ihn an, wie einen alten Bekannten. Er glaubte, dass es der Gleiche war, der ihn vom Rynnestig aus verfolgte.

Bodo wunderte sich, dass sein Herr vertraut mit dieser Bestie redete und schien sich zu fürchten. Durch die Bewölkung konnte er nicht erkennen, ob der Vollmond schien. Sein Vater hatte ihm einige Geschichten von Werwölfen erzählt, die in der Dunkelheit Menschen anfielen und zerfleischten. Vielleicht war sein neuer Herr einer von ihnen und er eine willkommene Mahlzeit.

Emsig trug er trockenes Holz zusammen, damit das Feuer in der Nacht nicht ausging. Die Angst hielt ihn bis zum Morgen wach.

Nebel stieg aus der Flussniederung auf. Siegbert rekelte sich aus seinem Fell, das er auf den Steinen ausgebreitet hatte.

„Hast du gut geschlafen?", fragte er Bodo.

„Es ging, Herr!", erwiderte der Sklave kurz. Siegbert sah sich ein wenig um, während dieser Zeit bereitete Bodo das Frühstück. In einem kleinen Kessel kochte er Brei und reichte ihn Siegbert.

Der sah ihn verwundert an.

„Hast du keinen Hunger? Es langt für uns beide!"

„Ich esse den Rest, den ihr übrig lasst."

An den Umgang mit einem Sklaven musste sich Siegbert erst noch gewöhnen. Dieser junge Mann war für ihn eine Person, die er nicht leicht einordnen konnte. Es kam ihm vor als würde ihm die Selbsterniedrigung und Unterwürfigkeit gefallen. Einen solchen Sklaven wollte er nicht. In seinem Umfeld waren freie Männer und zu ihnen fand er immer das richtige Wort. Einen Menschen als Sache, wie ein Tier anzusehen, missfiel ihm.

Nachdem der Sklave den Rest des Breis hinunterge-schlungen hatte, bat er ihn, sich vor ihm niederzusetzen.

„Ich möchte dir etwas sagen, hör gut zu! Mein Bru-der hat dich mir als Sklaven überlassen. Warum er das tat, weiß ich nicht. Es ist seine Sache. Ich brauche kei-nen Sklaven, deshalb schenke ich dir die Freiheit. Ent-scheide selbst, ob du bei mir bleiben oder fort gehen willst. Du bist ein freier Mann."

Erstaunt sah Bodo seinen Herrn an und wusste nicht, was er darauf antworten sollte.

„Ich kenne Freiheit nicht", entgegnete der Sklave zögerlich.

„Du kannst jetzt tun und lassen, was du willst. Ab jetzt bist du dein eigener Herr."

„Ich habe nur das getan, was andere von mir forder-ten. Als Kind war es mein Vater, der alle Entscheidun-gen traf und danach kam ich als Sklave zu dem fränki-schen Gutsverwalter, der mir sagte, was ich tun soll. Sie waren alle mit mir zufrieden."

„Das unfreie Leben hat Vor- und Nachteile, das ge-be ich zu. Wenn ein Sklave das Glück hat, bei einem guten Herrn zu leben, kann es ein Vorteil sein. Er ist in seiner Sippe eingebunden. Alle haben jedoch nicht so viel Glück und müssen jeden Tag großes Leid ertragen.

Wir kommen bald zu den Harzbergen. Nicht weit davon ist die Grenze zum Sachsenland. Wenn du willst, kannst du zu deinem Volk hinüberwechseln."

„Mein Volk ist das, was mich aufnimmt und ernährt. Wenn ich bei dir bleiben darf, bist du mein Volk."
Gerührt sah Siegbert den Mann an. Er war nicht viel jünger als er und schien ihm nicht nur gewandt im Umgang mit Pferden und geschickt auf der Jagd, sondern auch in der Wahl seiner Worte zu sein.

In wenigen Tagen erreichten sie das Hauptlager der Rebellen im Harz. Es lag vor ihnen, wie ausgestorben. Nur Alte und Schwache waren noch da. Sie hätten sich dem Zug der Rebellen anschließen können, doch die Reise schien ihnen zu beschwerlich. Freudig begrüßten sie den Rebellenführer. Niemand hatte erwartet, dass sie ihn noch einmal sehen würden. Siegbert erkundigte sich nach ihrem Wohl und Auskommen. Mit der Herstellung von Holzkohle und dem Sammeln von Heilkräutern wollten sie sich in der Zukunft über Wasser halten und für die nächsten drei Jahre hatten sie genügend Korn in verborgenen Höhlen eingelagert. Sie glaubten daran, dass sich die Wettersituation nach dem dritten Winter verbessert und die Sonne wieder scheinen würde.
Für Siegbert war es schwer, auf alle Fragen eine befriedigende Antwort zu geben. Anders als in den Bergen am Rynnestig, war kein kampfbereiter Trupp mehr geblieben. Die meisten hatten sich zu der Auswanderung entschlossen und ein paar wenige waren nach Hause zum elterlichen Bauernhof zurückgekehrt. Siegbert kam sich vor, wie ein Priester, der nichts anderes vermochte als Trost zu spenden. Ihm war bewusst, dass er nicht nur für die Jungkrieger der Anführer war, sondern auch

für den Tross der Alten, den Schwachen und Kranken, die in ihrer Gemeinschaft lebten.

Die ganze Nacht hindurch musste er vom Langobardenreich und den Überfällen auf die Güter der Franken erzählen. Die Alten schienen nicht müde zu werden. Völlig erschöpft verabschiedete er sich früh am Morgen, um weiterzuziehen. Als er eine halbe Tagesreise vom Lager entfernt war, kamen sie zu einer leerstehenden Hütte.

„Hier werden wir uns ausruhen", sprach er zu Bodo, dem die letzten beiden schlaflosen Nächte anzusehen waren. Ohne zu essen schliefen sie ein und wachten erst am späten Morgen auf. Die Reise in Richtung Elbtor, wo der Fluss Elbe zwischen den hohen Sandsteinfelsen hervortrat, konnte weitergehen. Sie erreichten das Ufer der Elbe. Noch nie hatte Bodo einen so breiten Fluss gesehen. Sie setzten sich ans Ufer und verschnauften kurz.

„Von hier aus könntest du mit einem Floß ins Sachsenland gelangen. Der Fluss endet in deiner Heimat und fließt dort ins Meer. Hast du es dir noch einmal überlegt, nach Hause zurückzukehren?"

„Ich bleibe lieber bei dir, wenn du mich als freigelassenen Sklaven ebenso gut behandelst wie bisher?"

„Jeden Tag wirst du ausgepeitscht, bekommst nichts zu essen und musst den ganzen Tag über schuften", meinte Siegbert lachend.

„Dann bin ich zufrieden", erwiderte Bodo schmunzelnd.

Ein Floß zog in der Mitte des Flusses an ihnen vorüber. Es schien ein Händler zu sein. Ballen mit Heu waren auf dem Deck vertäut.

„Wenn du nicht zu den Sachsen willst, lass uns gemeinsam weiterreiten. Wir werden dem Gaugrafen des

196

Elbkniegaus einen kurzen Besuch abstatten. Er ist der Schwiegervater von Hartwig und wird sich über unser Kommen freuen. Sein Gut liegt am Weg. Wir reiten in der Nähe des Ufers der Elbe entlang. Am Ende gelangen wir zum Elbtor."

„Was ist das für ein Tor?", wollte Bodo wissen.

„Es ist die Stelle, wo der große Fluss durch das Sandsteingebirge dringt. In der Tiefebene davor wollen wir uns treffen."

Sie ritten in östlicher Richtung und kamen zu einer Flussmündung. Hier vereint sich die Saale mit der Elbe. Siegbert suchte nach einem Boot, das sie über die Saale bringen sollte. Weit oberhalb der Mündungsstelle fanden sie einen Fährmann. Er schien es nicht eilig zu haben. Erst nach einem kleinen Vorschuss in fränkischen Münzen bewegte er sich zu seinem Kahn. Unterwegs kamen sie ins Gespräch und er erzählte von seiner Familie, die im letzten Winter von einer Horde raubender Gesellen getötet wurde. Er war zu diesem Zeitpunkt am anderen Ufer und konnte nicht helfen.

„Hast du es dem fränkischen Verwalter gemeldet?"

„Der meinte, dass ich nicht der Einzige wäre, bei dem sie geplündert haben. Er sagte mir, dass es Thüringer Rebellen wären, die in dieser Gegend ihr Unwesen trieben."

„Glaubst du das auch? Du bist doch Thüringer."

„Wem soll man in diesen schlechten Zeiten trauen. Menschen sind zu vielem fähig, wenn sie hungern müssen."

„Ich habe von Räuberbanden in dieser Gegend gehört, doch kann ich dir versichern, dass es keine Rebellen waren."

„Wie willst du das wissen? Bist du einer von ihnen?"

„Ja, das bin ich!"

„Dann müsste ich euch den Franken melden. Die zahlen dafür mit Münzen."

Durchdringend sah Siegbert den Fährmann an. Der bemerkte den strengen Blick.

„Du brauchst dir nicht zu überlegen, ob du mich jetzt im Fluss ertränkst. Seid unbesorgt! Als Thüringer würde ich euch niemals verraten", versicherte der Mann. Der Fährmann konnte nicht wissen, dass bis zur Wintersonnenwende kein Franke die Rebellen behelligen würde. Bisher hatte Siegbert nicht einen fränkischen Krieger zu Gesicht bekommen. Sie schienen sich an die Abmachung zu halten. Am anderen Ufer gab er dem Fährmann den restlichen Betrag und der ruderte gleich zurück.

„Wir schienen ihm nicht geheuer zu sein. Er hat mein Schwert gesehen. Ein Thüringer mit Waffen, das gibt es nicht. Somit mussten wir für ihn Franken oder Räuber sein."

„Wären wir das, hätten wir nicht bezahlt Herr", bemerkte Bodo.

„Du bist scharfsinnig."

Der Rebellenführer sah Bodo streng an.

„Als freier Mann, darfst du mich Siegbert nennen. Ich bin nicht mehr dein Herr."

„Das ist für mich ungewöhnlich. Ich würde lieber weiterhin Herr sagen."

„Von mir aus, wenn es nicht anders geht", erwiderte Siegbert verwundert.

Sie zogen in östliche Richtung weiter und Siegbert hoffte, sich an irgendein Landschaftsbild zu erinnern. Menschen, die sie nach dem Weg fragen konnten, trafen sie nicht. Das Land schien wie ausgestorben. Die Wege waren von dem vielen Regen aufgeweicht und glichen einem lang gestreckten Sumpf. Am Waldrand war der Boden etwas fester, doch hinderten die Bäume eine schnellere Gangart einzuschlagen. Sie kamen nur langsam voran. Der Regen peitschte ins Gesicht und durchweichte die Kleidung. Nichts deutete darauf hin, dass sie ihrem Ziel näher kamen. Siegbert hatte die Orientierung verloren und war bemüht, in der gleichen Richtung voranzukommen und nicht im Kreis zu reiten.

An freistehenden Bäumen versuchte er sich zu orientieren. Der Moosbefall war an den Baumstämmen im Nord-Westen am stärksten.

Als es dunkel wurde, suchten sie sich im Wald eine geschützte Stelle. Bodo trug trockenes Holz zusammen und Siegbert entzündete es. Rauchschwaden stiegen auf und verliefen sich in den tiefhängenden Regenwolken. Mit dem Schwert fällte Siegbert ein paar schmale Bäume, die sie für einen Unterschlupf brauchten. Sie bauten ein Schrägdach neben der Feuerstelle und bedeckten es mit Ästen und Laub. Die hochauflodernden Flammen erwärmten die Männer und trockneten ihre Kleidung.

Bodo hatte einen kleinen Kessel über dem Feuer postiert und eine schmackhafte Suppe mit viel Speck gekocht. Es erinnerte Siegbert an seine Kindheit, wie er mit den Brüdern am Lagerfeuer saß. Erstmals erzählte er Bodo von der großen Reise, die sie vorhatten. Er kannte den Weg dorthin und wusste, was ihm im Reich der Langobarden erwartete. Im Winter zu reisen, war jedoch eine besondere Herausforderung und große Strapaze. Überall lauerten Gefahren. Diesmal sollte er eine ganze Kolonne mit Jungkriegern und einem kleinen Tross mit deren Angehörigen nach Vindobona führen. Das war in einer fremden Gegend nicht leicht und bereitete Siegbert, je näher der Tag der Abreise kam, mehr

Sorgen. Er hatte die Verantwortung für jeden Einzelnen übernommen und wusste, dass nicht alle am Ziel ankommen würden. Umkehren war nicht mehr möglich.

Wie im Selbstgespräch teilte er seine Gedanken Bodo mit und wusste, dass dieser das meiste nicht verstehen würde.

Sie zogen weiter. Irgendwo hoffte Siegbert den Weg zu kreuzen, der zu der Siedlung des Gaugrafen führte. Es hatte die ganze Nacht hindurch geregnet und das Wasser schien selbst die Haut aufzuweichen. Bewusst nahm Siegbert die Unbilden des Wetters in sich auf. Das waren Augenblicke, wo er sich nach der sonnigen Donauniederung sehnte. Es stärkte seinen Willen, alles erfolgreich durchzustehen.

Wie durch ein Wunder standen sie plötzlich vor dem Weg, der zu Weibels Siedlung führte. Markante, auf freiem Feld stehende uralte Bäume machten Siegbert sicher, dass es der Richtige war. Sie ritten weiter. Die Landschaft wurde Siegbert vertrauter. Weit konnte es nicht mehr sein. Eine offene und ausgedehnte Ebene lag vor ihnen. Die Siedlung des Gaugrafen Weibel, dem Schwiegervater seines Bruders Hartwig, war von Weitem zu erkennen. Sie sah größer aus als Siegbert sie in Erinnerung hatte. Ein hoher Palisadenzaun umschloss das Anwesen.

Vor dem Tor empfing sie ein Knecht, der wissen wollte, wer sie waren. Als er hörte, dass ein Verwandter aus Rodewin angekommen war, stieß er dreimal kurz in sein Horn. Aus den verschiedenen Häusern und Hütten kamen die Leute angelaufen. Weibel war unter ihnen. Er lief zu dem offenen Tor und sah die beiden Reiter.

„Erkennst du mich nicht?", rief Siegbert ihm zu.

„Ich traue meinen Augen nicht. Dich hätte ich nicht erwartet. Macht Platz Leute für unseren hohen Gast."

Siegbert stieg vom Pferd und lief Weibel entgegen. Die Frauen und Männer bildeten eine Gasse und begrüßten Siegbert aufs freundlichste.

Weibel führte seinen Gast zum Haupthaus. Sklaven kümmerten sich um die beiden Pferde und rieben sie im Stall trocken.

In dem großen Wohnraum des Langhauses reichte der Gaugraf, Siegbert und seinem Gefährten, einen silbernen Becher mit Met.

„Lasst uns auf das Wiedersehen anstoßen. Es ist lange her, dass ich dich, mein Junge, gesehen habe. Man erzählt sich großartige Geschichten über dich. Wenn nur die Hälfte davon stimmt, wären es immer noch genug für ein ganzes Leben."

„Du brauchst mir nicht zu schmeicheln, Gaugraf. Das, was du alles vollbracht hast, ist nicht weniger."

Stolz drehte sich Weibel den anderen zu und drückte seinen Bauch heraus, damit seine Statur ganz zur Geltung kam.

„Wenn du den Tempel für unsere Götter meinst, gebe ich dir recht."

Weibels Frau fasste nach Siegberts Hemdärmel.

„Ihr seid von dem Regen ganz aufgeweicht. Kommt mit mir in die Küche. Ich stelle den Zuber auf und ihr könnt euch im warmen Wasser aufwärmen. Danach gebe ich euch trockene Sachen zum Anziehen, sonst verkühlt ihr euch."

Siegbert folgte mit Bodo der Hausfrau, die ihren Töchtern anwies, den Zuber aus dem Abstellraum neben der Feuerstelle aufzustellen. Mehrere Kessel warmes Wasser standen immer bereit. Die gossen sie in den hölzernen Bottich.

„Wenn es euch zu heiß ist, gebe ich kaltes Wasser dazu. Eure nassen Sachen können meine Töchter im

See waschen und hier zum Trocknen aufhängen", sagte die Hausfrau.

Die beiden ledigen Töchter warteten auf die nassen Kleider und amüsierten sich, dass sich die Männer mit dem Ausziehen zierten. Der Bottich war für ausgewachsene Mannsbilder zu klein und es blieb nicht genügend Platz, die Beine auszustrecken.

„Es wird schon gehen. Da passt sogar mein Mann hinein", meinte die Hausfrau.

Siegbert und Bodo mussten die Knie bis an die Brust ziehen. Sie beschwerten sich nicht. Das warme Wasser tat gut und die beiden Töchter schrubbten sie gründlich ab. Weibels Frau kramte aus einer Truhe ein paar Hemden und Hosen ihres Mannes hervor und legte sie auf einen Schemel.

„Die Sachen werden etwas zu groß für euch sein, doch bis eure eigenen trocken sind, wird es gehen."

Lustig sahen die beiden in den viel zu weiten Kleidern aus.

Weibel kam in die Küche.

„Holt Becher und meinen guten Met!", wies er die Töchter an.

Sie eilten in die Wohnstube.

„Jetzt können wir uns ungestört unterhalten, wovon die anderen nichts wissen müssen. Sag mir Siegbert, wie bist du zu dem Entschluss gekommen, mit den Rebellen von hier wegzuziehen."

„Es war Hartwigs Idee. Meine Krieger, die mir aus dem Langobardenreich nach Thüringen gefolgt sind, sprachen in letzter Zeit oft davon. Sie wollten zu ihren Kameraden nach Pannonien zurückkehren. Wenn die Hungersnot im kommenden Winter nicht bevorstände, wäre ich geblieben. Die Lebensmittel reichen in diesem Jahr nicht für alle, auch nicht für unsere Feinde, die

Franken. Viele werden verhungern und wir Rebellen können nicht helfen. Daher habe ich mich entschlossen mit meinen Leuten wegzuziehen."

„Es ist eine kluge Entscheidung. Für uns Thüringer reichen schon jetzt kaum die Lebensmittel. Wie soll das erst im Winter werden?", bemerkte Weibel betrübt.

„Ich habe auf den Feldern der Bauern gesehen, dass das Getreide nicht ausreift. Es fehlt die Sonne, es ist zu kalt und auch zu nass."

„Wenn das ein paar Jahre anhält, wird es schlimm. Ich musste bereits Rinder schlachten, da ich nicht genug Heu machen konnte. Es ist eine böse Zeit. Die Götter scheinen uns nicht gut gesonnen zu sein", jammerte Weibel und trank, wie aus Verzweiflung seinen Becher in einem Zug aus.

„Vielleicht ist Odin in großer Not. Es kann sein, dass die Riesen ihr Unwesen treiben und er gegen sie kämpfen muss. Da hat er keine Zeit, sich um uns zu kümmern", bemerkte Siegbert.

„Wenn einer helfen kann, ist es nur Thor. Jede Woche opfere ich ihm ein Rind oder Schwein."

„Dann wirst du bald keine Tiere mehr haben."

„Die besten für die Zucht hebe ich auf."

„Was ist mit deinen Pferden?", wollte Siegbert wissen.

„Die müssen zuletzt daran glauben. Um die täte es mir besonders leid. Aber soweit werden es die Götter nicht kommen lassen, davon bin ich überzeugt."
Weibels Frau kam und legte Holz auf der offenen Feuerstelle nach, damit die Kleidung der Gäste schneller trocknen konnte.

„Kommt mit in die Stube. Hier ist es mir zu heiß!", sagte Weibel und stand von seinem Schemel auf.

Gemächlich trottete er aus der Küche. Als sie in das Wohnzimmer kamen, gab es wegen der zu großen Kleidungsstücke großes Gelächter. Schmunzelnd ließen sie es über sich ergehen. Es war Zeit zum Abendessen. Die Knechte, Mägde und Sklaven erschienen und setzten sich an ihren Platz. Weibels Töchter trugen die Suppe auf und verteilten sie. Bevor sie mit der Mahlzeit begannen, dankte Weibel den Göttern für die Gaben, die sie ihnen beschert hatten und vergaß nicht den Wunsch, dass sich das Wetter bessern möge.

Keiner redete mehr. Hastig schlürften alle ihre Suppe und wer noch Hunger hatte, bekam Nachschlag.

Nach dem Essen musste Siegbert von seiner Reise mit der Königin ins Langobardenreich berichten. Einiges kannten sie aus den Erzählungen von Weibels Schwiegersohn Hartwig, doch aus dem Munde eines anderen erfuhren sie weitere Dinge.

Große Sorgen machten sich der Gaugraf und seine Frau um die jüngste Tochter Hedwig, die mit dem Schreiber Gottlieb nach Vindobona abgereist war.

„Ob sie gesund angekommen sind?", fragte die Mutter ängstlich.

„Es ist schwer zu sagen, wo sie gerade sind. Der Weg über Regensburg und von dort mit einem Schiff auf der Donau bis Vindobona dürfte nicht zu anstrengend sein, zumal viele Händler ihre Waren flussabwärts ins Langobardenreich bringen", beruhigte sie Siegbert.

Die beiden ledigen Töchter von Weibels Sippe bewunderten den Mut ihrer jüngsten Schwester. Die Ältere von ihnen bettelte ihren Vater an, dass er sie mit Siegbert reisen ließ.

„Ich habe nichts dagegen", erwiderte er überraschend für alle.

„Du lässt mich wirklich mit ihm gehen", frohlockte die junge Frau.

„Hier bekommst du kaum einen Mann, der dir gefällt und der dich ernähren kann. Unter den vielen Jungkriegern ist das leichter möglich und alt genug bist du auch. Doch musst du erst Siegbert fragen, ob er dich mitnimmt."

Es war für den Rebellenführer eine schwere Entscheidung.

„Du musst dir das gut überlegen Dagmar. Wir reisen im Winter und es sind viele tödliche Gefahren auf der langen Strecke bis Vindobona. Ich kann nicht ständig auf dich aufpassen. Was ist, wenn du krank wirst oder verunglückst? Was soll ich dann deinen Eltern sagen?"

„Ich bin alt genug, um auf mich selbst aufzupassen und wenn etwas Schlimmes passiert, haben es die Götter so gewollt."

Siegbert sah Weibel fragend an.

„Sie hat recht! Wenn sie sich dafür entscheidet, liegt alles bei ihr und den Göttern. Ich würde dir keinen Vorwurf machen, ganz gleich, was mit ihr wird", bestätigte nüchtern ihr Vater.

Siegbert sah keine Möglichkeit, ihr die Mitreise zu verweigern und erlaubte es. Er erklärte Dagmar nochmals die Gefahren, mit denen sie unterwegs rechnen müsste, doch sie blieb fest entschlossen.

Freudig zog sie sich mit ihrer Schwester in die Schlafstube zurück, um das Notwendige für die lange Reise einzupacken.

In der Nacht hatte es stark geschneit. Der Schnee fiel zu zeitig für die Jahreszeit, doch es gab im Hochsommer bereits Tage, mit leichtem Schneefall. Siegbert wollte nach dem gemeinsamen Frühstück aufbrechen. Sie hatten einen weiten Weg bis zum Sammelplatz vor sich.

„Ich hätte euch gern selbst bis zum Elbtor begleitet und mir das Sammellager angesehen, doch es geht wegen der Feier zur Wintersonnenwende nicht", entschuldigte sich Weibel und gab einem Knecht ein Zeichen. Der lief zum Stall und kam mit vier Pferden zurück. Drei davon waren beladen.

„Decken und Felle gegen die Kälte werdet ihr brauchen."

„Was ist mit dem vierten Pferd?", wollte Siegbert wissen.

„Der Knecht wird euch den Weg bis zur Sammelstelle zeigen. Bei den Schneeverwehungen könntet ihr euch verirren."

Der Gaugraf hatte, wie immer, an alles gedacht. Sie durften keine Zeit mehr verlieren, denn sie brauchten mehrere Tage, um zu den anderen zu gelangen.

Der kleine Trupp zog durch das breite Hoftor und verlor sich in dem Schneegestöber. Sie ritten in Richtung des fränkischen Verwaltungssitzes und früheren Königshofs von Herminafrid. Der Schneesturm wurde stärker und sie waren froh, den Wald zu erreichen. Hier konnte der Wind nicht frei toben. Der Knecht kannte den Weg und wählte Abkürzungen.

Am Nachmittag wurde es dunkel. Durch die Wolken war der fahle Schein des Mondes zu erkennen und ließ die Schneedecke silbergrau schimmern. Die Gruppe suchte eine geschützte Stelle im Wald, um zu lagern. Dagmar half dem Knecht beim Herrichten des Nachtlagers und Abendessens. Siegbert und Bodo erkundeten inzwischen das Umfeld. Sie kamen zu einer Lichtung und konnten in der Ferne ein Feuer erkennen.

„Wollen wir nachsehen, wer es ist. Vielleicht folgen Räuber unserer Spur", meinte Bodo.

„Ich glaube es nicht, doch wenn es welche wären, täten wir gut daran, morgen früh zeitig aufzubrechen."

„Vielleicht sollte ich allein gehen und nachsehen?", bot sich Bodo an.

Siegbert hatte nichts dagegen.

Nach dem Abendessen zog Bodo allein los. Siegbert war sich unsicher, ob es gut war, ihn gehen zu lassen und er sprach mit dem Knecht darüber. Der beruhigte ihn und legte ein paar starke Äste in das Feuer.

Dagmar reinigte den Kessel, in dem sie die Suppe gekocht hatten und richtete Siegberts Schlafplatz her.

Der Rebellenführer betrachtete ein Pergament mit einer Karte, die ihm sein Bruder Hartwig mitgegeben hatte und auf welcher der Weg von Meisa (*Meißen*) bis Vindobona eingezeichnet war. Vor zwei Jahren zogen sie mit der Königin da entlang. Es gab viele Flüsse, die überquert werden mussten. Wie würde er das bewerkstelligen können? Er hoffte, dass bei dem anhaltenden Frost die meisten Gewässer zugefroren sind.

Siegbert faltete das Pergament zusammen und steckte es zurück in die Satteltasche.

Bodo blieb lange aus und der Rebellenführer machte sich Sorgen um ihn. Es wäre vielleicht besser gewesen, ihn zu begleiten. Möglicherweise lagerten an der gesichteten Feuerstelle Räuber, die ihn entdeckt und umgebracht haben. Der Knecht winkte ab. Er hatte sich in ein Rinderfell eingewickelt und döste vor sich hin. Wahrscheinlich wollte er nicht mehr aufstehen.

Knacken im Unterholz war zu hören. Dagmar blickte erschrocken in die Richtung, aus der das Geräusch kam.

Nichts bewegte sich dort. Alles blieb still.

„Was war das?", fragte sie ängstlich.

„Irgendein Tier, das auf einen Ast getreten ist", antwortete Siegbert beiläufig.

Dagmar legte ein paar Zweige in das Feuer und hoffte, dass die Flammen Raubtiere und böse Geister von dem Lagerplatz fernhalten mögen.

„Bodo ist noch nicht zurück. Vielleicht ist ihm etwas zugestoßen?", sagte sie leise.

„Er ist tatsächlich länger weg als nötig. Ich werde nach ihm sehen, vielleicht hat er sich verlaufen."

Siegbert stand auf und gürtete sich sein Schwert um. Er folgte Bodos Spur im Schnee. Auf der Lichtung sah er in der Ferne das Lagerfeuer. Das fahle Mondlicht reichte aus, ohne Fackel durch den Wald zu laufen. Nach einer Weile kam ihm eine Gestalt entgegen. Er versteckte sich hinter einem Baumstamm und wartete. Als die Person nur wenige Schritte vor ihm war, trat er aus seiner Deckung und zog sein Schwert aus der Scheide.

„Halt! Wer da!", rief er.

Sein Gegenüber sank vor Schreck auf die Knie.

„Herr! Mit euch habe ich nicht gerechnet. Mir ist das Herz bis zu den Knien gerutscht."

„Steh auf! Ich wollte nur nach dir sehen, wo du bleibst."

„Bei der Feuerstelle fand ich eine Bauernfamilie, die auf dem Weg zur Sammelstelle ist."

„Spät sind sie dran. Wer ist alles dabei?"

„Eine Frau mit ihren Eltern und zwei Söhnen."

„Warum wollen sie von hier weg?"

„Die Franken verlangten die Schweinesteuer, doch sie hatten nur zwei Ferkel im Stall. Eines davon haben sie mitgenommen und der Bäuerin gesagt, dass sie das zweite noch holen werden, wenn es etwas größer ist."

„Hatten sie keine anderen Tiere auf dem Hof, die sie hätte hergeben können?"

„Sie haben noch zwei Kühe und eine Ziege, die sie vor den Steuereintreibern rechtzeitig im Wald verstecken konnten."

„Das ist wenig, um überleben zu können, zumal das Futter knapp wird."

Siegbert und Bodo gingen zurück zu ihrem Lager. Dagmar war froh, dass beide Männer unbeschadet wieder da waren. Ein Wolf hatte sich in der Nähe ihres Lagers gezeigt.

„Es ist ein alter Geselle, der uns vom Rynnestig her folgt. Vielleicht hat ihn Odin uns zum Schutz gesandt", beruhigte Siegbert, die vor Angst zitternde Frau.

„Du glaubst, es könnte Geri oder Freki sein? Die weichen aber nicht von Odins Seite. Das würde bedeuten, dass der Göttervater in unserer Nähe ist und uns beschützt."

„Alles ist möglich. Versuche zu schlafen! Die Nacht ist kurz. Morgen müssen wir zeitig weiterreiten."
Dagmar war zu aufgeregt, um die Augen schließen zu können. Sie war verängstigt und würde gern mit Siegbert darüber reden. Das ging nicht. Womöglich würde er sie mit dem Knecht nach Hause zurückschicken. Sie legte ständig Holz nach. Den Wolf spürte sie in ihrer Nähe. Wenn er nicht von der Götterburg Asgard gekommen war, würde er abwarten bis das Feuer abgebrannt ist und dann angreifen. Spät nach Mitternacht fand sie Schlaf.
Zu nah lag sie neben der Glut. Die Leinendecke, die sie sich um die Füße gelegt hatte, entzündete sich und stand in Flammen.

„Hilfe!", schrie sie und strampelte die Decke weg. Die Männer eilten zu ihr und sahen die Bescherung.

„Hast du dich verbrannt?", wollte Siegbert wissen.

„Ich glaube nicht!", antwortete sie zögerlich.

„Lass sehen!", herrschte Siegbert sie an.

Sie streckte ihm die Füße hin. Brandspuren waren nicht zu erkennen.

„Wolltest du dich zum Feuer legen, weil du frierst?"

„Mir war kalt", log sie ihn an. Er sollte nicht erfahren, dass es die Angst war, die sie dorthin trieb.

„Leg dich zwischen uns und deck dich mit einem Schaffell zu. Bis wir aufstehen, will ich nicht noch einmal gestört werden."

Das war eine deutliche Ansage des Rebellenführers und Dagmar fügte sich. Eingekeilt zwischen Bodo und Siegbert versuchte sie die Nacht zu überstehen. Noch nie hatte sie eng zwischen Männern geschlafen und dazu kam, dass beide schnarchten. Was würde sie auf dieser Reise noch erleben müssen? Vielleicht sollte sie freiwillig aufgeben und mit dem Knecht zurückreiten. Nach reiflicher Überlegung schloss sie das aus. Sie würde sich zu Hause dem Gespött der anderen aussetzen und das könnte sie nicht ertragen.

Zeitig am Morgen brachen sie auf. Es war dunkel, wie in der Nacht. Siegbert meinte, dass sie schon spät dran wären. Im fahlen Mondschein ritten sie auf dem gefrorenen Weg im Schritt. Dagmar war vor Übermüdung auf dem Pferderücken eingeschlafen. Sie rutschte aus dem Sattel und Bodo half ihr beim Aufsteigen. Siegbert, der Vorausritt hatte es nicht bemerkt. Als die Sonne ein wenig durch die Wolkendecke lugte erhöhten sie das Reisetempo.

Nach mehreren Tagen erreichten sie am Nachmittag einen Berg mit einer Lichtung. Von hier aus konnten sie in die große Ebene bis hin zur Elbe sehen. Sie hatten ihr Ziel fast erreicht. Siegbert versuchte das Sammellager ausfindig zu machen. Er erkannte eine riesige Anzahl von kleinen dunklen Punkten in der Ferne, die wie Sträucher aussahen. Mit Erschrecken stellte er fest, dass sich die Sträucher bewegten.

„Was ist dort in der Ferne?", fragte er Bodo.

„Es sind Ochsenkarren mit Menschen", entgegnet er trocken.

Siegbert kamen Bedenken. Es war eine unübersehbare Menge an Menschen. Wie sollte er sie auf der weiten Reise ernähren? Waren die Familien vorbereitet, die Strapazen auf sich zu nehmen?

Eilig ritt er zu dem kleinen Hügel inmitten des Lagers, auf dem ein großes Zelt stand. Die Menschen nahmen keine Notiz von den Neuankömmlingen. Es war dunkel geworden. Die kleinen Gruppen hatten alle mit sich selbst zu tun. Auf der Anhöhe sprang Siegbert vom Pferd und eilte zum Zelt. Jungkrieger bewachten den mit Fackeln beleuchteten Eingang und begrüßten freudig ihren Anführer. Siegbert ging hinein und sah sich kurz um. Einige seiner Männer standen mit Hartwig um einen großen Tisch herum und studierten Wegekarten.

Freudig sah sein Bruder auf. Er ging Siegbert entgegen und umarmte ihn.

„Bist du endlich da, wir haben uns Sorgen gemacht, dass dir etwas passiert sein könnte."

„Du weißt, Unkraut vergeht nicht!", entgegnete der Rebellenführer scherzend.

„Was sagst du zu dem Lager, ist es nicht gewaltig angewachsen?"

„Es sind zu viele!"

„Wie meinst du das?", erwiderte Hartwig überrascht.

„Wir müssen sie nach Hause schicken."

„Das kannst du nicht tun. Sie haben alles aufgegeben und führen ihre ganze Habe auf den Karren mit sich."

„Es sollten nur die Angehörigen der Rebellen mit-kommen."

„Die meisten sind Angehörige von ihnen, doch genau lässt sich das nicht feststellen. Entscheidend ist, dass es Thüringer sind."

„Was soll ich mit all den Bauern? Krieger wären wichtig, die durch Dick und Dünn gehen, ohne zu klagen. Wacho würde sich wundern, wenn ich mit denen ankäme."

„Er hat genügend freies Land. Die Bauern sind ihm ebenso wichtig, wie die Jungkrieger. Sie bringen ihm Einnahmen durch Steuern."

„Hast du dir überlegt, wie ich die unterwegs satt bekomme?"

„Von meinen Gutsverwaltern habe ich mehrere Karren, voll mit Getreide und Heu kommen lassen. Es wird ausreichen, bis ihr euer Ziel erreicht. Ihr müsst sparsam damit umgehen"

Siegbert ging zu dem Tisch und sah auf die Wegekarten. Er blätterte sie durch und schüttelte mit dem Kopf.

„Ich habe unzählige Ochsenkarren gesehen. Wie wollen die Bauern damit über die Berge kommen."

„Die Jungkrieger können ihnen helfen", erwiderte Hartwig entschlossen.

„Sieh die Flüsse auf der Karte an. Die sind zu überqueren."

„Ihr müsst nach den flachen Stellen und Furten Ausschau halten. Jetzt sind sie zugefroren und das Eis ist tragfähig."

Siegbert schüttelte abermals resignierend mit dem Kopf. Einer der Truppführer unterstützte Hartwig.

„Ich habe mit den Leuten gesprochen. Eher würden sie sich umbringen als umzukehren. Willst du an ihrem Tod schuld sein."

„Wenn sich einer das Leben nimmt, kann ich nicht dafür verantwortlich gemacht werden", entgegnete Siegbert aufgebracht.

„Doch! Du bist ihre letzte Hoffnung. Wenn du sie zurücklässt, würden die meisten von ihnen im Winter sterben. Du weißt das!"

„Die Hälfte von ihnen überlebt den beschwerlichen Weg nicht. Habe ich die dann auch auf dem Gewissen?" Nachdenklich lief er im Zelt herum. Niemand sprach ihn an.

„Ich werde mir morgen den Tross ansehen, dann entscheide ich, was mit ihnen passiert", sagte Siegbert verzweifelt.

Neben dem großen Zelt war vor Tagen für Siegbert ein kleines errichtet worden. Hartwig hatte es nach seiner Ankunft benutzt. Die beiden Brüder zogen sich dorthin zurück und diskutierten weiter.

Bodo und Dagmar sorgten für das Essen und verstauten die Sachen, die ihnen Weibel mitgegeben hatte. Hartwig freute sich, seine Schwägerin zu sehen und war überrascht, dass sie seinen Bruder nach Vindobona begleiten wollte. Noch mehr erstaunte es ihn, dass er dazu bereit war, sie mitzunehmen.

„Bahnt sich zwischen euch etwas an?", flüsterte er Siegbert zu.

„Wie kommst du auf eine so abwegige Idee?"

„Na, wie sie dich ansieht, das fällt auf."

„Meinst du wirklich, dass sie daran denkt?"

„Genau weiß man das bei Frauen nicht. Ich glaube, sie würde zu dir passen."

„Erzähl kein dummes Zeug. Dafür habe ich keine Gedanken."

Spät am Abend kamen sie zur Ruhe und leerten noch manchen Becher von Haralds köstlichem Met. Ihr großer Bruder hatte ihn Ulf für sie mitgegeben. Er war inzwischen wieder nach Rodewin zurückgeritten.

Am nächsten Morgen schneite es. Dagmar stand zeitig auf. Die Männer lagen noch auf ihren Fellen und schliefen ihren Rausch aus. Nur der Knecht kroch behäbig von seinem Lager. Er wollte bald zurückreiten. Das offene Feuer inmitten des Wohnzeltes verströmte eine angenehme Wärme, Hartwig stand auf und weckte seinen Bruder.

„Lass uns durch das Lager gehen. Ich will dir die Leute zeigen, die mit dir ziehen wollen."

„Ihr könnt frühstücken, der Brei ist fertig", rief Dagmar den Männern zu.

„Wir essen später!", entgegnete Siegbert und lief mit seinem Bruder hinab zu den Lagerplätzen. Rings um den Hügel befanden sich die Zelte der Jungkrieger und weiter außerhalb lagerten die Sippen der freien Bauern. Es herrschte überall reges Treiben. Alle waren mit dem Zubereiten des Frühstücks befasst. Siegbert wurde von seinen Kriegern lautstark begrüßt. Sie wussten nun, dass der Beginn der Abreise kurz bevorstand. Der Rebellenführer hielt sich nicht lange auf und ging weiter zu den Bauern. Einige der Sippen hatten sich zu Fahrgemeinschaften zusammengeschlossen. Sie bildeten kleine Inseln in diesem Menschenmeer. Die Wagen und Zelte hatten sie um ihre gemeinsame Feuerstelle angeordnet.

Zu einer dieser Gruppen ging Siegbert mit Hartwig. An einer Seite der Feuerstelle stand ein Dreibock mit einem Kupferkessel, in dem der Frühstücksbrei zubereitet wurde. Verwundert betrachteten die Leute die Herankommenden.

„Wer seid ihr?", fragte ein alter Mann, der mit den anderen um den Kessel saß.

„Ich bin Siegbert, der Rebellenführer und das ist mein Bruder Hartwig."

„Setzt euch zu uns", rief der Alte erfreut und bot ihnen einen Platz an der Feuerstelle an.

„Esst mit uns!", forderte eine alte Frau die beiden Männer auf. Siegbert nahm an, dass es sein Weib war, denn von den älteren Leuten war niemand sonst zu sehen.

„Wir sind nicht zum Essen gekommen, sondern wollten uns im Lager umsehen. Wie lange seid ihr hier?"

„Seit vielen Tagen. Wir hoffen, dass es bald losgeht."

„Noch vor der Wintersonnenwende ist Aufbruch. Es wird nicht mehr lange dauern", erklärte Siegbert.

„Wie lange müssen wir noch warten?"

„Das sagen uns die Priester. Sie befragen die Götter und die raten uns, wann wir aufbrechen."

Der Alte nickte zufrieden.

„Es ist gut, wenn Thor seine schützende Hand über uns hält."

Siegbert wollte mehr über die Leute erfahren.

„Woher kommst du und warum willst du mit deinen Leuten die Heimat verlassen."

„Sieh dich um, du erkennst nur Frauen und Kinder. Wie sollen die den Boden bestellen, der nichts mehr hergibt. Wir kommen aus dem Quellgebiet der Unstrut. Nicht weit davon sind die Königsgüter, die jetzt den Franken gehören. Uns haben die Eindringlinge alles weggenommen. Es gibt kein Überleben mehr und die Kinder würden den nächsten Winter nicht durchstehen."

„Wo sind die Männer der Frauen?"

„Viele Männer sind in der Schlacht an der Unstrut gefallen und ihre Frauen wurden versklavt. Ihre Höfe können von den Alten nicht bewirtschaftet werden.

Manche Familien haben in ihrer Not ihre Kinder an die Franken als Sklaven verkauft, damit sie etwas zu Essen hatten. So geht es nicht weiter. Wenn du uns nicht zu den Langobarden führst, müssen wir alle sterben."

„Ich kann euch dort nichts versprechen. Vielleicht bekommt ihr vom Langobardenkönig Wacho ein Stück Land, das ihr bebauen könnt. Zusagen kann ich es nicht. Habt ihr bedacht, wie weit und gefährlich der Weg bis Vindobona ist", entgegnete Siegbert.

„Für uns ist es ein Licht der Hoffnung. Wir erwarten nichts."

„Viele werden die beschwerliche Reise nicht überleben", gab Siegbert zu bedenken.

„Es ist gleich, wo wir den Tod finden. Für uns ist wichtig, dass wir zusammenbleiben können. Wir haben uns hier zu größeren Sippen vereint, damit wir den Gefahren auf der Reise besser begegnen können."

„Das ist ein guter Entschluss!", bestätigte Hartwig.

„Lass uns jetzt weitergehen, wir wollen noch zu den Lagerfeuern der anderen und mit den Leuten reden", sagte Siegbert zu seinem Bruder und sie bedankten sich für den Frühstücksbrei.

Die beiden Brüder gingen noch zu anderen Feuerstellen und erfuhren dort von ähnlichen Gründen für die Auswanderung. Gegen Mittag kehrten sie zum Hügel zurück und betraten das große Zelt, in dem sich viele der Truppführer aufhielten und über die Reiseroute diskutierten. Erwartungsvoll sahen sie Siegbert an. Wie hatte er sich entschieden? Es wurde still im Zelt.

„Ihr wollt wissen, was ich mit den Bauern vorhabe. Ich habe mit ihnen heute früh gesprochen und mich dazu entschlossen, sie alle mitzunehmen."

Ein erlösendes Aufatmen war zu vernehmen. Nach den Äußerungen ihres Anführers am gestrigen Abend, sah das anders aus. Siegbert erkannte die Erleichterung in den Gesichtern der Truppführer und ein Lächeln zeigte sich auf seinem Gesicht.

„Die zusätzlichen Schwierigkeiten, die uns der Tross bereiten wird, müsst ihr mittragen. Lasst uns beraten, wie wir es am besten schaffen können."

Eine heftige Diskussion entbrannte. Unterschiedliche Vorschläge wurden gemacht und die meisten gleich verworfen. Am Ende gab es eine Einigung. Einer der Truppführer schlug vor, jeden Wagen der Großsippen von einem Jungkrieger begleiten zu lassen. Sie konnten im unwegsamen Gelände helfen und bei Angriffen von Räubern die Sippen beschützen. Die restlichen Jung-krieger sollten die Vor- und Nachhut sowie den Trupp der Späher bilden.

„Jetzt müssen wir noch den Abreisetag festlegen. Holt mir den Priester, er soll uns sagen, wann die Götter uns ziehen lassen."

Ein hochgewachsener alter Mann kam herbeigeeilt. Er trug einen weißen Umhang, der voll mit Federn bedeckt war und sah sich neugierig um.

„Du hast uns oft gewahrsagt und wir vertrauen dir", sagte Siegbert zu ihm.

„Nicht ich sage etwas voraus, sondern die Götter und Ahnen teilen es mir für euch mit. Was wollt ihr wissen?"

„Nenne uns den Tag, wann wir ins Langobarden-reich abreisen können?"

Der Priester warf seine Runenhölzer in die Luft und beugte sich über sie. Gespannt sahen die Männer ihm zu. Wie erstarrt betrachtete der Alte die Hölzer.

„Was kannst du erkennen?", fragte der Rebellenfüh-rer.

Nach einer Weile erhob sich der Priester. Sein Gesicht war bleich, wie Schnee.

„Sag, was hast du gesehen?", bedrängten ihn die Umstehenden.

Es dauerte lange, bis sie eine Antwort bekamen.

„Die Abreise ist in drei Tagen!", antwortete er teilnahmslos.

„War das alles, was du sagen kannst und deshalb hast du uns so lange auf die Folter gespannt?", äußerten sich die Truppführer unzufrieden. Der Priester verließ eilig das Zelt, ohne sich umzusehen.

„Wir wissen nun, wann wir losziehen werden. Gebt es allen bekannt und macht euch für die Reise bereit", wies Siegbert seine Männer an. Er zog sich mit Hartwig in sein Hauszelt zurück.

„Hast du bemerkt, dass der Priester uns etwas verschwiegen hat. Er muss noch etwas gesehen haben, dass ihn erschreckte und er wollte es uns nicht sagen."

„Du solltest versuchen, ihn allein zu sprechen, vielleicht verrät er es dir, unter vier Augen", riet Hartwig.

Im Lager wurde es hektisch. Wie ein Lauffeuer hatte sich der nahe Abreisetermin verbreitet. Letzte Vorbereitungen wurden getroffen und Siegbert kam den ganzen Tag nicht mehr zur Ruhe.

Am Abend suchte er den Priester auf. Der hatte ein kleines Zelt gleich unterhalb des Hügels und seine Gehilfen waren bei ihm.

„Ich wusste, dass du zu mir kommst", sagte er geheimnisvoll zu Siegbert und wies ihm mit der Hand an, sich auf den Schemel vor ihm zu setzen.

„Du hast etwas gesehen, das du nicht allen sagen wolltest."

„Ihr habt mich nur nach dem Tag der Abreise gefragt."

„Wieso wurdest du auf einmal blass?"
Mit einem durchdringenden Blick sah der Priester Siegbert an.

„Es gibt Dinge, die können einen erschrecken. Ich habe meinen eigenen Tod gesehen."

„Wie das?", entgegnete Siegbert überrascht.

„Ich habe die Götter nicht danach gefragt, doch sie haben es mir durch die Runen gesagt."

„Es tut mir leid für dich! Hast du noch mehr erkannt? Was ist mit den anderen?"

„Einige von ihnen werden unterwegs umkommen. Doch die meisten erreichen Vindobona. Erzähle mir von dem Ort, den ich leider nicht mehr sehen werde."
Siegbert beschrieb ihm das einstige Heerlager der Römer an der Donau und wie die Thüringer auf den Ruinen der Kasernen und Häusern der Tribunen ihre Hütten und Langhäuser errichtet hatten. Die Menschen, die er jetzt dorthin führte, würden in Vindobona ihre Landsleute wiedersehen, die vor zwei Jahren bei den Langobarden Aufnahme fanden und irgendwann zu ihrer Königin ins Ostgotenreich weiterziehen wollten.

Am Ende seiner Erzählung verließ er den Priester mit traurigem Herzen und ging zurück in sein Zelt. Die anderen schliefen. Er fand einen freien Platz neben Dagmar. Ob es stimmte, was Hartwig vermutete? Es war abwegig und er schob diesen Gedanken weit weg.
Was der Priester sagte, beunruhigte ihn. Ob es nur die Alten und Kranken treffen würde, oder auch Verluste bei den Jungkriegern auftreten? Siegbert hoffte, dass ihm die Menschen, durch deren Gebiet sie zogen, helfen würden. Er konnte sich an ihre Gastfreundschaft gut

erinnern, doch wie würden sie reagieren, wenn er mit einem großen Tross durch ihr Gebiet zog.

In der Nacht war es im Zelt kalt. Er fing an unter seinem Schaffell zu frösteln. Dagmar schlief tief und glühte, wie ein Ofen. Eng schmiegte er sich an sie und die Wärme tat ihm gut. Brunhilde fehlte ihm. Ob er jemals wieder eine Frau ansehen kann, wie sein verstorbenes Weib? Ihr Bild hatte er noch deutlich vor seinen Augen. Wie sie ihn anlächelte und in seinen Umarmungen wie Wachs dahinschmolz. Dagmar würde ihre Stelle niemals einnehmen können, davon war er überzeugt. Sie war ein schönes Weib, freundlich und lustig. Sie bot mehr als mancher Mann erwarten konnte, doch seiner Brunhilde würde sie nie das Wasser reichen können.

10. Tag der Abreise
Im Julmond (Dezember) 536

Der Tag der Abreise war gekommen. Die gesamte Kolonne hatte ihre Wagen, an den Tagen zuvor, in Aufstellung gebracht.

Ein Horn erschallte. Es war das Signal für den Aufbruch. Langsam setzte sich der Zug in Bewegung. Von dem Zelthügel aus beobachteten Siegbert und Hartwig das Ganze. Die Schlange schien kein Ende zu nehmen. Als die Vorhut hinter dem ersten Bergkamm verschwand, standen noch viele Wagen in einer Reihe.

Siegbert wartete, bis der letzte Krieger der Nachhut an ihm vorbeiritt. Er tauschte mit Hartwig das Schwert, zur Erinnerung an diesen Tag und ritt der Kolonne nach.

Auf dem Bergrücken sah er ein letztes Mal zurück und erkannte seinen Bruder, der ihm vom Hügel zuwinkte. Es war ein Abschied für immer, dachte sich Siegbert. Ohne die Unterstützung von Hartwig wäre es ihm nicht gelungen, den Abzug aus der Heimat zu realisieren. Davon war er überzeugt. Der Verräter half dem Rebellen und der Rebell fühlte sich als Verräter an seiner Königin.

Ein Meldereiter kam angesprengt. Es gab die ersten Schwierigkeiten mit einem Wagen auf dem steinigen Weg. Siegbert galoppierte an den stehenden Ochsengespannen vorbei. In der Mitte der Kolonne hatte ein Wagen einen Radbruch.

„Zieht weiter und umgeht ihn!", rief er den dahinter stehenden Ochsentreibern zu. Der Zug darf bis zum nächsten Rastplatz nicht zum Stillstand kommen."

Tatkräftig packten die Jungkrieger mit an, um den Radschaden zu beheben. Mit einem Balken hoben sie den Wagen an und wechselten das Rad aus. Die nachfolgenden Wagen zwängten sich an ihnen vorbei. Der steinige Weg war schmal und an seinem Rand bestand die Gefahr, dass sie wegen der Schneeglätte den Hang hinabglitten.

Es ging alles gut. Die Reparatur war erfolgreich und Siegbert ritt zur Spitze der Kolonne. Auf den Wagen, die der Vorhut folgten, waren die Sachen der Jungkrieger verstaut. Es folgten die Zuchtpferde, die als Packtiere große Bündel von Heu und Säcke mit Korn auf ihren Rücken trugen. Sie waren zu kleinen Gruppen zusammengebunden und die Jungkrieger führten sie an Leinen.

Die Vorhut bestand aus einer berittenen Hundertschaft. Darunter befanden sich die Vindobonenser. Einige konnten sich noch gut an die Reise mit der Königin erinnern, doch das war damals zur warmen Jahreszeit. Die verschneite Landschaft sah anders aus. Es gab nur wenig markante Punkte, an denen man sich orientieren konnte.

Einen seiner erfahrenen Truppführer hatte Siegbert an die Spitze der Kolonne gestellt. Er war verantwortlich, dass sie nicht vom Weg abkamen.

„Stimmt unsere Richtung noch mit den Aufzeichnungen auf der Karte?", wollte Siegbert von ihm wissen.

„Unsere Späher behalten die Elbe zur linken Seite im Auge. Solange wir das Tal erkennen können, sind wir auf dem richtigen Weg."

„Haben die Männer noch etwas anderes berichtet? Was ist mit den Siedlungen der Bauern?"

„Sie sagten, dass alle Höfe verlassen sind. Menschen und Tiere sind nicht zu sehen."

„Was ist der Grund?"

„Das konnten sie bisher nicht erfahren. Vielleicht haben sie vor uns Angst bekommen und sind geflohen."

„Das denke ich nicht, wir sind mit ihnen befreundet."

„Woher sollen sie wissen, dass wir in guter Absicht kommen und nur durch ihr Gebiet hindurchziehen wollen."

Siegbert überlegte, ob es besser gewesen wäre, einen Trupp vor Wochen in das Durchzugsgebiet zu entsenden und den Leuten die Angst vor einer Invasion zu nehmen. Er hoffte, bald auf einen Menschen zu stoßen, der sagen konnte, was los war.

Siegbert wartete am Wegrand und ließ seine Krieger vorbeiziehen. Nach den Packpferden folgten die Wagen mit den Ochsengespannen. Auf dem ersten Wagen saßen Bodo und Dagmar.

„Kommt ihr gut zurecht?", fragte er sie.

„Ich glaube, dass ich mein Leben lang nichts anderes getan habe als diese Sturschädel anzutreiben", meinte Bodo lachend.

„Sind wir noch auf Thüringer Gebiet?", wollte Dagmar wissen.

„Die Grenze zur Heimat haben wir bereits überschritten. Bekommst du Heimweh?"

Diese Bemerkung fand seine Schwippschwägerin gar nicht lustig. Sie hatte das Gefühl, dass Siegbert sie nicht ernst nahm und ihr Mitkommen als dumme Idee empfand.

Ständig gab es kurze Unterbrechungen im Vorankommen. Meistens waren es Radschäden, die aber schnell behoben wurden. Am späten Nachmittag erreichten sie den ersten Rastplatz für die Nacht. Die Zugtiere brauchten unbedingt Ruhe, da der Weg über die Berge anstrengend war. Die ankommenden Wagen bildeten mehrere Wagenburgen, innerhalb derer die Zelte aufgestellt wurden. Die Frauen kümmerten sich um die Mahlzeit und die Kinder sammelten Holz für die Feuer und trugen Wasser zu den Kochstellen. Die Krieger stellten die Zelte auf, versorgten die Tiere und reparierten schadhafte Stellen an den Wagen. Jeder hatte sein Tun. Die beiden Hundertschaften der Vor- und Nachhut erkundeten die nähere Umgebung und teilten die Wachen für die Nacht ein.

Frauen aus den ehemaligen Rebellenlagern versorgten in gewohnter Weise die Jungkrieger mit Essen. In zahlreichen Kesseln über den offenen Feuerstellen siedeten die Fleischstücke und verbreiteten einen angenehmen Wohlgeruch. Für viele war es die erste Mahlzeit am Tag, denn manche konnten vor Aufregung am Morgen vor der Abreise nichts zu sich nehmen.

Dagmar kochte für Siegbert, Bodo und die kleine Gruppe der Meldereiter. Die Zutaten hatte sie auf ihrem Ochsenwagen. Misstrauisch und neidisch sahen manche der anderen Frauen zu ihr hin. Sie hätten gern für ihren Anführer mitgekocht, wie das in den letzten Tagen im Hauptlager üblich war. Warum er sich von einer anderen beköstigen ließ, konnten sie nicht verstehen. Besonders Hildegard ärgerte sich darüber. Hinzu kam, dass Dagmar sich absichtlich von den Frauen abgrenzte. Einige meinten, dass sie hochnäsig sei und sich wegen der verwandtschaftlichen Nähe zu dem Rebellenführer als etwas Besseres fühlte. Von diesen Zwistigkeiten bekam Siegbert nichts mit.

Nach dem Essen besuchte er die Lager der Bauern. Bei ihnen waren die Jungkrieger, die jedem Wagen zugeteilt wurden. Die jungen Männer schienen sich in der Sippengemeinschaft wohlzufühlen und erste Kontakte zu den ledigen und verwitweten Frauen waren nicht zu übersehen.

„Wie wird uns König Wacho in Vindobona empfangen?", wollte das Sippenoberhaupt wissen.

„Er hat seine Residenz weit im Süden, an einem großen See. Wenn wir ankommen, wird uns bestimmt sein Feldherr Audoin helfen. Er ist verwandt mit unserer Königin und hatte uns vor zwei Jahren bis zur Donau geführt. Von ihm bekommen wir jede Unterstützung, die wir brauchen."

„Wo liegt das freie Land?"

„Es gehört zu dem Umland von Vindobona und Carnuntum. Das waren einstmals Heerlager der Römer an der Donau, dem Limesgrenzfluss. Nach dem Abzug der Hunnen lebten dort die Rugier und Heruler und danach folgten die Langobarden. Bis zur Enns geht jetzt ihr Reich. Die Franken sind dort die neuen Nachbarn."

„Da haben wir sie vor unserer Nase."

„Von Vindobona bis zur Enns sind es mehrere Tagesreisen. Es besteht keine Gefahr, dass die Franken weiter nach Osten vordringen. Ich denke, wir sind vor ihnen sicher. Der Langobardenkönig will seine Tochter Wisigard mit Theudebert verheiraten und pflegt gute Kontakte zu den Franken und zum Kaiser in Byzanz. Solche Verbindungen sichern den Frieden und ihr könnt in Ruhe eure Felder bestellen."

Siegbert berichtete von seinen Erlebnissen im Langobardenreich und alle hörten ihm interessiert zu. Sie waren noch niemals weit weg von ihrer Heimat und diese Erzählungen nahmen ihnen die Angst vor der Fremde. Hoffnungsvoll sahen sie in die Zukunft und wünschten sich, dass sie gut von den Menschen, die dort lebten, aufgenommen würden.

Spät am Abend kam der Rebellenführer mit Bodo zu seinem Zelt. Die Meldereiter unterhielten sich vergnügt mit Dagmar. Sie hatte Fleischbrühe mit Gewürzen aus ihrer Heimat für sie zubereitet. Gern hörte sie ihren Erzählungen zu, was am Tag entlang der Kolonne passiert war. Als Siegbert erschien, verstummten sie.

„Lasst euch durch mich nicht stören und unterhaltet euch weiter."

Siegbert holte seine große Wegekarte und besprach im hellen Schein des Lagerfeuers mit Bodo die Route für die nächsten Etappen. Sein ehemaliger Sklave konnte lesen, das verwunderte ihn.

„Wo hast du das gelernt?"

„Der Schreiber meines fränkischen Herrn hat es mich gelehrt. Ich durfte ihm manchmal helfen, Dokumente zu kopieren."

„Bist du auch in der Lage diese Karte zu zeichnen?"

„Das ist nicht schwer. Soll ich gleich damit anfangen?"

„Es reicht mir, wenn du morgen damit beginnst!"

Siegbert war zufrieden, einen begabten Begleiter bei sich zu haben. Er besprach mit ihm, wo sie am besten die großen Flüsse überqueren konnten. Bodo riet ihm, immer flussaufwärts zu ziehen und dann an flacheren Stellen über die Eisdecke ans andere Ufer zu gelangen. Mit Booten oder Flößen die Flüsse an ihren Mündungen zu überqueren fand er bei den tiefen Temperaturen zu gefährlich. Siegbert war der gleichen Meinung. Wäre Brunhilde dabei, hätte sie ihm das auch geraten. Oft hatte sie die gleiche Meinung, wie er. Das half ihm, die richtige Entscheidung zu treffen. Vielleicht konnte sein neuer Freund diesen Platz von ihr einnehmen und ihn ähnlich gut beraten.

Die nächsten Tage verliefen ohne besondere Vorkommnisse. Es schneite leicht und ein kalter Wind blies aus östlicher Richtung. Die Bäche und kleinen Nebenflüsse zur Elbe, die sie überqueren mussten, waren zugefroren und stellten kein besonderes Hindernis dar. Die sumpfigen Niederungen an den Ufern dieser Gewässer waren befahrbar. Siegbert war zufrieden mit dem Vorankommen.

Der Weg tangierte die Elbe an einem Flussbogen. Mit Bodo und einer kleinen Gruppe der Rebellenkrieger ritt er zu dem großen Fluss. Das Ufer war zugänglich und sie konnten mit den Pferden bis zum Wasser gelangen. Auf dem Strom schwammen große Eisstücke, die alles mit sich rissen und zerstörten, was ihnen in die Quere kam.

„Hier würden wir niemals übersetzen können", sagte Siegbert und blickte wie gebannt auf das Wasser.

„Flussaufwärts sieht es besser aus. Dort finden wir bestimmt eine geeignete Furt, die zugefroren ist", entgegnete der Kolonnenführer, der schon einmal als Jungkrieger im Gefolge der Thüringer Königin hier entlang geritten war.

„Morgen werden wir die Stelle erreichen, wo sich der Fluss teilt. Wir folgen dann dem Strom, der vom Süden kommt. Sobald es möglich ist, setzen wir über und können von dort bis zur Donau gelangen. Es ist noch ein weiter Weg zu unserem Ziel, doch wenn sich das Wetter nicht verschlechtert, erreichen wir in einem Mond Vindobona."

Zuversichtlich ritten sie zurück.

Späher waren von ihrem Ausritt zurückgekommen und berichteten, dass sie eine Gruppe Reiter von weitem gesehen hätten, die in ihre Richtung unterwegs waren.

Sie wussten nicht, wer sie seien und welche Absichten sie hatten.

Siegbert ordnete an, bis zum vorgesehenen Lagerplatz weiterzuziehen und in der Nacht die Wachen zu verstärken.

Die Meldereiter ritten die Kolonne ab und mahnten zur besonderen Obacht. Es war nicht ausgeschlossen, dass es eine Räuberbande war, die von der Flanke her angreifen würde. Im Lager konnten sie sich besser wehren. Die Wachen wurden verstärkt und die Späher ritten nochmals in die Richtung der gesichteten Reiter.

Alle Siedlungen am Weg waren verlassen und nirgendwo trafen sie auf einen Menschen. Es schien als wäre das ganze Gebiet ausgestorben.

Siegbert besprach mit seinen Truppführern die Situation und wie sie sich vor Angriffen schützen konnten. Die Vorbereitungen waren schnell getroffen und es kehrte Ruhe ein. Es war dunkel. Die Frauen bereiteten das Essen und die Männer kümmerten sich um die Tiere.

Plötzlich ertönte ein greller Ton aus einem Signalhorn, der Gefahr ankündigte. Die Krieger ließen ihre Suppenschalen fallen und griffen zu den Waffen. Die Kinder und Frauen versteckten sich hinter den Wagen. Sie waren im Kreis aufgestellt und bildeten einen Wall für jede einzelne Großsippe.

Siegbert und Bodo beobachteten das Gebiet, aus dem sie das Horn vernommen hatten. Es war zu dunkel, um Einzelheiten zu erkennen. Der Rebellenführer gab Befehl, Brandpfeile abzuschießen. Sie flogen durch die Luft zu den Holzhaufen, die sie zuvor außerhalb des Lagers aufgeschichtet hatten. Flammen loderten zum Himmel empor und erleuchteten die Umgebung.

Fremde Männer standen mit ihren Pferden am Waldesrand. Sie waren bewaffnet und beobachteten das Lager.

Im hellen Lichterschein fühlten sie sich entdeckt und traten eilig den Rückzug an. Es war nicht zu erkennen, wie viele es waren. Mit ihren Pferden verschwanden sie in der Dunkelheit.

Siegbert ging mit einem Trupp zu der Stelle, wo er die Fremden zuletzt sah. Im Schnee waren die Spuren der Pferde gut zu erkennen. Es mussten etwa ein Dutzend Reiter gewesen sein. Für einen Angriff auf das Lager waren sie zu wenig. Warum kamen sie? Wollten sie das Lager nur ausspionieren?

In seinem Zelt kamen alle Truppführer zusammen. Die Späher eilten herbei, die die Fremden entdeckt und das Warnsignal abgegeben hatten. Sie konnten nichts Näheres berichten. Es wurde beraten, welche weiteren Maßnahmen sie zum Schutz treffen sollten. Vermutlich waren es Räuber, die es auf die Pferde und den Proviant abgesehen hatten.

Die Schatztruhe, die sich im zweiten Wagen befand, musste besser bewacht werden. In ihr waren alle Gold- und Silbergegenstände, die sie aus den fränkischen Gutshäusern mitgenommen hatten, verstaut. Die Münzen waren nicht dabei. Die bewahrte Siegbert in seinem Wagen auf.

Am nächsten Morgen versuchte ein kleiner Trupp der Späher den Spuren der Fremden zu folgen. Weit kamen sie nicht, denn es hatte in der Nacht geschneit. Die Aufregung hatte sich im Lager gelegt.

Siegbert sorgte sich sehr. Er glaubte, dass es Kundschafter waren und die Hauptmacht der Räuber sich einen anderen Platz für einen Überfall suchte. Er ordnete an, dass alle Wagen mehr aufschließen sollten. Ein Teil der Vor- und Nachhut verteilte er an den Flanken. Das schien ihm ausreichend, um einen Angriff abzuwehren.

An den nächsten Tagen gab es keine Störungen mehr. Die Hauptleute glaubten, dass die Räuber erkannt hatten, dass es keine Möglichkeit für einen erfolgreichen Angriff gab.

Doch bald entdeckten Späher erneut Pferdespuren im Schnee. Die fremden Reiter verfolgten die Kolonne, wie Wölfe eine große Herde, um jederzeit zuschlagen und Beute machen zu können.

Die Mündungsstelle zweier großer Ströme hatten sie erreicht. Sie zogen weiter flussaufwärts nach Süden. Der Weg führte durch eine weit ausladende Ebene. Die Späher ritten täglich zum Ufer der Moldau und hielten nach einer Furt oder zugefrorenen Flussabschnitten Ausschau. Siegbert war zuversichtlich, dass sie bald eine Möglichkeit finden würden, trockenen Fußes ans andere Ufer zu gelangen. Ein kalter Ostwind hatte seit ein paar Tagen geweht und die Eisbildung verbessert. Es wurde grimmig kalt und in der Nacht wurden die Feuer gut geschürt.

Siegberts beide Zeltinsassen hatten sich, wie viele andere, im Freien neben der Feuerstelle niedergelegt und Bodo legte regelmäßig Holz nach, damit das Feuer nicht ausging. Ihnen war es im Zelt zu kalt. Seit Tagen hatte der Rebellenführer bemerkt, dass sich zwischen Bodo und Dagmar eine Beziehung entwickelte. Immer öfter scherzten und lachten sie miteinander und verhielten sich wie Verliebte. Ihm war es recht, wenn seine Schwippschwägerin sich für seinen Begleiter interessierte. Sie schienen gut zusammenzupassen. Ob Weibel mit dieser Verbindung einverstanden wäre? Bodo war ein ehemaliger Sklave und kein standesgemäßer Schwiegersohn. Siegbert beobachtete die beiden am Lagerfeuer und dachte an die Zeit mit Brunhilde zurück. Gern wäre sie mit ihm ins Langobardenreich gezogen und hätte alle Mühsal mit ihm geteilt. Jede Schwierigkeit im Leben schweißt eine gute Beziehung mehr und mehr zusammen und bei den beiden schien es zuzutreffen.

In Siegberts Nähe, wirkte Dagmar gehemmt. Sie sah verstohlen zu ihm, wenn sich Bodo ihr zärtlich zuwandte. Vielleicht sollte er ihr sagen, dass er nichts gegen eine Verbindung mit seinem ehemaligen Sklaven einzuwenden hat. Bestimmt wartete sie darauf. Er nahm sich vor, mit ihr darüber zu reden, wenn sich eine günstige Gelegenheit dazu bot.

11. Reisebehinderungen

Im Eismond (Januar) 537

Auf einem der Erkundungsritte sichteten die Späher nahe dem Fluss zwei Männer, die vermutlich zu der Räuberbande gehörten. Die Jungkrieger lauerten ihnen auf und verfolgten sie durch das Schilf. Das Pferd von einem der Fliehenden rutschte auf dem glatten Boden aus und begrub seinen Reiter unter sich. Der zweite Mann konnte entkommen.

Der Gefangene hatte sich ein Fußgelenk verletzt. Er konnte nicht mehr auftreten. Die Jungkrieger fesselten ihn und legten ihn quer über den Sattel seines Pferdes. Danach ritten sie mit ihm zu dem Platz, wo das nächste Lager aufgeschlagen werden sollte. Krieger der Vorhut waren dort bereits angekommen und bereiteten alles für die Ankunft der Kolonne vor.

Der Gefangene wurde in einem Zelt an dem Mittelpfosten festgebunden. Er stand nur auf einem Bein und musste starke Schmerzen haben. Er ließ sich nichts anmerken. Grimmig starrte er die Jungkrieger an.

Am frühen Nachmittag erreichte die Kolonne den Lagerplatz. Feuer wurden entzündet und das Essen zubereitet.

Siegbert war erfreut, dass die Späher einen der mutmaßlichen Verfolger gefangen nehmen konnten und er sah ihn sich gleich an. Der Mann hatte eine gedrungene Statur und war muskulös. Die Narben auf seinem Oberkörper deuteten darauf hin, dass er viele blutige Kämpfe hinter sich hatte. Die Späher berichteten, wie es zu der Gefangennahme kam.

„Der sieht nicht aus als würde er schnell etwas preisgeben. Ihr hattet Glück, dass er sich bei dem Sturz den Fuß verletzt hat."

Siegbert sah dem Gefangenen in die Augen.

„Wer bist du?", fragte er ihn. Der Mann schwieg und starrte ihn finster an.

„Verstehst du meine Sprache?"

Kein Laut kam über seine Lippen. Siegbert wiederholte seine Frage in Fränkisch und Latein. Er blieb stumm.

„Seht nach, ob er noch eine Zunge hat", befahl Siegbert.

Einer der Jungkrieger hielt den Kopf des Gefangenen und ein anderer drückte ihm ein Stück Holz seitlich in den Mund und zwängte die Kiefer auseinander.

„Er müsste sprechen können. Seine Zunge hat er noch."

„Dann will er uns nichts verraten. Was machen wir jetzt mit ihm?", fragte Siegbert die Umstehenden.

„Wir können ihn foltern, bis er redet", meinte ein Jungkrieger.

Siegbert sah zu dem Gefangenen und schüttelte mit dem Kopf.

„Ich glaube nicht, dass er sprechen wird. Die Narben verraten, dass er Schmerzen erdulden kann. Ihr müsst euch etwas Besseres ausdenken."

Ratlos sahen sich die umstehenden Jungkrieger an. Es war ein Unterschied, ob sie sich im Kampf mit einem Gegner maßen oder einen Wehrlosen peinlich befragen sollten.

Siegbert ging zum Ausgang des Zeltes.

„Ich überlasse ihn euch und wenn ihr etwas von ihm erfahrt, will ich es gleich wissen."

Nach dem Essen kontrollierte der Rebellenführer allein die Wachen, die um das Lager herum postiert waren. Er konnte sich vorstellen, dass die Räuber erneut einen Angriff wagten, um ihren Kameraden zu befreien. Er wies seine Krieger an, in der kommenden Nacht besonders aufmerksam zu sein.

Danach ging er zurück zu seinem Zelt. Bodo und Dagmar saßen beim Feuer und scherzten miteinander. Er wollte sie nicht stören und ging zu dem Zelt, in dem sich der Gefangene befand.

Vor dem Eingang war ein Jungkrieger postiert.

„Hat er gesprochen?", wollte Siegbert wissen.

„Keinen Laut hat er von sich gegeben. Es ist gleich, was wir ihm antun. Er schweigt, wie ein Toter."

„Irgendwann wird er reden und verraten, wer er ist." Mit der Fackel in der Hand trat Siegbert mit dem Jungkrieger in das Zelt. Der Gefangene stand an dem Mittelpfosten in zusammengesunkener Haltung. Seile waren um seine Beine, Bauch und Brust gelegt und verknotet. Die Arme waren nach hinten gebunden. Der Mann hatte seinen Kopf bis zur Brust gesenkt. Es sah aus als ob er schliefe. Siegbert stupste ihn am Kinn an.

Entsetzt wich er zurück.

„Was habt ihr mit ihm gemacht? Jemand hat ihm das Genick gebrochen."

Der Jungkrieger kam hinzu und betrachtete den Gefangenen. Seine linke Hand war abgeschlagen worden und eine große Blutlache war auf dem Boden zu erkennen.

„Ich kann nicht sagen, was passiert ist. Die ganze Zeit habe ich vor dem Zelt gestanden."

Siegbert kontrollierte die Zeltwände. Er fand eine Stelle, durch die jemand eingedrungen war. Hatte es einer der Räuber geschafft bis hierher zu kommen? Warum hat er seinen Kameraden nicht befreit und ist mit ihm geflohen? Was sollte die abgetrennte Hand?

Fragen über Fragen, auf die der Rebellenführer keine Antwort wusste.

Nachdenklich ging er in sein Zelt und legte sich nieder, ohne sich auszuziehen. In jedem Moment rechnete er mit einem Überfall. Wenn es den Räubern gelungen war, ihren Kameraden unentdeckt aufzusuchen und zu töten, müssten sie auch in der Lage sein, ihn im Schlaf zu ermorden. Was es mit der abgeschlagenen Hand auf sich hatte, konnte sich Siegbert nicht erklären. Vielleicht lag sie noch im Zelt am Boden.

Die Nacht verlief ohne Störungen. Unausgeschlafen und missmutig stand Siegbert von seinem Strohlager auf und benetzte sich ein wenig das Gesicht mit Wasser. Der Gefangene ging ihm nicht aus dem Sinn. Zu viele Fragen gab es. Er sprach mit Bodo darüber, doch der versicherte ihm, dass alles eine einfache Erklärung haben würde.

„Wenn es wäre, wie du sagst, dass die Räuber ihren Kameraden getötet haben, damit er uns nichts sagen kann, verstehe ich immer noch nicht, warum man ihm die Hand abgeschlagen hat."

„Möglicherweise ist es bei ihnen Brauch. Anstelle des Körpers nahmen sie nur seine Hand", mutmaßte Bodo.

„Das gibt für mich keinen Sinn", entgegnete Siegbert und schüttelte den Kopf.

Der Rebellenführer ging zum Zelt des getöteten Gefangenen. Mehrere Jungkrieger befanden sich dort und diskutierten darüber, wer ihn umgebracht haben könnte. Dass es jemand aus den eigenen Reihen war, schlossen sie aus. Sie vermuteten, dass es ein wagemutiger Räuber gewesen war, der unerkannt bis zum Zelt gelangen konnte und dann wieder in der Dunkelheit verschwand.

Sie hatten jeden Winkel abgesucht, doch die abgeschlagene Hand konnten sie nicht finden. Warum jemand das tat, war ihnen unerklärlich. Es war der Gesprächsstoff in den nächsten Tagen.

Die Kolonne war weit nach Süden gekommen und erreichte endlich eine Furt, wo das Eis den gesamten Fluss überdeckte. Der Strom spaltete sich in viele kleine Wasserarme, die zugefroren waren. Am Westufer der Moldau schlugen die Krieger das Lager auf und erkundeten die Tragfähigkeit des Eises. Mit ihren Speeren stachen sie Löcher in die Eisdecke und prüften die Stärke. An einigen Stellen war das Eis noch zu dünn, um mit den beladenen Wagen darüber zu fahren. Siegbert beschloss, ein paar Tage abzuwarten.

Am Ostufer wurde ein zweites Lager aufgebaut und mit einem Palisadenwall befestigt. Dort wurden die Tragtiere eingestellt. Einige der Bauern zimmerten sich Schlitten und luden ihre Habe von den großen Wagen um. In kleinen Mengen brachten sie die Sachen unbeschadet über die zugefrorenen Flussarme. Zuletzt zerlegten sie ihre Wagen, luden die Einzelteile auf die Schlitten und zogen sie zum Lagerplatz am Ostufer. Dort bauten sie die Wagen wieder zusammen und beluden sie mit ihren Sachen.

In wenigen Tagen war der gesamte Tross am Ostufer angelangt. Zufrieden ging Siegbert durchs Lager. Er hatte einen Ruhetag angeordnet, denn das Übersetzen war anstrengend für alle. Erschöpft saßen die einzelnen Gruppen an ihren Feuerstellen und genossen die heiße Fleischsuppe. Siegbert ging zu einer Sippe, die er öfter besucht hatte. Der Sippenälteste erinnerte ihn an seinen Vater und er unterhielt sich gern mit ihm. Seine Frau bat ihn, zum Essen zu bleiben. Die Einladung konnte er nicht abschlagen. Jeder wollte wissen, wie lange sie noch bis zum Ziel brauchten.

„Wir haben etwa die Hälfte der Strecke hinter uns", gab er bekannt.

„Kommen noch weitere Flüsse, die uns den Weg versperren?"

„Dies war der größte. Kurz vor dem Ziel müssen wir noch die Donau überqueren, aber dort helfen uns unsere Landsleute."

Siegbert erzählte von Vindobona und dem fruchtbaren Land in der Donauniederung. Sie konnten nicht genug hören und es war spät als er zu seinem Zelt ging. Die Meldereiter saßen am Feuer und unterhielten sich. Siegbert setzte sich zu ihnen und hörte zu. Einer von ihnen reichte ihm eine Schale mit Tee, der in einem Kessel neben dem Feuer warmgehalten wurde.

„Danke!", sagte Siegbert und sah sich um.

„Wo ist Dagmar?", wollte er wissen.

„Sie ist im Zelt und hat sich wohl schlafen gelegt."

„Ist Bodo bei ihr?"

„Nein, er ist zum Fluss geritten."

„Es ist spät."

„Vielleicht hat er etwas verloren oder vergessen!"

„Dazu ist es zu dunkel."

„Er hat genügend Fackeln mitgenommen."

Siegbert wunderte sich und war ein wenig in Sorge, dass Bodo bei seiner Suche von den Räubern aufgegriffen werden könnte. Er hätte ein paar Jungkrieger mitnehmen sollen. Warum hat er nicht bis zum Morgen gewartet?

Siegbert verabschiedete sich von den Meldereitern und wünschte einen guten Schlaf. Er ging zum Zelt und schlug das Fell am Eingang vorsichtig zur Seite. Dagmar würde bestimmt schon schlafen und da wollte er sie nicht aufwecken. In der Dunkelheit konnte er nichts erkennen. Wie ein Blinder tastete er sich zu seinem Schlafplatz. Bevor er ihn erreichte, stolperte er über einen Gegenstand und fiel darüber. Er tastete ihn ab und merkte, dass es ein menschlicher Körper war. Dies konnte nur Dagmar sein. Warum lag sie inmitten des Zelts und rührte sich nicht? Wahrscheinlich war sie ohnmächtig geworden.

„Eine Fackel!", schrie Siegbert. Bald darauf stürzten die Meldereiter mit brennenden Holzscheiten herein. Siegbert kniete vor Dagmar. Er hob ihren Kopf hoch.

„Holt das Kräuterweib!", rief er seinen Männern zu. Auf seinen Armen trug er den leblosen Körper zu der Feuerstelle und legte Dagmar auf den Boden. Die Kräuterfrau kam herbeigeeilt und schob ihn grob beiseite. Sie legte ihre Finger an die Halsschlagader und prüfte mit einer Feder, ob Dagmar noch atmete.
Dann besah sie die Frau.
Aus ihrer Brust zog sie mit einem Ruck ein Messer heraus. Siegbert erkannte, dass es das Handmesser von Dagmar war. Hatte sie sich selbst das Leben genommen oder wurde sie ermordet?
Es fiel ihm schwer, einen klaren Gedanken zu fassen.
Dagmars Leiche wurde in das Zelt der Kräuterfrau gebracht.

Die Nachricht vom Tod Dagmars hatte sich wie ein Lauffeuer im Lager verbreitet. Siegbert zog sich in sein Zelt zurück. Er setzte sich auf einen Schemel und sah zu der Stelle, wo seine Verwandte lag. Nichts deutete auf einen Kampf hin. Alles stand an seinem Platz, nur die Kiste für seine Karten, war aufgeklappt. Sie war leer.
Hatte Bodo damit zu tun?
Wieso interessierten ihn die Wegekarten?

Daneben stand die Eichenkiste mit den Münzen. Sie war unberührt. Siegbert öffnete den Deckel und sah hinein. Die ledernen Geldbeutel lagen da, wie er sie hineingelegt hatte. Nichts schien zu fehlen. Der Dieb hatte es nur auf die Karten abgesehen.

Wer hatte sie gestohlen?

Bodo?

Der Verdacht fiel offensichtlich auf ihn. Vielleicht hatte er Dagmar ermordet. Grübelnd saß Siegbert auf seinem Schemel und suchte nach einer Erklärung.

In der Nacht hatte es stark geschneit. Der Rebellenführer sah aus seinem Zelt und konnte kaum etwas erkennen. Der Wind ließ die Schneeflocken durch die Luft wirbeln. Niemand war auf dem Lagerplatz zu sehen. Über der Feuerstelle stieg leichter Rauch auf. Das Holz war vollkommen abgebrannt. Ein Meldereiter kam aus seinem Zelt zu ihm.

„Wo habt ihr Dagmar hingebracht?"

„Sie ist bei der Kräuterfrau. Ich kann dich zu ihr bringen!"

Siegbert folgte dem Jungkrieger. Sie stampften durch den hohen Schnee zu einem kleinen Zelt.

Der Rebellenführer trat ein, ohne sich anzukündigen. Dagmar lag auf einem Brett als würde sie schlafen. Die Kräuterfrau hatte mehrere Öllampen aufgestellt die einen Duft von Lavendel verströmten

„Sie ist nicht tot!", sagte Siegbert überrascht.

„Doch! Sie lebt nicht mehr. Ich habe ihren Körper für den Gang zu Hel vorbereitet", erklärte die Kräuterfrau.

„Wie ist sie gestorben?"

„Die Messerklinge hat ihr Herz durchstochen."

„Hat sie es selbst getan?"

„Nein!"

„Sie soll verbrannt werden. Wir nehmen ihre Asche mit nach Vindobona", ordnete Siegbert an.

Er ging zurück zu seinem Zelt. Unterwegs traf er den Kolonnenführer. Der fragte ihn, ob er etwas für ihn tun könne.

„Suche Bodo, ich will ihn lebend haben!"

Siegbert fühlte sich einsam und verlassen. Der Tod seiner Verwandten tat ihm leid, doch noch mehr schmerzte ihn der Gedanke an den Vertrauensbruch seines ehemaligen Sklaven. Er hatte ihm die Freiheit geschenkt und das war der Dank dafür. Welche Gründe gab es für diese Tat. Geldgier fiel weg, denn die Münzen hatte er bei seiner Flucht nicht angerührt.

Warum hatte er die Karten mitgenommen? Sie beschrieben nur den Weg von Meisa nach Vindobona und dorthin konnte er niemals fliehen.

Siegbert zog das Fell an der Tür zur Seite, damit genügend Licht ins Innere des Zeltes dringen konnte. Systematisch durchsuchte er alles, was sich darin befand, auch das Kleiderbündel von Dagmar. Eingewickelt in ein Tuch fand er ein Stück Fleisch. Er erkannte es als eine Männerhand. Es musste die des Gefangenen sein. Wieso hatte Dagmar sie versteckt? Siegbert besah die Hand genau. Sie wies auf dem Handrücken eine kleine Tätowierung auf.

Das Zeichen kannte er.

Bodo trug es an derselben Stelle. Es musste zwischen beiden Männern eine Verbindung geben, doch welche?

Wie wurde dem Räuber die Hand abgetrennt? Die Schnittstelle war gleichmäßig, wie bei einem Hieb, durch ein Schwert. Ein solches besaß Dagmar nicht. Sie konnte es nicht gewesen sein. Damit blieb nur einer übrig,

Bodo! Er wollte nicht erkannt werden und tötete den, der ihn verraten könnte.

Hildegard stand vor dem Zelt und fragte, ob sie helfen könne.

„Hast du etwas gesehen oder gehört?", fragte Siegbert sie leise.

„Bevor Bodo aus dem Lager ritt, haben sich die beiden im Zelt heftig gestritten. Zwischen Verliebten kommt das manchmal vor. Wir sahen darüber hinweg."

„Hast du verstanden, was sie gesagt haben?"

„Nur die letzten Worte, bevor er aus dem Zelt kam, konnte ich verstehen. Sie schrie ihn an ‚Bleib hier!'. Ich dachte mir, dass sie eifersüchtig war, denn Bodo hatte auch anderen Frauen im Lager schöne Augen gemacht."

„Das ist mir nicht aufgefallen. In den letzten Tagen hatte ich den Eindruck, dass er nur Dagmar ansah. Ist vielleicht eine andere aus dem Lager mit ihm fortgeritten."

„Alle sind da. Er war allein."

„Eine andere Frau kann somit nicht der Grund für seine Flucht gewesen sein."

Hildegard stand im Raum und sah sich um.

„Darf ich dir etwas Ordnung machen?"

„Tu, was du für richtig hältst", entgegnete Siegbert kurz.

Die letzten Worte seiner Schwippschwägerin gingen ihm durch den Kopf. Bodo musste Dagmar aufgefordert haben, ihn zu begleiten. Sie lehnte ab und da sie sein Geheimnis kannte, musste sie sterben. War er der Mörder des Gefangenen und von Dagmar. Der Schlüssel lag in der Bedeutung des geheimen Zeichens auf dem Handrücken. Auf ein leeres Pergament zeichnete Siegbert das Zeichen und wickelte die Hand sorgfältig in das

Tuch. Damit ritt er zum Fluss, um es in einem Wasserloch zu versenken.

Es hatte stark geschneit. Der Weg zum Fluss war nicht mehr zu erkennen. Nur die Sträucher und Bäume verrieten die Verläufe der Flussarme.

Siegbert war froh, dass sie gestern den Übergang geschafft hatten. Bei dem tiefen Schnee wäre es nicht mehr gelungen.

Er sah eine kleine Felsformation am flussseitigen Ufer. Dorthin lenkte er sein Pferd. Der Hengst hatte große Schwierigkeiten durch den hohen Schnee zu staken.

Tiefe Spalten waren in dem Gestein zu erkennen. In eine der Vertiefungen steckte er das Tuch mit der Hand des Gefangenen. Hier war sie sicher vor den Wölfen oder anderen Raubtieren. Warum er das tat, konnte er nicht sagen. Mit Zweigen verstopfte er die Gesteinsöffnung und ritt zurück zum Lager.

Hildegard hatte im Zelt Ordnung gemacht und ihm eine Schale mit Brei auf den Tisch gestellt. Der war inzwischen kalt geworden, doch das störte ihn nicht. Er breitete das Pergament mit dem Handzeichen aus und versuchte die Wegekarte aus seinem Gedächtnis, nachzuzeichnen. Es fiel ihm schwer, sich an die Einzelheiten, der von seinem Bruder Hartwig erstellten Karte, zu erinnern. Oft hatte er sie auf der Reise vor sich liegen gehabt und die Wege, die sie gehen mussten, daraus abgeleitet. Verständnislos schüttelte er den Kopf, dass er sie nicht wiedergeben konnte. Den ganzen Tag befasste er sich damit und war mit dem Ergebnis nicht zufrieden. Es war nicht seine Stärke, mit dem Griffel umzugehen.

Am Nachmittag wollten seine Anführer wissen, in welche Richtung sie am nächsten Tag weiterziehen mussten. Siegbert erzählte ihnen von dem Verlust der Karten.

„Wir verlassen uns auch ohne Karten auf dich. Bisher hat uns deine Nase immer richtig geführt", bestätigten ihm seine Männer.

„Der Schneefall wird unser Vorankommen behindern. Sagt allen, dass sie ihre Sachen auf die Schlitten packen sollen."

„Wie stellst du dir das vor? Die wenigen, die wir für die Flussüberquerung gebaut haben, reichen nicht aus."

„Dann müsst ihr Kufen unter die Räder der Wagen setzen. Wir müssen schnell vorwärts kommen, denn unsere Lebensmittel gehen zur Neige und unterwegs können wir nichts Essbares beschaffen."

„Ist es noch weit bis nach Vindobona?"

„Die halbe Strecke liegt hinter uns, doch jetzt haben wir mit dem Schnee zu kämpfen. Die Wege sind verweht und die Orientierung wird immer schwerer."

„Was ist, wenn wir uns verlaufen?", wollte einer der Späher wissen.

„Daran denken wir lieber nicht. Vielleicht haben wir Glück und treffen noch einen Bauern unterwegs, der uns den Weg beschreiben oder uns führen kann. Wenn nicht, müssen wir uns an den Bäumen orientieren und immer gerade in südöstlicher Richtung weiterziehen, bis wir an die Donau kommen."

Der Späher blieb skeptisch.

„Wäre es nicht besser an der Moldau entlang nach Süden zu reiten. Wir würden dann irgendwann zur Donau kommen und ziehen an ihrem Ufer bis Vindobona weiter."

„Das habe ich mir auch überlegt, doch es gibt eine Gefahr dabei, die wir nicht unterschätzen dürfen?"

„Woran denkst du?"

„Die Franken! Ihr Reich geht bis zur Enns. Sie würden uns dort gefährlich nahe sein."

Mehrheitlich wurde beschlossen, die von Siegbert vorgeschlagene Route zu nehmen, denn keiner wollte sich kurz vor dem Ziel mit den Franken einlassen.

Der Priester kam, um Siegbert abzuholen. Er hatte außerhalb des Lagers die Verbrennung von Dagmars Leiche vorbereitet. Viele Menschen waren gekommen. Es verband sie nichts Persönliches mit der Frau, doch sie wussten, dass es eine Verwandte des Rebellenführers war und erwiesen ihm mit ihrer Anwesenheit Respekt.

Siegbert entzündete den großen Scheiterhaufen und musste dabei an seine Frau denken, die er vor einigen Monden verloren hatte.

Als die Flammen zum Himmel loderten, verfluchte er Bodo, dem er diesen Mord zuschrieb. Er hatte sein Vertrauen missbraucht und ihn schändlich hintergangen. Wie konnte er sich in einem Menschen so täuschen?

Lange verharrte er an der Brandstelle. Große Sorgen überkamen ihn, wegen des Weiterkommens. Seit der letzten Nacht hatte es unentwegt geschneit. Bis zu den Knien reichte die Schneedecke. Wie sollte er mit dem großen Tross da durchkommen?

Bleiben konnten sie nicht, da die Lebensmittel für einen längeren Aufenthalt nicht ausreichten. Sie mussten weiterziehen.

An der Spitze seiner Krieger führte er die Kolonne aus dem Lager. Die Pferde taten sich schwer, durch den tiefen Schnee zu stampfen.

Für die nachfolgenden Ochsengespanne war es leichter, voran zu kommen, denn der Schnee war inzwischen zusammengetreten.

Wie eine dunkle Schlange zog die Kolonne über den weißen Schnee dahin. Nur langsam kamen sie vorwärts. Siegbert erkannte, dass sie nur ein Drittel der Tagesstrecke schafften. Mit einigen Jungkriegern ritt er voraus, um einen geeigneten Platz für das nächtliche Lager zu finden. Sie folgten den markierten Spuren seiner Späher, die den geeignetsten Weg für die lang gestreckte Kolonne finden sollten. Siegbert sah eine Siedlung, zu der sie ritten. Sie schien, wie alle anderen, unbewohnt zu sein. Die Dächer der Langhäuser und Speicher waren in Ordnung und es sah aus als wären die Menschen, die hier wohnten, erst kurz vorher weggezogen. Es gab keine Anzeichen von Zerstörungen.

Was bewegte die Leute, ihr Zuhause zu verlassen?

Diese Frage stellte sich der Rebellenführer immer wieder. Seine Männer durchstöberten alle Bauten, das Langhaus und die Speicher. Essbares war nicht zu finden. In dieser Siedlung wollte er über Nacht bleiben. Zwei seiner Krieger schickte er zurück, damit sie die Kolonne hierher führten.

Der Schneefall hatte aufgehört und die Sicht wurde besser. Nicht weit entfernt war ein Hügel, von dem er sich einen Überblick verschaffen wollte. Kleinere Gruppen von Bäumen standen verstreut in der leicht hügeligen Landschaft. Siegbert vermutete, dass es Weideland oder Äcker waren, die durch die Baumgruppen unterbrochen wurden. Es sah hier ähnlich aus, wie im Thüringer Becken.

Einer seiner Männer entdeckte in der Ferne Reiter, die auf den Hügel zukamen.

„Es sind bestimmt unsere Späher, die zurückkommen", rief er begeistert.

Siegbert und die anderen sahen in die Richtung und konnten nur mit Mühe, die kleinen dunklen Punkte erkennen.

„Unsere Späher sind nach Osten geritten und die Reiter kommen aus südlicher Richtung."

„Vielleicht haben sie noch das Terrain abgesichert und halten nach Siedlern Ausschau."

Je länger Siegbert zu der Gruppe sah, umso deutlicher konnte er Einzelheiten erkennen.

„Die gehören nicht zu uns. Es sind wahrscheinlich die Räuber, die uns weiter verfolgen."

„Wie kommst du darauf?"

„Seht euch die Pferde an. Sie haben ein dunkles Fell."

Jetzt erkannten es die anderen auch. Alle Thüringer Pferde waren weiß, wie der Schnee.

Sofort kehrten sie um und ritten zu der verlassenen Siedlung. Die Kolonne war vor geraumer Zeit eingetroffen. Sie hatten ihre Zelte aufgestellt und Lagerfeuer entzündet. Siegbert ließ alle Truppführer zu sich kommen und berichtete ihnen von den Reitern, die er gesichtet hatte. Sie mussten die Lagerfeuer der Thüringer in der Siedlung gesehen haben.

„Sollen wir die Feuer löschen?", fragte einer seiner Männer.

„Das nützt jetzt nichts mehr. Sie werden sich überlegen, wie und wo sie uns in der Nacht angreifen können. Lasst uns außerhalb des Lagers große Holzhaufen errichten, die wir entzünden können, wenn uns die Räuber zu nahe kommen."

„In den letzten Nächten haben sich die Fremden nicht mehr sehen lassen. Sie haben erkannt, dass sie gegen uns nichts ausrichten können", meinte einer der Truppführer.

„Seid nicht leichtsinnig. Irgendwie fühle ich, dass heute Nacht etwas passieren wird. Deshalb werden wir uns auf einen Angriff vorbereiten."

„Sollen wir sie vertreiben, wie das erste Mal, indem wir Brandpfeile in die Holzhaufen schießen. Das Feuer treibt sie zurück."

„Diesmal nicht. Ich will sie vernichten, damit sie uns nicht mehr, wie ein Rudel Wölfe verfolgen", entschied Siegbert.

„Sie werden sich nicht einfach ergeben!", meinte einer seiner Männer.

„Außerhalb der Holzhaufen werden wir zusätzliche Wachen aufstellen, die im Verborgenen bleiben. Wenn die Räuber sich der Siedlung genähert haben, entzünden wir die Haufen und nehmen die Angreifer in die Zange.

„Unsere Pfeile und Speere werden sie zur Strecke bringen", rief einer der Truppführer begeistert aus.
Alle schienen mit dem Plan zufrieden zu sein und sie zogen sich zu ihren Kriegern zurück.

Siegbert ging zu seinem Zelt. Hildegard hatte für die Meldereiter und ihn gekocht. Er setzte sich zu ihnen ans Feuer und hörte den Männern zu. Sie berichteten ihm, was sich auf dem Tagesmarsch entlang der Kolonne alles zugetragen hatte. Für Mensch und Tier war es wegen des anhaltenden Schneefalls schwerer geworden. Längere Pausen wären notwendig, doch Siegbert lehnte das ab. Ihn beunruhigte mehr, dass die Lebensmittelvorräte stark zur Neige gingen und sie noch eine große Strecke zu bezwingen hatten. Die mitgeführten Rinder, Schafe und Ziegen der Bauern stellten eine gewisse Reserve dar, doch keiner von ihnen würde gern eines seiner Tiere hergeben wollen.

Nach dem Essen versuchte Siegbert zu schlafen. Mit einem Angriff rechnete er erst ab Mitternacht. Danach blieb keine Zeit mehr zum Ausruhen.

„Ich lege mich jetzt hin. Wecke mich, wenn sich irgendetwas Ungewöhnliches im Lager ereignet!", sagte Siegbert zu einem der Meldereiter und zog sich in sein Zelt zurück.

Er schlief sofort ein. Unangenehme Träume plagten ihn. Gegen Mitternacht schreckte er aus dem Schlaf. Hellwach und schweißgebadet richtete er sich auf. Kein Laut war zu hören. Nur der Ruf eines Käuzchens war hin und wieder zu vernehmen. Das passte in seinen Traum. Er erinnerte sich, wie dieser Vogel die scharfen Krallen in sein Genick trieb und mit ihm davon fliegen wollte. Welch eine Vorstellung. Unwillkürlich griff Siegbert zu der Stelle und tastete die Wirbel seines Halses ab. Sie taten ihm weh. Wahrscheinlich kommt es vom schlechten Liegen, dachte er und stand auf.

Draußen war alles ruhig und friedlich. Die eingeteilten Jungkrieger für den Wachdienst hielten die Feuer gut geschürt und kauerten mit dem Rücken der Wärme zugewandt davor. Ob sie eingeschlafen waren oder achtsam in die Dunkelheit hinaussahen war nicht zu erkennen. Siegbert beschloss, die Wachposten zu kontrollieren. Langsam schlenderte er von einem Feuer zum anderen. Keiner von ihnen schlief. Zufrieden nickte er ihnen zu.

Plötzlich flog ein Brandpfeil durch die Luft, auf das Dach des Langhauses. Das Schilf fing sofort Feuer. Die Jungkrieger, die das Haus zur Übernachtung gewählt hatten, stürzten durch die Tür nach draußen. Weitere Brandpfeile zischten durch die Luft und entzündeten die Speicherdächer der übrigen Häuser und Hütten. Es war ein Flammeninferno. Siegbert hatte beobachtet, aus welcher Richtung die Pfeile abgeschossen wurden und rannte mit einigen Jungkriegern dorthin. Sie sahen die Angreifer eilig davonreiten. Seine Männer wollten sie mit ihren Pferden verfolgen, doch Siegbert erlaubte es nicht, da es möglicherweise eine Falle war, in die sie geraten könnten.

Die Abschussstelle für die Brandpfeile war in der Nähe eines Holzhaufens. Dort waren neben den Pferdespuren, auch die Abdrücke von Schuhen zu sehen. Siegbert ging zu der nahen Baumgruppe. Er fand die beiden Jungkrieger, die Wache hielten und bei Gefahr den Holzhaufen entzünden sollten, tot im Schnee liegen. Sie waren von mehreren Pfeilen getroffen worden. Es musste den Räubern gelungen sein, nah an die Wachen heran zu kommen. Von einem Kampf war nichts zu sehen.

Die Jungkrieger trugen ihre getöteten Kameraden ins Lager. Bedrückt standen viele Menschen um die noch immer brennenden Gebäude herum. Die beiden Toten wurden inmitten des Platzes neben dem brennenden Langhaus aufgebahrt und von den Frauen beweint.

Die Männer starrten unentwegt in die Dunkelheit, weil sie einen weiteren Angriff erwarteten. Es blieb ruhig bis zum Morgen.

Die Balken des Langhauses und die der Speicher schwelten noch. Siegbert ordnete an, einen Scheiterhaufen an der Stelle aufzuschichten, wo die beiden Jungkrieger tot aufgefunden wurden. Die Männer wurden obenauf gelegt und der Priester sprach ein paar Worte. Der Truppführer der getöteten Jungkrieger entzündete den Holzstapel und alle brachen auf, um weiter zu ziehen.

Der Rebellenführer blieb bis zuletzt und besah nochmals die Spuren von den Pferden der Angreifer. Es mussten etwa ein Dutzend Reiter gewesen sein. Unerklärlich war für Siegbert, was sie mit diesem Angriff bezwecken wollten. Niemals würden sie gegen die Übermacht seiner Krieger ankommen können. Ging es ihnen um die Lebensmittel und Tiere, die sie mitführten?

Eilig ritt er vorbei an der Kolonne, bis zur Spitze. Er befahl einigen Jungkriegern, ihm zu folgen. Die Späher hatten Markierungen an den Bäumen vorgenommen, denen sie folgten. Gegen Mittag erreichten sie in einer Ebene eine geeignete Stelle für die Errichtung des Lagers.

Ein Bach schloss die Lagerfläche von drei Seiten ein. Obwohl er zugefroren war, bildete er für Angreifer ein schwieriges Hindernis. Drei Jungkrieger warteten an dem Lagerplatz auf die Kolonne. Die anderen gingen mit ihrem Anführer wieder auf Erkundungstour. Fremde Reiter konnten sie nicht entdecken, doch verschiedene Pferdespuren, die nicht von den Tieren der Späher stammten.

Die Räuber mussten noch in der Nähe sein.

„Wenn sie uns heute Nacht angreifen, bereiten wir ihnen einen gehörigen Empfang", meinte einer der Männer.

„Wie in der letzten Nacht? Wir müssen uns etwas anderes einfallen lassen, um sie zu vernichten", entgegnete Siegbert.

Keiner hatte eine gute Idee. Sie ritten zurück zum Lager. Die Kolonne traf bald ein und verteilte sich kreisförmig auf der vorgesehenen Fläche. Diesmal jedoch lagerten der Tross in der Mitte und die Jungkrieger im Außenring in der Nähe des Bachufers.

Nachdem sich die Männer gestärkt hatten, fragte der Rebellenführer nach Freiwilligen, die ihn auf einem Ritt in die Nacht begleiten würden. Es meldeten sich mehr als er benötigte. Sorgsam suchte er die Männer aus. Für die war es eine hohe Auszeichnung, mitreiten zu dürfen. Es dämmerte bereits.

Siegbert ritt mit der ausgewählten Schar zu der Stelle, wo er am Nachmittag Spuren im Schnee gesichtet hatte, die nicht von den Thüringer Pferden stammten. Zu Fuß folgten sie ihnen durch den tiefen Schnee. Die Männer hielten sich an den Mähnen oder Sätteln ihrer Pferde fest, um nicht tief im Schnee einzusinken und besser vorwärts zu kommen. Sie wussten nicht, wohin sie diese Spuren führen würden und Siegbert verlor bald die Orientierung. Fackeln konnten sie nicht benutzen, um nicht entdeckt zu werden.

Sie kamen zu einer Anhöhe, von der sie weit blicken konnten. Von hier aus waren in der Ferne große Lagerfeuer zu sehen. Die Spuren teilten sich auf. Die Räuber mussten in beide Richtungen weiter geritten sein.

„Welchen Spuren folgen wir?", wollte ein Jungkrieger wissen.

„Denen, die zu den großen Feuern führen. Es werden die, von unserem Lager sein."

„Spuren von fünf Pferden gehen in diese Richtung", informierte der Spurensucher.

„Das bedeutet, dass sie heute Nacht keinen Großangriff starten werden. Lasst uns nachsehen, was sie vorhaben und vielleicht können wir sie gefangen nehmen."

„Besser ist, sie gleich zu töten", erwiderte einer von Siegberts Männern.

„Nein! Wir müssen sie zum Reden bringen und erfahren, wo sie ihr Versteck haben."

Zustimmend nickten die anderen ihrem Anführer zu.

Vorsichtig folgten sie den Spuren, die zum eigenen Lager hinführten. Jeden Augenblick konnten sie auf die Räuber stoßen.

In einer Talsenke entdeckten sie einen geschützten Platz, der kaum eingesehen werden konnte. Dort glomm noch der Rest eines Lagerfeuers.

„Hier haben sie zuletzt Rast gemacht und ihr Essen zubereitet. Danach löschten sie das Feuer mit Schnee und sind weiter gezogen. Die Asche ist noch warm", erklärte der Spurensucher.

„Der Vorsprung der Räuber ist gering. Seid vorsichtig!", mahnte Siegbert seine Krieger.

Mit zwei Spurensuchern, die bei Dunkelheit ausreichend sehen konnten, ging er dem Trupp voran. Die anderen sollten in einem gehörigen Abstand leise folgen. Hin und wieder schreckten sie zusammen, wenn durch den Wind, Schnee von den Ästen fiel. Sie kamen dem eigenen Lager immer näher. Manchmal konnten sie durch die Bäume das Flackern der Feuer erkennen. Der Weg führte von einer kleinen Anhöhe hinab in das Tal. Die Tiefebene war unbewaldet und nur an den Uferböschungen standen Weidenbäume, die den Verlauf eines Baches erkennen ließen. Am Waldrand sahen die Späher zwei Männer, die zu den Lagerfeuern hinübersahen und auf die Pferde aufpassten. Es waren die Räuber, denen sie gefolgt waren. Wahrscheinlich hatten sich die anderen zu Fuß ihrem Lager genähert und warteten bis Mitternacht, um die Nachtruhe der Thüringer erneut zu stören. Ein direkter Angriff durch die wenigen Männer ergäbe keinen Sinn. Siegbert schickte einen der Späher zu den wartenden Jungkriegern zurück und trug ihnen auf, dass sie sich ruhig verhalten und auf einen Kampf vorbereiten sollten. Er selbst schlich sich mit dem zweiten Spurensucher näher an die beiden Gestalten am

Waldrand heran. Die sahen aufmerksam zum Lager hinüber und merkten nicht die Thüringer in ihrem Rücken. Siegbert konnte sogar ihre Stimmen hören. Schritt für Schritt kamen sie ihnen näher und robbten auf dem Bauch bis zu den angebundenen Pferden. Die Tiere blieben ruhig.

Hinter zwei Baumstämmen stellten sie sich auf und Siegbert ließ die Pferde durch eine Handbewegung scheuen. Die Räuber sahen nach den Tieren. Sie vermuteten einen Wolf oder Luchs in der Nähe und wollten die Pferde beruhigen. Als sie an den Bäumen, hinter denen die Thüringer standen, vorbei kamen, sprangen Siegbert und der Spurensucher plötzlich hervor und töteten die beiden Männer mit ihren Messern. Sie schleppten sie unter einen Strauch und bedeckten sie mit Schnee. Danach setzten sie sich auf den Platz, den vorher die beiden Räuber eingenommen hatten.

„Was machen wir mit den Pferden? Sollen wir sie wegführen?"

„Wir binden ihnen die Beine zusammen, damit sie nicht wegkönnen. Geh jetzt zu unseren Kriegern. Sie sollen sich hier verteilen und ihre Netze bereithalten. Ich will die Räuber lebend haben."

Die Jungkrieger versteckten sich im Umkreis hinter Büschen und in Schneelöchern. Nichts war von ihnen zu sehen. Es begann ein endlos dauerndes Warten. Ungeduldig ging Siegbert mehrmals bis zum Waldrand und sah nach dem Lager der Thüringer. Alles war dort ruhig und die meisten hatten sich schlafen gelegt.

Gegen Mitternacht hörte Siegbert einen Waldkauz. Ein anderer antwortete ihm. Kurz darauf sah er drei brennende Pfeile durch die Luft in Richtung Lagerplatz fliegen. Es folgten weitere und bald gab es dort ein Chaos, wie am Tag zuvor.

Frauen kreischten und Krieger rannten mit ihren Speeren in der Hand in die Richtung, aus der die Brandpfeile
kamen.

Die Räuber zogen sich zum Waldrand zurück und liefen
in gebückter Haltung bis zu ihrem Sammelplatz. Als sie
ihre Pferde losbinden wollten, sprangen Siegberts Krieger aus ihren Verstecken und warfen ihre Netze über
sie. Die Räuber wehrten sich heftig. Einem gelang es,
sich aus den Maschen zu befreien. Er entkam zu Fuß.
Die beiden anderen wurden gefesselt und auf ihre Pferde gebunden.

Eine Weile suchten sie noch nach dem Entkommenen,
doch dann gab es Siegbert auf. Sie zogen mit den beiden
Gefangenen und den Pferden ins Lager. Die Überraschung war groß als auf einmal Siegbert mit seinen
Männern aus der Dunkelheit auftauchte.

„Lasst uns die Gefangenen verhören. Vielleicht verraten sie uns ihr Versteck."

„Willst du die Räuber morgen angreifen?", wollte der
Kolonnenführer von Siegbert wissen.

„Das kommt darauf an, was wir von den beiden erfahren."

Jeder Gefangene wurde an ein Schrägkreuz gebunden und neben dem Feuer in der Mitte des Lagers aufgestellt. Siegbert besah die Männer genau. Ihre Oberkörper waren entblößt. Man hatte ihnen die Felljacken
vom Leibe gerissen und auf den Boden geworfen. Zahl-
reiche Narben bedeckten Brust und Arme, wie bei dem
ersten Gefangenen, den sie jenseits der Moldau gemacht
hatten. Siegbert besah die Handrücken und erkannte bei
beiden Männern das gleiche tätowierte Zeichen. Sie
gehörten somit zusammen und waren der Kolonne von
der Mündungsstelle der Elbe und Moldau bis hierher
gefolgt. Räuber blieben normalerweise nur in einem

kleinen Gebiet in der Nähe ihres Verstecks. Diese Männer waren wochenlang auf ihren Spuren.

Wer sind sie und was wollen sie, fragte er sich?

Auf seine Fragen gaben die Männer keine Antwort. Starr blickten sie ihn an.

„Es gibt Möglichkeiten, euch zum Sprechen zu bringen, doch jetzt wird es bald Tag und da müssen wir weiter."

„Was sollen wir mit ihnen machen?", fragte der Zugführer.

„Legt ihnen ein Halseisen mit Handfessel an, damit sie nichts anstellen können und kettet sie an meinen Wagen. Zwei Krieger sollen ständig auf sie aufpassen. Wenn die Räuber mich sprechen wollen, gebt mir gleich Bescheid."

Es war noch dunkel. Im Scheine der Lagerfeuer bereiteten sich alle auf den Abmarsch vor. Viele hatten erkannt, dass nicht nur der hohe Schnee ein gefährlicher Gegner war, sondern auch die fremden Männer, die keiner kannte und die wie Bestien aussahen.

Als das erste Dämmerlicht sich am Horizont zeigte, brach die Kolonne auf. Die Späher ritten voraus und erkundeten die Gegend. An diesem Tag fanden sie eine einzelne Spur eines Menschen. Er hatte sich auf einen Stock gestützt, das konnte man im tiefen Schnee erkennen. Vorsichtig folgten sie der Spur und fanden eine verlassene Siedlung, in der sich die Person aufhalten musste. Keiner konnte sie entdecken. Es waren alle Spuren in der Siedlung wie durch Zauberkraft verschwunden. Der Anführer des Spähtrupps schickte zwei seiner Männer zurück, um Siegbert zu informieren.

Der Rebellenführer nahm seine beiden bewährten Spurensucher zur Siedlung mit. Die Späher hatten dort inzwischen jeden Winkel in dem Langhaus und den Speichern durchsucht und niemand finden können.

„Habt ihr kontrolliert, ob irgendwelche Fußspuren von der Siedlung weggehen?", fragte er seine Männer.

„Es gibt nur die eine Spur, die hierher führt und im Langhaus endet. Überall haben wir nachgesehen. Es ist niemand da", berichtete der Truppführer.

„Suchen wir gemeinsam noch einmal. Es wird doch kein Geist gewesen sein, der sich aufgelöst hat."

Emsig durchstöberten die Jungkrieger nochmals das Langhaus, aber sie konnten nichts finden. Siegbert hatte sich inzwischen in den Nebengebäuden umgesehen. Es waren niedrige Lehmhütten, deren Dächer mit Schilf gedeckt waren, wie er es von zu Hause kannte. Alle Speicher waren leer, wie ausgefegt. In einem der Hütten befand sich eine tiefe Grube, in der in den Sommermonaten Lebensmittel kühl gelagert werden konnten. Er stieg hinab und sah sich um. Es war dunkel und seine Augen brauchten Zeit sich daran zu gewöhnen. Immer deutlicher kam das kellerartige Gewölbe zum Vorschein. Langsam tastete er sich vor und stand vor einem hölzernen Regal. Er wollte sich daran festhalten. Plötzlich gab es nach. Die Bretter waren auf eine Holztür montiert. Dahinter befand sich ein Gang. Es war zu dunkel, um weiter zu gehen. Siegbert schloss die Tür und ging ins Langhaus zurück.

Die Männer waren enttäuscht, da sie niemand gefunden hatten und standen unschlüssig herum.

„Es gibt einen Geheimgang im Vorratsspeicher. Den solltet ihr euch näher ansehen. Vergesst aber die Fackeln nicht!"

Die Jungkrieger liefen nach draußen und eilten zu der Hütte mit dem Keller. Nach einer geraumen Zeit erschien einer von ihnen im Stallraum des Langhauses. Es gab da eine Abdeckung im Boden, die alle übersehen hatten. Sie brachten einen alten Mann zu Siegbert. Er zitterte am ganzen Leibe.

„Du brauchst vor uns keine Angst haben. Wir sind Freunde", beruhigte der Rebellenführer.

Der Alte schien nicht überzeugt zu sein und versuchte zu entkommen.

„Wir werden bald wieder gehen, wenn du uns einige Fragen beantwortest. Sag uns, warum die Menschen die Siedlung verlassen haben?"

Der Alte blickte sich scheu um.

„Lasst ihr mich dann wirklich in Ruhe?", flehte er Siegbert an.

„Ich verspreche es dir, guter Mann. Sag was hier passiert ist?"

„Die Riesen haben unser Land zerstört. Nichts wächst mehr. Deshalb sind alle Leute von hier weggegangen. Ich bin ein alter Mann und werde bald sterben und das will ich auf meinem eigenen Boden."

„Bist du der Sippenälteste der Siedlung?"

„Das war ich einmal. Jetzt ist es mein Sohn. Er führt die anderen in ein fruchtbares Land."

„Wohin sind sie gegangen?"

„Sie wollten nach Raetien oder Noricum, dort soll es besser sein. Alle Nachbarn sind mit ihm gezogen. Weit und breit ist kein Mensch mehr zu finden."

Jetzt konnte sich Siegbert erklären, warum das Land, durch das sie reisten, verlassen war. Wie in Thüringen hatte sie das Klima gezwungen, aus der Heimat wegzuziehen.

In dem Gang zu dem Speicher hatte der alte Mann noch einige Lebensmittelvorräte gelagert. Unaufgefordert zeigte er sie dem Rebellenführer. Sie würden nicht ausreichen, ihn über den Winter zu bringen. Siegbert erzählte dem Mann von den Verfolgern auf dem Weg ins Rugiland. Der Alte meinte, dass es keine Räuber wären, denn es gäbe hier nichts mehr zu rauben. Andere müssten es darauf abgesehen haben, den Thüringern zu schaden.

„Wahrscheinlich verfolgen euch Slawen, die früher im Winter hier eingefallen sind. Sie haben es auf eure Lebensmittel abgesehen, denn nichts ist wichtiger in diesen schlechten Zeiten als satt zu werden."

„Mit marodierenden Slawenkriegern hatte ich erst auf dieser Seite der Moldau gerechnet, doch die fremden Krieger haben uns ab der Grenze ins Langobardenreich verfolgt."

„Wachos Männer lassen sich hier nicht mehr sehen. Keiner schützt uns Bauern in diesen schlechten Zeiten. Deshalb ist mein Sohn zu den Franken ausgewandert. Sie versprechen allen ein gutes Leben in ihrem wachsenden Reich."

„Wie dieses Leben aussieht haben wir Thüringer zur Genüge erfahren. Sie beuten uns aus und wer aufbegehrt, den machen sie zu Sklaven. Deshalb sind wir von zu Hause weggegangen und hoffen bei König Wacho ein besseres Auskommen zu finden."

„Die Langobarden sind nicht besser als die Franken. Alle Herrscher sind nur auf ihre persönlichen Vorteile bedacht und keinen interessiert es, wie seine Untertanen leben. Ihr werdet es sehen, wenn ihr an eurem Ziel angekommen seid und du wirst noch an meine Worte denken."

Siegbert erfuhr außerdem, dass sie auf dem richtigen Weg waren und der Alte gab ihm einige Hinweise, wo sie günstig mit dem Tross entlang ziehen konnten.

Mit den Spurensuchern ritt Siegbert zurück zur Kolonne. Was er von dem Bauern erfahren hatte, stimmte ihn froh. Sie waren nicht von der richtigen Route abgekommen. Wenn sie weiter gut vorankämen, würden sie vor einem Mond die Donau erreichen.

An einem Teich richteten sie das nächste Nachtlager ein. Einige der Jungkrieger schoben den lockeren Schnee an vielen Stellen der spiegelglatten Eisdecke mit einem Brett zur Seite. Mit ihrem Speer stachen sie an verschiedenen Stellen Löcher in das Eis und legten Angelschnüre mit Fleischködern aus. Geduldig warteten die Männer, dass ein Fisch anbiss. Ihre Mühe zahlte sich aus und die Beute reichte für eine kräftige Suppe. Das war eine schöne Abwechslung zum eintönigen Essen.

Hildegard kümmerte sich um die beiden Gefangenen. Sie hatte ihnen Wollkutten angezogen und die verschmutzte Kleidung verbrannt. Jungkrieger bewachten sie den ganzen Tag. Siegbert hatte ihnen eingeschärft, gut auf sie achtzugeben.

Nach dem Abendessen gab ihnen Hildegard von den Resten aus dem Kessel zu essen. Sie musste die Gefangenen mit dem Löffel füttern, da sie ihre Hände durch die Halsgeige nicht gebrauchen konnten. Der Rebellenführer begleitete sie und sah zu, wie die Gefangenen gierig die Suppe schlürften.

Genüsslich kaute er dabei an einem Stück Speck.

„Wenn ihr mir sagt, wer ihr seid, gebe ich euch etwas davon ab", sagte er.

Grimmig sah der ältere Gefangene den Rebellenführer an und presste die Lippen fest zusammen. Der andere öffnete den Mund und bekam einen Fußtritt von seinem Kameraden.

„Wenn ihr die Sprache verloren habt, braucht ihr nicht zusammen sein. Einer von euch wird an dem nächsten Wagen angekettet."

Mit einem Handzeichen deutete er den Bewachern an, den zweiten Räuber zum anderen Wagen zu bringen. Siegbert versuchte die Gefangenen gegeneinander auszuspielen, um bald das zu erfahren, was er von ihnen hören wollte. Es waren harte Burschen, denen man nicht durch Folter beikommen konnte.

Siegbert besah die Ketten des neu platzierten Gefangenen. Der Mann kauerte am Boden und starrte stumm seine Bewacher an. Die Trennung von seinem Kameraden schien ihm nicht zu behagen. Siegbert reichte ihm ein Stück Speck. Er fasste es mit der Hand. Die Halsgeige hinderte ihn jedoch, es in den Mund zu stecken. Flink warf er es in die Luft und fing es mit dem Mund auf. Genüsslich kaute er auf dem Speck herum.

„Du kannst noch mehr haben, wenn du mir sagst, wer du bist."

Misstrauisch sah ihn der Gefangene an.

„Bist du ein Räuber?"

Der Mann schüttelte mit dem Kopf. Siegbert hielt ihm ein kleines Stück Speck vor den Mund. Gierig schnappte er danach.

„Bist du ein slawischer Krieger?"

Der Gefangene verneinte wieder.

„Sage mir, woher du kommst. Ich gebe dir dieses große Stück Speck dafür."

Lange überlegte der Mann und sah unentwegt auf den versprochenen Leckerbissen.

„Aus Franken!", presste er heraus.

Zufrieden gab Siegbert ihm den Speck in die Hand und ging zu dem anderen Gefangenen.

„Dein Kamerad ist gesprächiger als du. Für dich habe ich auch noch etwas Leckeres in der Tasche, wenn du mir sagst, ob dich König Chlothar geschickt hat."

Wütend spuckte der Franke vor ihm auf den Boden. Siegbert ließ ihn in Ruhe. Er war sich sicher, dass auch er noch seinen Starrsinn in den nächsten Tagen aufgeben würde.

12. Hilfe in der Not
Im Taumond (Februar) 537

Heu und Stroh gingen zur Neige. Die mitgeführten Haustiere, wie Ziegen und Schafe mussten geschlachtet werden, damit das Futter für die Pferde und Ochsen reichte. Sie hatten das Lager in der Nähe einer verlassenen Siedlung aufgeschlagen und hofften, dort etwas für ihre Tiere vorzufinden. In ihrer Not deckten sie die Strohdächer der Speicher und Hütten ab und zerkleinerten die brauchbaren Halme als Futter für die Ochsen.

Starker Wind warf den Schnee zu hohen Wechten auf. Die Thüringer blieben in der verlassenen Siedlung und warteten auf besseres Wetter. Siegbert zog in dieser Zeit mit den Spähern los und erkundete die Umgebung. Dabei stießen sie auf Pferdespuren, die wahrscheinlich von den fränkischen Verfolgern herrührten. Er hatte in den letzten Tagen von dem gesprächigen Gefangenen erfahren, dass sie zu einem besonderen Trupp des fränkischen Königs Chlothar gehörten. Sie wurden ausgesandt, die Thüringer Rebellen auf ihrem Weg nach Vindobona zu vernichten und die Pferde, die Chlothar als Beuteteil nach dem Sieg gegen die Thüringer für sich beanspruchte, zurückzubringen. Die Rebellen hatten ihm viele Tiere geraubt und in dem unwegsamen Thüringer Wald versteckt. Für diese dreiste Tat sann er auf Rache. Ihm hatte der Krieg gegen die Thüringer nur Ärger eingebracht. Außer ein paar Sklaven und den Pferden war nach der Schlacht an der Unstrut nicht viel zu holen. Seine Bemühungen, bei der Flucht der Thüringer Königin nach Ravenna, an den legendären Königsschatz zu gelangen, schlug fehl. Die im Tross der

Jungkrieger mitgeführten weißen Pferde sah er als sein rechtmäßiges Eigentum an.

Die Rebellen mussten sehr wachsam sein.

Sobald das Schneetreiben aufhörte und nur wenige Flocken zur Erde fielen, brachen die Thüringer auf. Die Zwangspause hatte den Menschen und Tieren gut getan. Sie hatten sich ein wenig erholt.

Trotz der Schneeverwehungen kamen sie gut voran. Die Späher markierten den Verlauf des Weges und vermieden tiefe Wechten und Berge.

Eines Abends kehrten die Späher zurück und meldeten Siegbert, dass sie wieder fremde Pferdespuren im Schnee sahen. Die Abdrücke der Hufeisen glichen denen, der Verfolger. Chlothars Krieger hatten noch nicht aufgegeben, obwohl sich die Thüringer weit östlich ihrer Grenze befanden. Es war nur ein kleiner Trupp, der wieder aus südlicher Richtung kam. Der Rebellenführer vermutete, dass die Franken sie nach Norden abdrängen wollten, um die Reiseroute zu verlängern. Sie wussten, dass das Futter für die Ochsen und Pferde knapp wurde und diese Situation versuchten sie für sich zu nutzen.

Von einem der Gefangenen hatte Siegbert die Stärke des Verfolgungstrupps erfahren. Ob diese Zahl stimmte, bezweifelte er. Der Rebellenführer ließ die Wachen verstärken und ordnete an, dass von der Nachhut Späher am Ende der Kolonne ausschwärmen sollten. Je früher sie die Franken entdeckten, umso besser konnten sie sich auf den Angriff vorbereiten.

Nach dem Abendessen ging er zu den beiden Gefangenen und versuchte von ihnen etwas Neues zu erfahren. Der Franke, der an seinen Wagen angekettet war, verhielt sich nach wie vor störrisch. Er hatte seit ein paar Tagen sein Schweigen gebrochen. Jedes Mal, wenn Siegbert ihm eines der Geheimnisse von seinem Kameraden mitteilte, schrie er wütend auf und verfluchte ihn in einer Sprache, die der Rebellenführer nicht kannte. Es war gut, dass die Beiden getrennt waren. Der Gesprächige hätte wahrscheinlich nicht lange überlebt.

Die Nacht blieb ruhig. Es gab keine Störung oder Angriff durch die Franken. Bei schönstem Winterwetter zogen sie weiter in östliche Richtung. Gegen Mittag meldeten Späher der Nachhut, dass sie weit zurück einen großen Reitertrupp gesichtet hätten, der ihnen folgte.

„Das ist bestimmt die fränkische Hauptmacht. Wir müssen uns beeilen, damit wir unser Lager erreichen."

„Sie sind etwa zwei Tagesritte entfernt", ergänzte der Späher.

„Das ist gut! Wir brauchen die Zeit, um unsere Verteidigung vorzubereiten. Die Hundertschaft der Nachhut müsste genügen, um sie zu überwältigen."

„Was hast du vor?"

„Das werde ich heute Abend bekanntgeben."

Es hatte sich schnell herumgesprochen, dass sie verfolgt wurden und die Thüringer beeilten sich, den nächsten Lagerplatz zu erreichen.

Sie kamen zu einer leerstehenden Bauernsiedlung, in der sie übernachten wollten. Siegbert rief die Truppführer zusammen, um sich mit ihnen zu beraten. Jeder hatte davon gehört, dass ihnen eine große Anzahl fränkischer Krieger folgte.

„Was habt ihr für Vorschläge, wie wir sie abwehren und besiegen können", wollte Siegbert von seinen Truppführern wissen.

„Wie viele sind es?"

„Einer der Gefangenen sagte mir, dass auf vier Krieger von uns, ein Franke käme. Es sollen die besten

Kämpfer aus Chlothars Heer sein, die wir niemals besiegen könnten."

„Bestimmt wollte er nur angeben, denn wenn sie besser wären, als wir, hätten sie sich nicht einfangen lassen", bemerkte ein Truppführer.

„Das mag sein, doch unterschätzen dürfen wir sie nicht."

„Wir können die beiden Gefangenen gegeneinander kämpfen lassen, dann sehen wir, wie gut sie mit dem Schwert umgehen können."

Viele stimmten dem Vorschlag begeistert zu, doch Siegbert hielt sich bedeckt.

„Für Schaukämpfe haben wir jetzt keine Zeit. Überlegt euch, wie wir die Verfolger erfolgreich abwehren und besiegen können."

Es gab einige gute Vorschläge, doch fassten sich alle kurz. Sie waren hungrig und von den einzelnen Feuerstellen zog ein feinwürziger Duft von Gesottenem durch das Lager.

Siegbert unterbrach die Besprechung und ging zum Feuer der Meldereiter. Hildegard hatte eine kräftige Brühe angesetzt, in der große Stücke Hammelfleisch schwammen. Hungern mussten sie nicht. Viele Tiere wurden geschlachtet, da das Heu nicht mehr ausreichte.

Nach dem Essen begleitete Siegbert Hildegard zu den Wagen mit den Gefangenen. Er wollte den Gesprächigen nochmals wegen der Anzahl der Frankenkrieger befragen. Als sie bei dem ersten Wagen ankamen, war der störrische Gefangene verschwunden. Seine Bewacher fehlten.

„Wo ist er?", schrie Siegbert Hildegard an. Sie sah sich verstört um. Die Wächter hatten sich entfernt, um Essen zu fassen. Siegbert betrachtete die Kette. Ein Glied war aufgebogen. Mit dem Halseisen konnte der

Mann nicht weit kommen. Der zweite gesprächige Frankenkrieger lag erwürgt im Schnee. Verärgert sah sich der Rebellenführer um. Den Flüchtigen konnte er nicht entdecken. Es musste ihm gelungen sein, das Lager unbemerkt zu verlassen oder er hatte sich noch irgendwo bei den Wagen versteckt.

Siegbert gab Alarm.

Aufgeregt stürzten die Jungkrieger zu ihm.

„Sucht den Gefangenen! Er darf nicht entkommen!", rief er ihnen zu.

Seine Männer durchstöberten das ganze Lager und versuchten eine Spur von ihm zu finden. Mit Fackeln rannten sie hin und her, bis einer den Flüchtigen entdeckt hatte. Er wollte in den naheliegenden Wald entkommen. Durch die Halsgeige konnte sich der Franke nicht schnell bewegen. Ein paar Jungkrieger liefen ihm hinterher. Bevor er noch das Unterholz erreichte, warf einer seinen Speer und der Gefangene fiel getroffen zu Boden. Die Jungkrieger trugen ihn zum Lager zurück. Er wurde mit dem anderen auf den Weg gelegt.

Die Truppführer kamen nochmals zusammen, um über den bevorstehenden Kampf zu beraten. Einer der Späher machte einen guten Vorschlag.

„Wir sollten Chlothars Krieger nicht hier, sondern in der nächsten Siedlung erwarten. Sie liegt auf einem Hügel und ist besser zu verteidigen."

„Ist sie groß genug, damit der Tross und die Pferde Deckung finden?", fragte Siegbert.

„Der Tross könnte zusammen mit den Tragpferden bis zum übernächsten Lager weiter ziehen."

„Was soll das für einen Vorteil bringen, wenn wir uns teilen?", wollte einer der Truppführer wissen.

„Ich finde den Vorschlag gut!", entgegnete Siegbert.

„Die Franken werden nicht vermuten, dass wir sie von

dem Hügel aus angreifen, da sie wissen, wie weit die Kolonne täglich ziehen kann und sie werden annehmen, dass wir beisammen bleiben. Den zweiten Vorteil sehe ich darin, dass wir keine Rücksicht auf den Tross und die Packpferde nehmen müssen. In dem Kampfgetümmel würden sie uns nur hinderlich sein."

Der Vorschlag des Spähers wurde einstimmig angenommen.

Am nächsten Morgen zogen sie weiter. Als sie gegen Mittag zu dem Hügel kamen, blieb Siegbert mit der Nachhut, seinen Meldereitern und Spähern zurück und sie verschanzten sich in der Siedlung. Es war anzunehmen, dass die Franken ihre Späher vorausreiten ließen und die würden sich die Siedlung am Weg ansehen. Die Thüringer versteckten sich. Wenige Jungkrieger behielt Siegbert bei sich und die anderen verbargen sich im nahen Wald in einer Bodensenke. Ihre Spuren verwischten sie, indem sie Fichtenzweige hinter sich herzogen und der herabrieselnde Schnee tat sein Übriges.

Die Zeit wollte nicht vergehen. Am Abend sahen die Thüringer die Lichter von kleinen Feuern in ihrem verlassenen Lager. Die Franken mussten es erreicht haben. Still harrten Siegbert und seine Krieger bis zum nächsten Tag in der Kälte aus. Feuer durften sie nicht entzünden. Der Schneefall nahm zu und Siegbert hoffte, dass die Franken trotz der schlechten Sicht bald weiterziehen würden. Aus ihren Verstecken vom Dachboden des Langhauses und den Hütten beobachteten sie das Umfeld und besonders den Weg.

Es wurde hell, doch niemand ließ sich sehen. Da tauchten plötzlich drei Reiter auf, die den verschneiten Spuren der Kolonne auf dem Weg folgten. Sie entdeckten die Siedlung und ritten darauf zu. Vorsichtig näherten sie sich dem Haus. Siegbert hörte sie miteinander

sprechen. Er wunderte sich, dass sie sich in der langobardischen Sprache unterhielten. Waren es vielleicht
keine Franken? Er konnte sich nicht vorstellen, dass
ihnen langobardische Krieger folgten. Zwei der Reiter
sprangen von ihren Pferden und näherten sich dem
Haus. Sie durchstöberten die Räume und einer kletterte
auf den Dachboden, wo sich Siegbert versteckt hatte.

„Ich kann nichts Wertvolles entdecken", rief er im
Thüringer Dialekt dem anderen zu.
Mit seinem Schwert schob er die Gegenstände beiseite,
die auf dem Boden lagen.

„Komm herunter! Wir reiten weiter! Hier kannst du
keine Schätze finden", rief ihm sein Kamerad zu und
ging aus dem Haus. Zufällig schob der Krieger auf dem
Dachboden mit seinem Schwert eine alte Wolldecke
beiseite, die auf einer Stange hing. Dahinter hatte sich
Siegbert versteckt. Der Rebellenführer packte den Mann
und hielt ihm den Mund zu.

„Sei still, sonst bist du tot", zischte er ihm ins Ohr.
Der Fremde nickte.

„Wer seid ihr?", wollte Siegbert wissen und hielt ihm
sein Messer an die Kehle.

„Thüringer! Wir suchen Siegbert mit seinen Leuten!"

„Den suchen auch die Franken! Wer ist euer Anführer? Sag es!"
Siegbert traute dem Mann nicht. Auch sein ehemaliger
Sklave konnte gut Thüringisch sprechen und der gehörte zu Chlothars Männern.

„Amalafred und Audoin führen uns", antwortete der
Krieger ängstlich. Siegbert schob ihn vor sich her zu der
Luke mit der Leiter. Er fand einen Strick, mit dem er die
Hände des Mannes fesselte und stopfte ihm ein Stück
Tuch, das er von der Decke schnitt, in den Mund.

Vorsichtig stieg er die Leiter hinab in den Wohnraum des Langhauses und zog den Gefangenen hinter sich her. Die beiden Männer auf dem Hof riefen nach ihrem Kameraden, doch der antwortete nicht.

„Vielleicht ist er gestürzt, geh und sehe nach ihm!", befahl der Anführer. Als der zweite Mann durch die Tür ins Haus trat, sah er seinen Kameraden gefesselt an einem Holzpfeiler stehen.

Er wollte schreien, doch Siegbert presste seine Hand auf den Mund des Mannes. Ängstlich sah ihn der Fremde an. Da erkannte er im fahlen Licht, das durch die offene Tür drang, das Gesicht des Rebellenführers.

„Siegbert!", rief er freudig aus.

„Du kennst mich? Seid ihr Franken?"

„Nein! Wir sind Langobarden und Thüringer. Wir suchen nach euch."

Siegbert ließ den Mann los, der nach dem Schreck tief durchatmen musste.

„Wer führt euch?"

„Amalafred und Audoin! Sie haben erfahren, dass ihr nach Vindobona unterwegs seid."

Misstrauisch betrachtete Siegbert den Mann.

„Wenn zwei das Gleiche sagen, wird es wohl stimmen. Rufe deinen Kameraden herein, ich will auch ihn fragen und du verhältst dich still."

Der Dritte war verwundert, warum er ins Haus kommen sollte. Er dachte, dass seine Kameraden womöglich einen besonderen Fund gemacht hatten und mit ihm teilen wollten. Er staunte nicht schlecht als er sie in der Gewalt eines hochgewachsenen hageren Mannes sah. Blitzschnell griff er nach seinem Schwert.

Da erkannten sie sich. Freudig fielen sie sich in die Arme. Sie gingen nach draußen auf den Hof und Siegbert stieß dreimal kurz ins Horn. Aus allen Ecken kamen seine Krieger hervor und betrachteten die vermuteten Frankenkrieger.

„Es sind unsere Freunde, Thüringer und Langobarden aus Vindobona. Ihr könnt eure Speere senken. Sie sind gekommen, um uns sicher ans Ziel zu geleiten."

Die Freude war bei allen groß.

Einer der Späher ritt zu dem Lager zurück, um Audoin und Amalafred zu informieren. Siegberts Reiter tauchten aus dem Wald auf und sprengten auf die Siedlung zu. Sie hatten sein Horn gehört und dachten, dass der Angriff auf die Verfolger beginnen würde. Verwundert sahen sie zu ihrem Rebellenführer, wie er sich mit zwei langbärtigen Kriegern unterhielt. Eilig entzündeten sie ein großes Lagerfeuer, um die vor Kälte erstarrten Glieder aufzuwärmen und sich eine heiße Suppe zu bereiten. Es dauerte nicht lange und sie sahen eine große Reiterschar in geordneter Formation auf dem Weg herannahen. Zwei Krieger lösten sich und kamen im Galopp auf den Hügel zu als wollten sie allein einen Angriff beginnen. Siegbert erkannte den Thüringer Prinzen Amalafred und den Langobardenfürst Audoin. Er ging ihnen entgegen und begrüßte sie herzlich.

„Dass ihr uns verfolgt, hätte ich nicht gedacht, wir glaubten, ihr seid Franken."

„Sehen wir wie diese aus?", erwiderte Amalafred lachend.

„Aus der Nähe betrachtet nicht. Die Franken sind uns von Thüringen, wie ein Rudel Wölfe gefolgt und haben einige Male unser Lager angegriffen."

„Wir wissen es. Sie wollten sich auch mit uns anlegen, doch wir haben sie im Kampf besiegt."

„Sind alle tot?", wollte Siegbert wissen.

„Wenige haben überlebt und konnten fliehen. Ein paar von ihnen führen wir als Gefangene mit. Mein

König wird sich wundern, wie weit die Franken auf unser Gebiet vorgedrungen sind", sagte Audoin.

Amalafreds Trupp hatte den Hügel erreicht und begeistert riefen die Krieger den Namen von Siegbert aus.

„Ich sehe, ihr habt mich nicht vergessen", sprach er gerührt und winkte ihnen mit der Hand zur Begrüßung zu. Er ritt die Reihen der Krieger ab und erkannte manchen der früheren Kampfgefährten. Am Ende standen die besiegten Frankenkrieger. Sie waren in Ketten gelegt. Unter ihnen befand sich Bodo. Siegbert ging auf ihn zu und sah ihm in die Augen.

„Kennst du ihn?", fragte Amalafred.

„Ich bin mir nicht sicher", log Siegbert und wandte sich von dem Gefangenen ab.

„Audoin wird sie in Carnuntum befragen."

„Die sehen nicht aus, als würden sie etwas verraten", vermutete Siegbert.

„Sie werden reden. Ich habe Männer, die von jedem das herausbekommen, was sie wissen wollen", prahlte Audoin.

„Die werden nichts sagen, eher bringen sie sich gegenseitig um. Ich hatte zwei von ihnen gefangen", sagte Siegbert.

„Waren das die beiden, die wir am Weg gefunden haben?"

„Ja! Der eine hatte geplaudert und sein Kamerad hat ihn deswegen mit der Kette erdrosselt."

„Dann werden wir die Gefangenen lieber weit genug auseinanderhalten. Kettet sie im Lager um. Sie sollen sich nicht zu nah kommen!", wies Audoin die Bewacher an.

Lange hielten sie sich nicht in der Siedlung auf und zogen gemeinsam weiter. Siegbert sandte einen Meldereiter zu seinem Tross und trug ihm auf, dass sie den

Lagerplatz für Amalafred und seine Leute erweitern sollten.

Audoins Männer hatten ab jetzt die Führung übernommen. Sie kannten sich in der Gegend gut aus, da viele von ihnen hier aufgewachsen waren.

Kurz vor Erreichen des Lagers hörte es auf zu schneien. Die Feuer der Bauern waren von weitem zu erkennen und erleichterten die Orientierung in der Dunkelheit.

Begeistert wurde Amalafred und Audoin mit seinen Kriegern im Lager empfangen. Ihr Rastplatz war vorbereitet und Holz für die Feuer aufgeschichtet. Die Krieger bauten ihre leichten Zelte auf und versorgten die Pferde. Sie wurden von den Sippenältesten im Tross eingeladen, sich an ihre Lagerfeuer zu setzen und mit ihnen zu speisen. Eisenspieße mit Hammelkeulen hingen über der Glut und aus den Kesseln dampfte die Suppe. Tee wurde gereicht und wer noch etwas Met bei sich hatte, gab ihn hinein.

Die Anführer begaben sich in das große Zelt, das in der Mitte des Lagers aufgestellt war. Hildegard und die Meldereiter sorgten für Speisen und Getränke. Amalafred saß an der Stirnseite einer Tafel, die provisorisch aus Planken der Wagen zusammengesetzt wurde. Zu seiner Rechten hatte Siegbert und zu seiner Linken Audoin Platz genommen. Danach folgten nach Rang und Würde die anderen.

Gegrillte Lamm- und Ziegenkeulen wurden aufgetragen und ein jeder griff zu und zerteilte das Fleisch mit Messer und Händen.

„Wie ich sehe, seid ihr nicht am Verhungern", bemerkte Amalafred.

„Das Heu und Stroh ist uns fast ausgegangen, daher mussten wir viele Tiere schlachten. Somit haben wir ausreichend Fleisch."

„Dann geht es euch besser als uns. Wir sind lange ohne Tross unterwegs. Hafer und Heu für die Pferde haben wir noch, doch Fleisch ist rar geworden. Wir mussten bereits ein paar Packpferde schlachten", erzählte Amalafred.

„Die können wir dir leicht ersetzen. Die besten Zuchtpferde aus den Ställen deines Vaters haben wir gerettet und dir mitgebracht."

„Das ist eine freudige Überraschung. Wie seid ihr dazu gekommen?"

„Es ist eine lange Geschichte, die ich dir später erzählen werde. Sagt mir, wie kam es, dass ihr nach uns suchtet", wollte Siegbert wissen.

„Gottlieb, dem Schreiber von Hartwig, habt ihr das zu verdanken. Er erreichte Vindobona kurz nach der Wintersonnenwende. Wir sind gleich losgeritten, um euch zu suchen."

„Darüber sind wir froh und dankbar. Wenn es zum Kampf mit den Franken gekommen wäre, hätten wir große Verluste hinnehmen müssen."

„Das denke ich auch. Drei meiner Krieger wurden getötet und ein paar sind verletzt worden", berichtete Audoin.

„Was war passiert?"

„Wir trafen mit einem kleinen fränkischen Spähtrupp zusammen und haben die Männer gefangengenommen. Sie wurden verhört und erzählten uns von der halben Hundertschaft, die euch vernichten soll."

„Warum wollten sie das tun? Die Franken haben uns doch aus Thüringen fortziehen lassen."

„Chlothar hat bestimmt im Alleingang gehandelt. Er wollte nicht, dass König Wacho Verstärkung für sein Heer bekommt."

„Beabsichtigt er, die Langobarden anzugreifen?"

„Das wissen wir nicht. Ihm ist alles zuzutrauen."

„Wie konntet ihr sie besiegen?", fragte Siegbert den Prinzen.

„Wir lockten sie in einen Hinterhalt und töteten die meisten mit unseren Pfeilen. Wenige von ihnen konnten fliehen und den Rest nahmen wir gefangen. Es sind zähe Burschen, die gut mit Waffen umgehen können."

„Was ist mit ihren Toten?"

„Die haben wir liegen lassen. Die Krähen und Wölfe werden sich um sie kümmern."

Amalafred erzählte weitere Einzelheiten von dem Kampf. Sein Hass gegen die Frankenkrieger war stark. Sie hatten seinen Vater getötet und ihm das königliche Erbe entrissen. Wenn Audoin ihn nicht zurückgehalten hätte, gäbe es keinen fränkischen Gefangenen. Der Langobardenfürst brauchte sie jedoch als Beweis für die Falschheit der Merowinger. König Wacho glaubte noch an ein Bündnis mit den Franken. Es ging um die Verheiratung seiner ältesten Tochter mit König Theudebert. Diese Ehe war ihm versprochen worden.

Siegbert spendierte den letzten Met, den er von seinem Bruder Harald erhalten hatte. Bis spät nach Mitternacht saßen sie zusammen, aßen und tranken und erzählten sich Geschichten. Wen der Schlaf übermannte, der blieb an der Stelle liegen, wo er gezecht hatte.

Lautstarkes Treiben im Lager weckte Siegbert. Schlaftrunken stieg er über die am Boden liegenden Anführer und schlug das Fell am Eingang zur Seite. Es war ein schöner Morgen. Die Sonnenstrahlen drangen zaghaft durch die dunklen Wolken. Die Oberfläche der Schneedecke glitzerte wie ein silbernes Tuch. Am Vorabend hatte Amalafred einen Ruhetag angeordnet. Einige Frauen bereiteten das Frühstück zu. Sie hatten die Kessel über die Gluthaufen der Lagerfeuer gestellt und rührten fleißig den Brei.

Das durch den Eingang hereinfallende Licht hatte die Männer im Zelt geweckt. Sie streckten ihre Glieder und machten sich durch allerlei Geräusche bemerkbar.

Audoin und Amalafred kamen zu Siegbert, der vor dem Zelt stand und dem emsigen Treiben im Lager zusah.

„Wollt ihr mich bei meinem Rundgang begleiten?", fragte Siegbert.

Sie willigten ein und folgten ihm.

„Man sieht den Jungkriegern nicht an, dass sie große Strapazen hinter sich haben", bemerkte Amalafred.

„Die sind an das raue Leben bei den Rebellen im Thüringer Wald gewöhnt."

Die jungen Männer begrüßten freundlich die Ankommenden und der eine oder andere wechselten ein paar Worte mit Siegbert.

Sie erreichten die Zelte der Siedler. Einer forderte sie auf, mit ihnen zu essen. Die Anführer nahmen die Einladung an und fragten nach dem Befinden. Der Sippenvorstand dankte Siegbert, dass er ihm die Jungkrieger beigestellt hatte, die ihnen beim Vorankommen halfen. Dann klagte er über das ausgehende Futter für die Tiere. Bald mussten sie die Ochsen schlachten und ihre Gerätschaften mit den Wagen zurücklassen oder selbst hinter sich herziehen. Diese Sorgen hatten auch die übrigen Bauern, zu denen sie kamen.

Die Anführer berieten.

„Es sind mit den Ochsengespannen noch vierzehn Tage, bis wir die Donau erreichen. Das Futter für die Tiere reicht nicht aus", erklärte Audoin.

„Auf die Zuchtpferde will ich nicht verzichten, eher opfere ich die Ochsen", entgegnete Amalafred.

„Ohne die Zugtiere kommen die Siedler nicht weiter, oder sie müssen alle ihre Habe zurücklassen", sagte Siegbert.

„Das ist immer noch besser als die Pferde zu töten", beharrte Amalafred.

Siegbert taten die Siedler leid, die sich die ganze Strecke gut und tapfer verhalten hatten. Für sie war ihre Habe wichtig für den Neuanfang in der Fremde. Er hatte eine Idee.

„Audoin sagte, dass wir mit dem Tross vierzehn Tage bis zur Donau benötigen. Die Pferde allein sind jedoch dreimal so schnell wie die Ochsen."

Audoin nickte.

„Was willst du damit sagen?", unterbrach ihn Amalafred.

„Wenn die Jungkrieger mit den Pferden vorausreiten, dann könnten sie den Großteil des verbleibenden Futters, den Ochsen überlassen. Es brauchte kein Tier mehr geschlachtet werden. Audoin kann inzwischen König Wacho bitten, für die Siedler gutes Land zur Verfügung zu stellen und du, Amalafred, besorgst genügend Boote und Schiffe für die Donauüberfahrt."

Der Vorschlag gefiel dem Prinzen und er verkündete ihn den Truppführern und Sippenältesten.

Am nächsten Morgen ritten Audoin und Amalafred zeitig mit den Jungkriegern und Zuchtpferden aus dem Lager. Sie hatten nur Futter für fünf Tage bei sich und hofften ohne Hindernisse bis Vindobona zu kommen. Das restliche Futter wurde auf die Ochsengespanne aufgeteilt. Audoin ließ einen Teil seiner Langobarden-krieger zur Bewachung des Trosses zurück. Hinzu kamen die Jungkrieger, die den Wagen der Siedler zugeteilt wurden. Siegbert sorgte sich nicht um die geringe Zahl, da die Bedrohung durch die Franken wegfiel.

Nach den Reitern verließen die Gespanne das Lager. Schon nach kurzer Zeit waren Amalafred und Audoin mit den berittenen Kriegern und Packpferden nicht mehr zu sehen. Langsam zog der Tross dahin und Siegbert dachte daran, wie schlimm es wäre, wenn sie kurz vor dem Ziel alle Ochsen und Wagen verloren hätten. Die Bauern würden ihm das niemals verzeihen.

Einige Langobardenkrieger ritten an der Spitze. Sie folgten nicht immer der Spur der Pferde, da sie manche Unebenheit im Gelände umgehen mussten. Trotzdem fühlte sich Siegbert sicher und ließ sie gewähren. Es war eine große Erleichterung für ihn, dass er nicht mehr die Verantwortung für die Wahl des richtigen Weges hatte. Jetzt erst erkannte er, wie ihn diese Aufgabe belastete.

Die Gefangenen waren einzeln an die Wagen angekettet worden und von je einem berittenen Langobarden bewacht. Der Abstand zwischen den Wagen war groß genug, dass sie sich nicht nahekommen konnten. Audoin hatte seinen Kriegern eingeschärft, dass die Frankenkrieger unversehrt zu ihm nach Carnuntum gebracht werden sollten.

Siegbert kam an Bodo vorbei. Er blieb kurz stehen und ihre Blicke trafen sich. Wer war der Sklave wirklich, dem es gelang, sein Vertrauen zu erlangen. Hass und Abscheu empfand er für ihn.

Ohne ein Wort zu sagen, ritt er weiter.

Am Ende der Kolonne bildeten nur zwei Langobarden die Nachhut. Immer wieder sahen sie nach hinten, ob sie eventuell verfolgt wurden.

„Vermutet ihr eine Gefahr?", wollte Siegbert wissen.

„Es ist besser, sich zu vergewissern. Wir kommen jetzt in besiedeltes Gebiet. Hier könnten slawische Räuberbanden unterwegs sein."

„Macht mir keine Angst Männer!", sagte der Rebellenführer scherzhaft.

„Es stimmt Herr! Im Norden unseres Reiches sind die meisten Bauern ausgewandert. Die slawischen Räuber dringen weiter in unser Reich vor und überfallen die Siedlungen nördlich der Donau. Sie könnten uns angreifen."

„Sollen sie nur kommen, wir sind stark genug, um uns zu wehren. Wie ist das Wetter in Carnuntum?"

„Die Sonne lässt sich jetzt öfter sehen. Viele Bauern haben ihre Siedlungen verlassen, weil nicht mehr genügend auf ihren Feldern wuchs."

„Wo sind sie hin?"

„Weit in den Süden unseres Reichs. König Wacho hat ihnen Land in den eroberten Gebieten gegeben. Es gehörte den Ostgoten, doch die haben sich zurückgezogen."

„Was ist mit Noricum, dass sich der König mit den Franken geteilt hat?"

„Dort will keiner hin. Das Grenzgebiet zu den Franken ist den Bauern zu unsicher. Einige sind weiter nach Westen abgewandert, in das fränkische Raetien. Es soll dort jedoch das Wetter nicht viel besser sein als an der oberen Elbe."

„Stammst du aus dieser Gegend?"

„Ja, doch meine Sippe lebt nun im Süden an der ostgotischen Grenze."

278

„Von Carnuntum ist es sehr weit bis dorthin. Du wirst sie selten sehen."

„Einmal im Jahr besuche ich sie und auch meine Braut."

„Du hast also eine Braut. Willst du bald heiraten?"

„Wenn ich noch drei Jahre im Heer diene und genügend Beute mache, habe ich genug zusammengespart, um mir einen eigenen Hof kaufen zu können. Danach darf ich heiraten."

Die Zeit verging durch das Erzählen schneller.

Sie kamen an der ersten Siedlung vorbei, aus deren Schilfdächern weißer Rauch quoll. Siegbert ritt mit dem Anführer der Langobarden hin und fragte, ob sie ihm Heu verkaufen würden. Der Sippenälteste zeigte ihnen die leeren Scheunen.

„Wir haben selbst nicht genug Futter für unsere Tiere. Die Ernte war im letzten Jahr schlecht und viele Bauern sind von hier weggezogen. Wo wollt ihr hin?"

„An die Donau nach Vindobona."

„Es wird dort nicht anders sein als bei uns. Der Regen hatte im letzten Jahr die Äcker versumpfen lassen und die Sonne zeigte sich nur selten."

„Wo wir herkommen hat sie gar nicht mehr geschienen."

„Seid ihr Slawen?"

„Nein, Thüringer!"

„In unserer Siedlung lebt auch einer von eurem Stamm. Er kam vor zwei Jahren hierher und hat eine Familie gegründet."

„Kann ich ihn sprechen?", fragte Siegbert.

„Er ist in Carnuntum und dient im Heer des Prinzen Amalafred."

Siegbert verabschiedete sich von dem Sippenältesten und ritt zu seinen Leuten zurück. Ihm gingen die Worte des Mannes nicht aus dem Sinn. Was wäre, wenn das Wetter an der Donau nicht viel anders als in Thüringen ist? An diese Möglichkeit hatte er noch nicht gedacht. Wie groß wäre die Enttäuschung der Menschen, die ihm gefolgt waren. Ihre Notlage wäre in dem fremden Land größer als in der Heimat. Sie würden ihm die Schuld geben. Er hatte sie hierher geführt.

Am Ufer eines großen Sees fanden sie einen geeigneten Platz für das Lager. Ein paar Männer schlugen Löcher in die Eisdecke und legten Angelschnüre mit Ködern aus. Sie hatten Erfolg und verteilten die Fische im Lager.

Der Rebellenführer saß mit seinen Meldereitern und den Langobardenkriegern am Lagerfeuer und sie unterhielten sich. Hildegard kochte Fischsuppe, die fein gewürzt, aus dem Kessel duftete. Nach dem Essen begleitete Siegbert Hildegard zu den Gefangenen, die an die Wagen gekettet waren. Er kontrollierte die Halsgeige und sah zu, wie die Frau die Franken fütterte. Die Langobarden überprüften danach die Verankerung der Kette an dem Wagenholm.

Es war nicht mehr genügend Suppe in dem Eimer. Hildegard lief zum Lagerfeuer zurück, um neue zu holen. Siegbert ging zum letzten Gefangenen. Es war Bodo. Verwahrlost kauerte sein ehemaliger Sklave am Boden und sah verängstigt zu seinem früheren Herrn auf.

„Warum hast du das getan? Du warst mir ein Freund und hast mich bitter hintergangen."

„Ich musste es tun, ich bin ein Krieger."

„Du warst als Sklave ein Geschenk an meinen Bruder."

„Ich sollte deinen Bruder ausspionieren, welche Kontakte er zu den Rebellen hat und ob er weiß, wo sich der Königsschatz befindet. Es war nicht vorgesehen, dass er mich an dich abgibt."

„Jetzt weißt du, dass ich der Rebellenführer bin. Warum hast du mich nicht gleich getötet? Gelegenheit hattest du dazu."

„Das war nicht mein Auftrag."

„Wem dienst du?"

„Du weißt es doch, König Chlothar!"

„Warum hast du meine Schwägerin umgebracht?"

„Ich habe es nicht getan!"

„Du warst der Letzte, der bei ihr war, du Schuft!"
Hildegard kam mit dem halbvollen Eimer zurück und fütterte Bodo.

„Wenn es nach mir ginge, würde er nichts bekommen", sagte Siegbert verbittert.

„Er war doch einst dein Freund", entgegnete sie.

„Bei Hel soll er schmoren, der Mörder von Dagmar."

Siegbert lief zurück zum Lagerplatz. Gedankenversunken sah er in die lodernden Flammen und überlegte, wie er sich Bodo gegenüber verhalten sollte. Er war davon überzeugt, dass er seine Schwippschwägerin erstochen hatte und deshalb musste er ihn töten. Vielleicht sollte er Audoin bitten, ihm den Gefangenen zu überlassen. Siegbert wollte ihn tot sehen. Möglicherweise würde Bodo die Befragung durch die Langobardenkrieger nicht überleben. Seiner Rache wäre dann genüge getan.

Der Rebellenführer ging in sein Zelt und legte sich schlafen. Er musste ständig an Bodo denken. Was wäre, wenn König Wacho alle Gefangenen freilassen würde? Wie sollte er sich dann noch an ihm rächen können? Gegenüber seinem Bruder Hartwig und dessen Schwiegervater war er verpflichtet zu handeln. Es war für ihn eine Frage der Gerechtigkeit und Ehre. Siegbert kam zu dem Schluss, dass es besser wäre, wenn Bodo Carnuntum nicht lebend erreichte.

Die Nacht verlief ruhig. Im Morgengrauen war Lärm im Lager zu hören. Ein Signalhorn ertönte, wie bei einem Angriff. Was war passiert?

Siegbert warf sein Wolfsfell über die Schulter, griff nach dem Schwert und trat aus dem Zelt. Im Halbdunkel sprangen schattenartige Gestalten, wild umher. Ein Meldereiter berichtete, dass einer der Gefangenen in der Nacht geflohen war und die Krieger ausschwärmten, um ihn einzufangen.

Siegbert ging zu den Wagen. Bodo war entkommen.

„Wo ist sein Bewacher?"

„Den hat der Gefangene zu Boden geschlagen. Bewusstlos lag er im Schnee und ist erst jetzt wieder aufgewacht."

„Wo kann ich ihn finden?"

Der Meldereiter führte den Rebellenführer zu der Stelle, wo der niedergeschlagene Langobardenkrieger am Boden lag. Der Mann flehte Siegbert an, den Gefangenen aufzuspüren und zurückzubringen, da ihn sonst sein Herr hart bestrafen würde.

„Wie ist es passiert?"

„Das weiß ich nicht. Ich sah den Gefangenen an den Ketten ziehen und forderte ihn auf, Ruhe zu geben. Er hörte nicht auf mich. Ich wollte ihm ein paar Stockschläge verpassen. Bevor ich mich versah, sprang er hoch und versetzte mir mit der Halsgeige einen Hieb gegen den Kopf. Ich kann mich danach an nichts mehr erinnern. Als ich aufwachte schrie ich um Hilfe. Da war er schon weg."

„Mit seiner Handfessel kommt er nicht weit", beruhigte ihn der Rebellenführer.

Siegbert ging zurück zu dem Wagen, an den Bodo angekettet war. Ein Meldereiter kam zu ihm.

„Das Halseisen liegt neben dem Wagen. Der Gefangene hat den Verschluss geöffnet und bewaffnet ist er auch. Er hat dem Bewacher sein Messer und Schwert abgenommen", berichtete er.

„Wenn er Waffen besitzt, könnt ihr ihn töten. Es ist wichtig, dass er nicht davon kommt."

Siegbert sah sich nochmals die Stelle an, wo Bodo angekettet war. Die geöffnete Halsgeige lag am Boden und der Splint, der sie zusammenhielt, fehlte. Wie war es möglich, dass ein Gefangener den herausziehen konnte? Hatte ihm jemand geholfen?

Andere Gefangene kamen nicht an ihn heran. Sie waren zu weit voneinander angekettet. Eine Klärung war im Moment nicht möglich. Der Rebellenführer begab sich selbst auf die Suche nach dem Entflohenen.

Das Umfeld hatten die Krieger, mit Fackeln in der Hand, gründlich abgesucht. Es gab keine Spur, die aus dem Lager führte.

Der Gefangene konnte nur auf dem Weg entkommen sein, den die Kolonne entlang gezogen war. Dort nach einer einzelnen Spur zu suchen war unmöglich.

Als es hell wurde, zogen sie unverrichteter Dinge weiter. Bodo war entkommen. Ob er jedoch ohne Proviant überleben konnte, war fraglich.

Nach mehreren Tagen erreichten sie das Donaudelta bei Vindobona. Der Fluss war in viele Seitenarme geteilt. Die meisten hatten jetzt im Winter eine tragfähige Eisdecke. Nur der Hauptstrom war noch offen. Hier benötigten sie Boote, um ans andere Ufer zu gelangen.

Amalafred hatte gut vorgesorgt. Mehrere Schiffe lagen vertäut am Ufer und auf dem provisorischen Lagerplatz waren Futterraufen mit Heu für die Ochsen und Pferde aufgestellt worden.

Die Langobardenkrieger bereiteten ein Boot für die Überfahrt vor. Sie brachten Siegbert und die Gefangenen auf die andere Seite des Flusses. Wegen der starken Strömung wurde das Schiff weit abgetrieben. Knechte zogen es am anderen Ufer mit Ochsengespannen flussaufwärts zur Anlegestelle.

Die fränkischen Gefangenen wurden in Käfige gesperrt und auf Karren nach Carnuntum gebracht. Der Rebellenführer ritt weiter nach Vindobona, dem ehemaligen römischen Legionslager. Von der Befestigung des Lagers standen nur noch wenige Grundmauern. Nach dem Abzug der Römer, dem Hunnensturm, dem großen Brand und einem verheerenden Erdbeben waren nur wenige Gebäude erhalten geblieben. Deutlich erhoben sich die neuen Schilfdächer der Langhäuser für die Thüringer Krieger, die mit der Königin vor zwei Jahren hier ankamen. Amalaberga war damals nur mit einem kleinen Gefolge nach Ravenna weitergereist. Mehrere Hundertschaften ihrer Jungkrieger blieben hier und kämpften seitdem unter der Führung des Prinzen Amalafred im Heer des Langobardenkönigs Wacho. Er war der Schwippschwager der Thüringer Königin und sein Reich dehnte sich durch seine kluge Politik immer weiter aus. Für die Heerzüge brauchte er Krieger und da waren ihm die Thüringer sehr willkommen.

Siegbert fand Amalafred in dem Verwaltungsgebäude, einem großen Steinhaus inmitten der Siedlung. Der Prinz war erfreut, dass der Tross gut angekommen war. Für die Jungkrieger standen genügend provisorische Hütten und Langhäuser zur Verfügung. Schon bevor er mit Audoin den Rebellen entgegengeritten war, wies er die Neubauten an.

„Hast du Hunger? Wollen wir zusammen essen?"

„Ich will mir zuerst die Unterkünfte für die Jungkrieger und Siedler ansehen."

„Von mir aus gern! Gehen wir zu den Langhäusern für die Jungkrieger. Sie stehen nicht weit von denen unserer Männer entfernt."

Amalafred ging voran. Sie schritten über die breite Straße, die für den Aufmarsch der Krieger vorgesehen war und kamen zu einem Bauplatz, auf dem mehrere Langhäuser errichtet wurden.

„Sehe dich nicht genau um! Zum Aufräumen hatten die Leute noch keine Zeit. Bis zum Frühjahr wird es hier aussehen, wie bei den Alteingesessenen."

Die Rebellenkrieger, die mit Amalafred vorausgeritten waren, winkten ihm zu.

„Wie geht es euch? Seid ihr mit eurer Unterkunft zufrieden?", fragte Siegbert.

„Wir haben ein Dach über dem Kopf und Essen, was wollen wir mehr. Alles andere ergibt sich im Nachhinein", sagte ihm einer seiner Männer.

Die Anführer gingen weiter. Die letzten Schilfdächer wurden von den Handwerkern fertig gestellt.

„Hier werden die Jungkrieger wohnen, die noch bei den Wagen im Tross sind."

„Wo können die Siedler bleiben?", wollte Siegbert wissen.

„Für die Handwerker haben wir kleine provisorische Hütten hinter den Langhäusern aufgestellt und die Bauern lagern in ihren Zelten außerhalb des Legionslagers. In ein paar Tagen wird ihnen König Wacho Land zuweisen. Sie können sich dann auf ihrem eigenen Boden selbst eine Behausung bauen."

„Ich sehe, du hast an alles gedacht. Dafür danke ich dir", sagte Siegbert und klopfte seinem Freund Amalafred freundschaftlich auf die Schulter.

„Dir muss ich danken, dass du viele Jungkrieger mitgebracht hast. König Wacho braucht jeden Mann für seinen nächsten Heerzug im Süden. Du weißt, welche Beute wir da machen. Wenn du mit unseren Männern sprichst, wirst du nur Gutes hören."

„Was wird deine Mutter sagen, wenn sie erfährt, dass ich in Thüringen den Kampf gegen die Franken aufgegeben habe. Vielleicht tadelt sie mich?"

Amalafred schüttelte den Kopf.

„Ich denke, sie sieht es, wie ich. Du hast viele Menschen vor dem Hungertod in der Heimat gerettet und was den Kampf gegen unsere Feinde in Thüringen angeht, wachsen neue Rebellen heran. Sei unbesorgt, du hast richtig entschieden."

Siegbert war erleichtert über die klare Aussage des Prinzen und hoffte, dass seine Mutter es ähnlich sah.

Amalafred und Siegbert gingen zu einem der leeren Langhäuser. Sie waren alle gleich aufgebaut und ausgestattet.

„Die Behausungen sind viel besser als bei uns in den Rebellenlagern", stellte Siegbert fest.

„Es war bestimmt eine schwere Zeit. Davon musst du mir heute Abend beim Essen berichten", bat ihn Amalafred.

„Wenn es dich nicht langweilt, erzähle ich dir gern davon."

„Natürlich interessiert mich alles aus der Heimat. Gottlieb und deine Schwippschwägerin Hedwig werden dabei sein. Sie berichteten mir vieles, doch zum Rebellenleben konnten sie nichts sagen."

„Sollte ich nicht lieber bei meinen Leuten am anderen Donauufer im Lager sein, bis alle über den Fluss gebracht sind", gab Siegbert zu bedenken.

„Das ist nicht nötig. Darum kümmern sich die Langobarden, die Erfahrung haben, gefährliche Flüsse zu überqueren. Du würdest dabei nur stören."

Der Rebellenführer sah ein, dass er nicht viel helfen konnte. Ihm ging es jedoch darum, dass er den Aussiedlern Sicherheit in der neuen Heimat durch seine Anwesenheit vermitteln wollte.

„Ich komme mir vor als verließe ich das Schlachtfeld, bevor der Kampf beendet ist. Bitte verstehe mich nicht falsch, aber ich möchte bis zuletzt bei den Leuten sein. Erst wenn der letzte Thüringer Vindobona erreicht hat, bin ich beruhigt", erwiderte Siegbert.

„Wenn du es nicht lassen kannst, will ich dich nicht abhalten. Du ziehst das Zeltlager einem weichen Bett und römischen Bad vor. Das verstehe ich nicht. Aber du warst schon früher störrisch, wie ein Ochse. Ich weiß, dass ich dich nicht umstimmen kann."

Siegbert sah den Prinzen an und lächelte. Beide empfanden es schön, dass ihre Freundschaft über die Jahre der Trennung gehalten hat. Sie kannten und respektierten die Eigenheiten des anderen. Die Wiedersehensfeier musste noch ein paar Tage warten und vielleicht würde Audoin mit dabei sein können.

Siegbert ritt zurück zur Anlegestelle und ließ sich mit einem Boot über die Donau setzen. Am anderen Ufer befand sich das ungesicherte provisorische Lager. Das Übersetzen der Wagen hatte noch nicht begonnen. Langobardische Beamte waren gekommen und erfassten alle Personen und ihre Habe. Die Listen sollten dazu dienen, das zukünftige Quartier oder den Lagerplatz am

Zielort auszuwählen. Alles war gut organisiert und jeder hatte sich an die Anordnungen zu halten.

Die Jungkrieger überquerten als erste mit den Booten den Strom. Sie sollten am gegenüberliegenden Ufer ein ähnlich großes provisorisches Lager errichten. Erst wenn alle den Fluss überquert hatten, würden sie geschlossen auf der Römerstraße nach Vindobona entlang ziehen. Die Stadt war nur eine halbe Tagesreise entfernt und es sollte ein großer Empfang durch den Prinzen Amalafred stattfinden. In vorgegebener Reihenfolge begann die Überquerung des Flusses. Die Nummern in den Listen bestimmten, wer als nächstes mit dem Fährboot über den Fluss setzte. Manche hatten wegen der starken Strömung große Angst. Unbeschadet gelangten sie ans andere Ufer. Sie dankten Thor, dass er sie auf dem beschwerlichen Weg beschützt hatte und opferten ihm am nächtlichen Lagerfeuer von den Speisen, die sie zu sich nahmen.

Siegbert ging in gewohnter Weise von einer Feuerstelle zur anderen und fragte nach dem Befinden. Wo er auftauchte, wurde er freundlich angesprochen. Der Rebellenführer erklärte ihnen, was es mit den Nummern auf sich hatte. Viele kannten diese Zeichen nicht, da sie weder Schreiben noch Lesen gelernt hatten. Er sagte Hildegard und den Meldereitern, dass sein Wagen als letzter das Lager verlassen würde. Bis dahin wollte er bei ihnen bleiben. Die Jungkrieger wollten wissen, wie es mit ihnen in Vindobona weitergehen würde. Sie hatten gehört, dass sie sich in den Unterkünften selbst versorgen mussten oder in der Gemeinschaftsküche essen konnten.

Hildegard fühlte sich allein und war traurig. Man sah es ihr an. Die Waisenkinder lebten nun in den Familien der Siedler. Hildegard sah keine Aufgabe mehr für sich und war darüber unzufrieden. Sie fragte Siegbert, ob sie ihm dienen durfte, für ihn waschen und Essen kochen, wie sie es auf der Reise getan hatte.

„Natürlich kannst du bei mir bleiben", sicherte er ihr zu und Hildegards Gesicht heiterte sich auf.

Das Übersetzen der Wagen und Ochsengespanne war nicht ungefährlich. Die Bootsleute zurrten die Wagen mit Seilen fest und banden die Ochsen mit Stricken an die Holme. Wenn ein Boot das jenseitige Ufer erreichte, wurde laut gejubelt.

Bei einer Fahrt am späten Nachmittag war ein Seil nicht richtig verknotet und ein Wagen löste sich auf dem Schiffsdeck. Panik brach aus. Das Boot hatte die Mitte des Flusses erreicht. Die Ochsen, die auf Deck waren, rissen sich los und sprangen ins Wasser. Die Strömung trieb sie weg und nach kurzer Zeit tauchten sie unter. Ein Mann ging mit über Bord und ertrank. Es war der hagere, alte Priester, der seinen Tod vorausgesehen hatte. Denen, die das Geschehen auf dem Boot mit ansahen, stand die Angst ins Gesicht geschrieben.

Nach dem Essen ging Siegbert zu den Feuerstellen und versuchte die Leute zu beruhigen. Trotzdem gab es einige, die ihren Fuß auf kein Boot setzen wollten. Der Rebellenführer sicherte ihnen zu, dass sie in dem Lager am nordseitigen Donauufer bleiben konnten. Er hoffte, dass sie sich irgendwann besinnen und genügend Mut aufbringen würden, um später überzusetzen. Zwingen wollte er sie nicht. Vor den Gefahren nach dem einsetzenden Tauwetter und der möglichen Überschwemmung des Lagerplatzes warnte er. Viele der Inseln zwischen den Donaukanälen waren im Frühjahr überschwemmt und bei Hochwasser würde sich kein Boot mehr auf den Fluss hinaus wagen.

Betrübt und voller Sorge verbrachten die Unentschlossenen die Nacht in ihren Zelten. Am Morgen entschieden sie sich, doch in die Boote zu steigen. Die Angst vor dem unkontrollierbaren Hochwasser war größer als bei der Überfahrt in den Fluss zu stürzen.

Als Letzter überquerte Siegbert mit seinem Wagen den Hauptstrom der Donau. Hildegard zitterte wie Espenlaub. Am Bootsrand gab es hölzerne Griffleisten, die auf Stützen montiert waren. An ihnen konnte sie sich festhalten. Ihr schien das nicht sicher genug, wie es sich bei dem Boot mit dem Priester zeigte. Wenn sich der Wagen von den Seilen lösen würde, gäbe es nichts, was ihn aufhalten könnte, ins Wasser zu stürzen und sie würde ertrinken. Siegbert versuchte die Frau zu beruhigen.

„Sieh zum anderen Ufer und nicht ins Wasser!", riet er ihr.

Er stand bei den Pferden und beruhigte die Tiere. Die Seile, die den Wagen auf dem Schiffsdeck festhielten, waren straff gespannt und ihre Knoten schienen sicher.

Ein gewaltiger Stoß erschütterte das Boot. Hildegard kreischte auf.

Was war das?

Ein Baumstamm, der im Fluss schwamm, hatte das Schiff gerammt und ein Leck in die Planke gerissen. Wasser drang in das Boot und die Meldereiter schöpften es unermüdlich mit Eimern aus. Die langobardischen Fährleute ruderten mit höchster Anstrengung, um bald ans jenseitige Ufer zu gelangen.

Das Boot trieb ab und kam erst weit flussabwärts ans andere Ufer. Einer der Bootsleute vertäute es an einem Baumstamm. Glücklich verließen sie den beschädigten Kahn und Hildegard schwor, nie wieder ihren Fuß auf ein Schiffsdeck zu setzen.

Die Menschen im Lager glaubten, dass das Boot weiter donauabwärts untergegangen war. Sie hatten vom Ufer gesehen, wie der Stamm ein Leck in den Bootskörper geschlagen hatte und dass die Meldereiter vergebens versuchten, das eindringende Wasser auszuschöpfen. Kurze Zeit später war für sie das Boot außer Sichtweite. Die Freude war groß als ihnen der Rebellenführer am Ufer entgegengeritten kam. Er wurde von allen hochgejubelt und gefeiert.

Die Überfahrt war beendet. Am Ufer der Donau, in Höhe des Anlegeplatzes, hatten die Jungkrieger und Bauern mehrere Holzstapel aufgeschichtet. Abends sollte die Totenfeier abgehalten und den Göttern für die Hilfe auf dem langen Weg vom Elbtor bis nach Vindobona gedankt werden. Auf die Holzstapel wurden die mitgeführten Leichen gelegt. Die Menschen waren unterwegs gestorben und ihre Angehörigen wollten sie erst am Ankunftsort feierlich verbrennen. Es war eine große Totenfeier, bei der auch Prinz Amalafred teilnahm. Germanische Priester, die mit der Königin nach Vindobona geflohen waren, vollzogen die Zeremonien.

Für den Priester, der kurz vor dem Ziel in der Donau ertrank, wurde symbolisch ein eigener Holzstoß angezündet. Symbolisch befand sich obenauf ein leeres Holzschiff. Die Leiche des Mannes konnte nicht geborgen werden. Viele Menschen suchten nach dem Unglück flussabwärts nach ihm.

Siegbert hielt vor der Verbrennung eine kurze Ansprache, in der er der Toten gedachte und an die Mühen erinnerte, die alle tapfer auf sich nahmen. Schafe und Ziegen wurden geopfert und das Fleisch der Tiere nach der Zeremonie verspeist. Es gab keinen Sippenverband, der nicht zumindest einen Angehörigen betrauerte. Der Gedanke an die Hungersnot ließ sie hoffnungsvoll in die

Zukunft blicken. Siegbert tröstete die Trauernden und versprach ihnen, alles zu tun was in seiner Macht stände, um ihnen einen erfolgreichen Neubeginn zu ermöglichen. Das Land, westlich von Vindobona im Tullnerfeld war fruchtbar. Es versprach gute Ernten. Siegbert hoffte, dass der Langobardenkönig Wacho den Thüringer Bauern dieses Land zuwies. Die Jungkrieger sollten im ehemaligen Legionslager Vindobona bleiben, dort konnten sie ihre Kampftechniken üben und sich auf die Heerzüge im Frühjahr und Sommer vorbereiten. Die Hoffnung war groß, in den illyrischen Gebieten Beute zu machen. Die Ziele der Jungkrieger waren nun andere. Auf den Heerzügen der Langobarden konnten sie zu genügend Reichtum gelangen, um sich eine eigene Existenz aufbauen zu können.

Die Totenfeier zog sich bis spät in die Nacht hinein.

Am nächsten Tag ließ Siegbert ein Thing abhalten. Er wollte allen erklären, wie die provisorische Unterbringung geregelt wurde. Bis sie neues Land zugewiesen bekämen, sollten sie in den nächsten Wochen mit ihren Angehörigen in den ehemaligen römischen Zivilstädten von Vindobona leben. Nicht alle würden ein festes Dach über dem Kopf haben und sich mit dem Zelt, das ihnen auf der langen Reise gut diente, weiter auskommen müssen. Mit einem derart großen Tross an Bauern, den Familienangehörigen, Knechten, Mägden und Sklaven hatte niemand in Vindobona gerechnet.

Wie es in einer freien Versammlung immer wieder vorkam, gab es einzelne unzufriedene Männer, die ihren Unmut äußerten. Während der Reise waren sie still, doch kurz vor dem Ziel beklagten sie sich über die unzureichende Vorbereitung bei ihrer Ankunft. Einige hatten sich vorgestellt, dass sie gleich ihr neues Land in Besitz nehmen könnten und gaben Siegbert die Schuld, dass sie womöglich noch wochenlang in den Zelten ausharren mussten. Sie sagten frei heraus, dass sie mit seiner Führung nicht zufrieden seien. Einige waren auch verärgert, dass sie Tiere auf der Reise wegen Futtermangels schlachten mussten und nicht wussten, wie sie neu starten können. Es entbrannte eine heftige Diskussion zwischen denen, die Siegberts Leistungen anerkannten und den wenigen Nörglern. Der Rebellenführer hielt sich aus dem Streit heraus, obwohl es seine Person betraf. Siegbert ärgerte sich über sie. Keiner wurde gezwungen mitzukommen, niemand hatte sie gebeten, sich dem Tross anzuschließen. Das hatten sie vergessen. Manche glaubten in ein Land zu reisen, in dem Milch und Honig in Bächen floss. Das Wetter war an der Donau nicht viel besser als in Thüringen. Es regnete viel, doch es war etwas wärmer.

Die meisten Auswanderer standen hinter Siegbert. Sie freuten sich auf das versprochene Land und dankten ihm, dass er sie hierhergeführt hatte. Den Vorwurf, dass er für die vielen Toten auf der Reise verantwortlich wäre, wiesen sie zurück. Es waren hauptsächlich Alte, die betrauert wurden. Sie hatten die Strapazen der weiten Reise nicht überstanden. Manche wurden krank, doch niemand war verhungert.

Das Thing zog sich den ganzen Tag hin. Am Ende wurde ein Wortführer gewählt, der zukünftig Versammlungen einberufen und leiten sollte. Siegbert wurde dieses Amt angetragen, doch er lehnte ab.

Die Waisenkinder in den Rebellenlagern, die auf die Umsiedler aufgeteilt wurden, blieben bei den Familien, die sie während der Reise aufnahmen. Sie wurden adoptiert und in ihren Verband voll eingegliedert. Siegbert brauchte sich nicht weiter um sie kümmern.

Am nächsten Morgen wurde das provisorische Lager abgebrochen und die Reise nach Vindobona fortgesetzt. Es lag keine weitere Flussüberquerung oder ein anderes Hindernis vor ihnen.

Gegen Mittag kamen sie in Vindobona an.

In geordneter Formation zogen die Aussiedler auf der Römerstraße in die Stadt ein. Siegbert führte als Rebellenführer die Jungkrieger an. Ihnen folgte der endlos scheinende Tross der Bauern mit ihren Angehörigen. An den Straßenrändern standen viele Menschen und winkten ihnen zu. Die Begeisterung ebbte beim Vorbeiziehen des Trosses ab. Die Menschen sahen verarmt und elend aus. Viele Alteingesessene stellten sich die Frage, wie die vielen Fremden versorgt werden sollten.

In der Mitte des zerstörten Legionslagers stand noch der Hauptteil der ehemaligen römischen Principia. In dem Gebäude befanden sich die Räume für die Verwaltung und Wohnräume für Amalafred. Es war ein Steinbau, wie die Therme, die von der Zerstörung weitgehend verschont geblieben war.

Auf einem hohen Podest standen der Thüringer Prinz Amalafred und der Langobardenfürst Audoin. Sie begrüßten mit ihren Hauptleuten die Thüringer Jungkrieger. Für den gesamten Tross war nicht genügend Platz auf der römischen Paradestraße und dem Vorplatz. Der Großteil wartete auf der Römerstraße vor dem Tor. Nach den Ansprachen von Amalafred und Audoin endete die Begrüßungszeremonie. Verwaltungsbeamte wiesen den Neuankömmlingen ihren Platz zum Wohnen zu. Die Jungkrieger waren alle in den neu errichteten Langhäusern untergebracht. Die Handwerker kamen in provisorischen Hütten innerhalb der Stadt unter und die Bauern mussten außerhalb der verfallenen Schutzmauern des Legionslagers ihre Zelte aufstellen.

Sie erhielten ausreichend Getreide und Futter für die Tiere. Niemand musste hungern oder frieren. Holz zum Heizen gab es genügend in den Wäldern von Vindobona.

Siegbert traf nach der offiziellen Begrüßung seine Schwippschwägerin Hedwig. Sie stand mit Hartwigs Sekretär Gottlieb neben dem Podest. Er bedankte sich bei den Beiden für ihren Einsatz bei der Überbringung der Nachricht von Hartwig. Wenn sie nicht rechtzeitig Vindobona erreicht hätten, wäre das Unternehmen möglicherweise gescheitert. Die Verfolgung durch die Franken sah Siegbert als die größte Gefahr an. Amalafred und Audoin waren die Retter in der Not. Sie hatten Chlothars Krieger besiegen können.

Amalafred gab ein großes Festessen, zu dem neben den langobardischen Gästen auch die Hauptleute geladen waren. Siegbert beobachtete den Prinzen. Er führte sich wie ein Fürst auf. In den letzten Jahren hatte er die Gepflogenheiten der Langobarden angenommen und unterschied sich in seinem Aussehen und Gehabe kaum von ihnen. Der Zustrom von Jungkriegern für Wachos Heer war für ihn wichtig. Es sicherte seine Stellung und vermehrte den Anteil an der Kriegsbeute. Anders sah es mit den Leuten in dem Tross aus. Sie waren für ihn eine Belastung und kosteten viel Geld. Während des Festessens wurden sie mit keinem Wort erwähnt. Siegbert hatte das Gefühl, dass die Menschen aus dem Tross nicht willkommen waren. Mit Amalafred wollte er baldmöglichst darüber sprechen. Er war der Prinz und zukünftige König von Thüringen. Es waren seine Untertanen, um die er sich kümmern musste.

Am Ende des Festmahls ritt Audoin nach Carnuntum zurück. Er lud den engeren Kreis um Amalafred an der Tafel ein, ihn als seine Gäste zu begleiten. Der

Prinz, Hedwig und Gottlieb nahmen die Einladung an. Siegbert wollte in Vindobona bleiben. Er war der Ansicht, dass seine Anwesenheit bei den Menschen, die er nach Vindobona geführt hatte, wichtiger war. Der Langobardenfürst bedauerte es und bat ihn nachzukommen, wenn er seine Aufgaben in Vindobona als beendet ansah.

Ein Sklave von Amalafred brachte Siegbert in seine Kemenate im Verwaltungsgebäude. Dort ruhte er sich ein wenig aus. Er musste sich ein Bild verschaffen, wie die Jungkrieger und die Menschen aus dem Tross untergebracht waren. Langobardische Verwaltungsbeamte hatten sich um sie gekümmert. Er ritt in Begleitung des Verantwortlichen der langobardischen Verwaltung zu den Quartieren der Jungkrieger. Die Rebellen lebten in den Langhäusern, gemeinsam mit den Thüringern, die zusammen mit der Königin hierher kamen. Aus den Jungkriegern waren Krieger geworden, die an den regelmäßigen Beutezügen von König Wacho teilnahmen. Einige ihrer Kameraden hatten inzwischen eine eigene Familie gegründet und lebten in den Zivilstädten außerhalb Vindobonas. Wenn der König zum Heerzug aufrief, schlossen sie sich den Kriegern im Lager an. Siegbert war bei ihnen noch nicht in Vergessenheit geraten. Sie wollten von ihm wissen, wie es in der Heimat aussah. Erfreuliches konnte der Rebellenführer nicht berichten. Die Krieger hatten bereits nach Angehörigen im Tross gesucht. Manche fanden einen Verwandten. Bis zum Frühling konnten sie ihnen beim Aufbau einer Behausung helfen. Dann würde es wieder in den Süden nach Illyrien gehen. Alle freuten sich darauf und konnten es kaum erwarten. Siegbert hielt sich nicht lange bei ihnen auf. Er war zufrieden, dass seine Jungkrieger gut untergebracht waren und für sie gesorgt wurde.

Mit dem Verwaltungsbeamten ritt er weiter zu den Siedlungsplätzen vor der Stadt. Hier sah es wie im Zeltlager während der Reise aus. Es gab einen Lageplan, in dem einzelne Parzellen eingezeichnet waren. Jede Sippe erhielt ein Stück Land, auf dem sie ihr Zelt aufstellen konnte. Viel Platz zu den Nachbarn blieb nicht. Die Menschen hatten sich auf der Reise an die Beengtheit gewöhnt und kamen gut miteinander aus. Die Hoffnung auf eigenes Acker- und Weideland ließ sie vieles ertragen.

Siegbert ritt zu dem Sippenältesten, der auf dem Thing zum Sprecher der Neusiedler gewählt wurde. Sie kannten sich seit Beginn der Reise. Der Rebellenführer saß oft abends an ihrem Lagerfeuer und hörte sich ihre Geschichten an. Der Sippenälteste war im Alter seines gefallenen Vaters Herwald und hatte in der Schlacht an der Unstrut mitgekämpft. Er wurde im Kampfgetümmel durch einen Pfeil verletzt und sein Sohn brachte den verwundeten Vater vom Schlachtfeld nach Hause. Die Frau und Tochter pflegten ihn gesund.
Der Sohn ging zurück, um weiterzukämpfen. Seitdem hatte niemand etwas von ihm gehört.
Die Tochter heiratete einen Mann aus der Nachbarsiedlung und sein Schwiegersohn bewältigte den Großteil der schweren Arbeiten auf dem Feld. Die Not der Bauern wurde größer. Seine Schwiegereltern gaben ihren Hof auf und zogen zu ihm. Es gab keine Aussicht auf Besserung. Deshalb schlossen sich alle den Auswanderern an. Auch die Tochter und ihr Mann kamen mit, obwohl die junge Frau hochschwanger war. Auf der beschwerlichen Reise starben die Schwiegereltern und wurden, wie die anderen Toten am Donauufer verbrannt.

Der Sippenälteste bot Siegbert an, mit ihnen gemeinsam zu essen. Der Rebellenführer willigte ein, obwohl er keinen Hunger hatte. Ihm tat die Nähe dieser Menschen gut. Sie erinnerten ihn an seine Sippe in Rodewin. Die Männer sprachen über die Zukunft der Bauern und Handwerker, die sich im Langobardenreich niederlassen wollten. Die beiden Frauen rührten in einem Kessel die Gemüsesuppe. Plötzlich schrie die Tochter auf und presste ihre Hände auf den Bauch. Ihre Mutter und der Schwiegersohn brachten die schwangere Frau in das Zelt.

Es war soweit.

Das Schreien eines Babys war zu hören.

Neugierig gingen alle zum Zelteingang und betrachteten das Kind. Es war eine gesunde Tochter, die keine Ruhe geben wollte. Erst als sie an die Brust ihrer Mutter gelegt wurde, beruhigte sie sich. Sie war das erste Baby in der neuen Heimat. Siegbert gratulierte und bot an, die Patenschaft für das Mädchen zu übernehmen. Sie wurde dankend angenommen. Er durfte einen Namen für sie auswählen und nannte sie Dagmar, die Taghelle, in Erinnerung an seine Schwippschwägerin, die auf der Reise umkam. Der Sippenälteste und die Eltern des Mädchens fanden den Namen passend, da er das ersehnte Tageslicht beschreibt. Der langobardische Verwaltungsbeamte hatte zufällig einen vollen Weinschlauch bei sich und die Männer stießen auf den neuen Erdenbürger und die Hoffnung auf eine glückliche Zukunft an.

ENDE

Wegekarte von Meisa nach Vindobona um 537

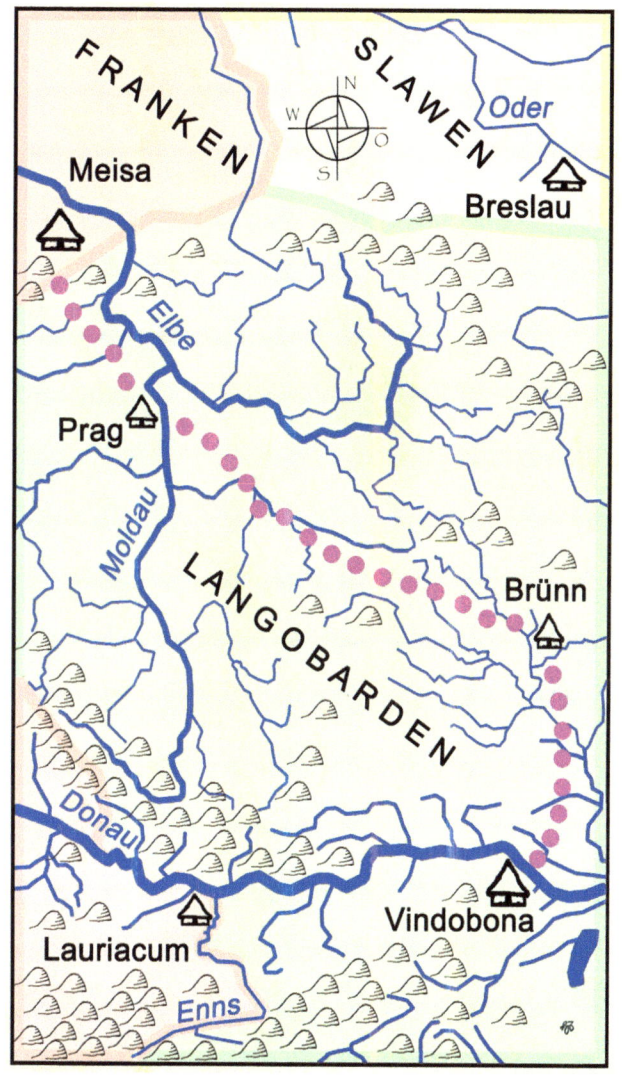

Personennamen

(Historische Personennamen sind **fett** geschrieben)

Amalaberga	Thüringer Königin und Frau des Herminafrid.
Amalafred	Sohn des Thüringer Königs Herminafrid und Amalaberga.
Audoin	(*515, †560) Langobardenfürst; ab 546 König der Langobarden; sein Sohn Alboin führte das Volk der Langobarden 568 nach Norditalien. Es ist das Ende der Völkerwanderungszeit.
Baldur	Sohn des Thüringer Königs Bertachar, der nach der Schlacht an der Unstrut (531) mit seiner Schwester Radegunde von König Chlothar gefangen gehalten wurde.
Bodo	Sklave von Siegbert aus Rodewin.
Brunhilde	1. Ehefrau von Siegbert aus Rodewin.
Chlothar	(*495, †561) König der Franken (Soissons); 4. Ehe (540): Radegunde (Thüringer Königstochter).
Dagmar	Zweite Tochter des Gaugrafen Weibel. Sie wurde auf der Reise nach Vindobona ermordet.
Gottlieb	Fränkischer Schreiber von Hartwig; reiste mit Hedwig nach Vindobona.
Harald	Ältester Sohn des gefallenen Herwald von Rodewin; ab 529 Gaugraf des Oberwipgaus.

Hartwig	Zweiter Sohn des Herwald von Rodewin.
Hedwig	Jüngste Tochter des Gaugrafen Weibel; zweite Ehefrau von Siegbert.
Heidrun	Tochter des Osmund von Anstedt (*Angelroda*); Frau von Harald.
Helga	Jüngste Tochter der Kräuterfrau vom Eichelsee.
Herminafrid	**Thüringer König, Sohn Bisins, wurde 534 von den Franken in Zülpich ermordet.**
Herwald	Vater von Harald, Hartwig und Siegbert. Er war im Kampf gegen die Franken gefallen.
Hildegard	Frau bei den Thüringer Rebellen.
Jaros	Sklave aus Rodewin; Pferdekenner.
Radegunde (Heilige)	**Tochter des Thüringer Königs Bertachar; wird 540 mit dem Frankenkönig Chlothar verheiratet; Klostergründerin; gestorben am 13. August 587 in Poitiers.**
Ratlind	Braut von Ulf und Freundin von Brunhilde.
Rosa	Sklavin aus Rodewin, Tochter des Jaros.
Siegbert	Dritter Sohn des Herwald von Rodewin.
Theudebert	**(533-547) König der Franken; Sohn des Königs Theuderich.**
Ulf	Jugendfreund von Siegbert.

Wacho

(510-540) König der Langobarden; 1. Ehefrau: Raicunda, Tochter des Thüringer Königs Bisin; 2. Ehefrau: Austrigusa, Tochter des Gepidenkönigs Turisind (Töchter: Wisigard, Waldrada); 3. Ehefrau: Silinga (Sohn: Walthari).

Weibel

Gaugraf des Elbkniegaus, Schwiegervater von Hartwig; er hat fünf Töchter.

Wisigard

Älteste Tochter des Langobardenkönigs Wacho.

Kleines Wörter-Lexikon

Asgard	Sitz der nordischen/germanischen Götter.
Byzanz	Oströmisches Reich (395-1453).
Einherjer	Die von den Walküren nach Walhall geführten, ehrenvollen Gefallenen.
Elbtor	Fluss Elbe am Ausgang vom Elbsandsteingebirge, nahe Dresden.
Enns	Nebenfluss der Donau in Österreich.
Freya	Nordgermanische Göttin der Liebe.
Ge	Die Wilde Gera und die Zahme Gera vereinigen sich bei Plaue zum Fluss Gera. Er fließt durch Arnstadt und Erfurt und mündet hinter Gebesee in den Fluss Unstrut.
Gepiden	Ostgermanischer Stamm im heutigen Rumänien und Ungarn.
Heimdall	Wächter der Regenbogenbrücke zwischen Mitgard und Asgard.
Hel	In der nordischen Mythologie die Herrscherin der Unterwelt; Totengöttin; Tochter Lokis und der Riesin Angrboda.
Heruler	Ostgermanischer Stamm.
Kemenate	Beheizbarer Wohnraum.
Kiepe	Geflochtener Weidenkorb als Tragevorrichtung.

Kruppe	Hügel (auf den „Stocken") zwischen Körnbach- und Hünschbachstal bei Elgersburg im Ilmkreis.
Meldereiter	Überbringer von Nachrichten zu Pferd, meist im militärischen Bereich.
Merowinger	Ältestes Königsgeschlecht der Franken.
Met	Honigwein, alkoholisches Getränk aus Honig und Wasser.
Nornen	Drei Frauen in der nordischen Mythologie, die das Schicksal bestimmen.
Odin	Göttervater in der nordischen Mythologie.
Palisadenwall	Schutzwall; 3-4 m lange Holzpfähle werden etwa 1 m in die Erde eingegraben.
Ravenna	Italienische Stadt an der Adria; Hauptstadt der Ostgoten.
Reital	Tal des Reichenbachs bei Elgersburg im Ilmkreis.
Ross	Hauspferd.
Roter Stein	Burgfelsen in Elgersburg im Ilmkreis.
Rugier	Ostgermanischer Stamm, der nach dem Abzug der Hunnen im heutigen Niederösterreich von 453 bis 488 siedelte.
Rugiland	Östliches Waldviertel und westliches Weinviertel in Niederösterreich.

Runen	Alte germanische Schriftzeichen.
Rynnestig	Rennsteig; Kammweg im Thüringer Wald.
Schemel	Einfaches Sitzmöbel ohne Lehne.
Schweinekoben	Stall, in dem Hausschweine gehalten werden.
Schwippschwager	Entfernte Verwandtschaft von nicht blutsverwandten Personen.
Thing	Germanische Volks- und Gerichtsversammlung.
Thor	Nordischer Gewitter- und Wettergott, Beschützer der Menschen.
Tretenburg	Zentraler Thingplatz im Thüringer Königreich wo Volks- und Gerichtsversammlungen abgehalten wurden. Sie liegt in der Nähe der Mündung des Flusses Gera in die Unstrut bei Gebesee.
Tross	Versorgungsteil des Heeres.
Tullnerfeld	Gebiet in Niederösterreich, das von Krems an der Donau bis zur Wiener Pforte und vom Wagram bis zum Wienerwald reicht.
Urdaborn	„Schicksalsbrunnen", Brunnen der Nornen Urd (Vergangenheit; Schicksal), Verdandi (Gegenwart; das Werdende) und Skuld (Zukunft; Schuld, das was sein soll).
Via Regia	Handels- und Militärstraße zwischen Paris und Leipzig.

Vindobonenser	Thüringer Krieger, die die Thüringer Königin auf ihrer Flucht bis Vindobona (*Wien*) begleiteten und mit Siegbert nach Thüringen zurückgekehrt waren.
Walhall	Ruheort der Einherjer in Asgard. Die Halle hat 540 Tore durch die je 800 Einherjer nebeneinander einziehen können. Sie ist Teil des Götterpalastes („Hlidskialf", „Valaskjalf") von Odin.
Wipa	Ort Wipfra im Ilmkreis.
Wip	Nebenfluss der Gera im Ilmkreis in Thüringen.

Über den Autor

Herbert Schida wurde 1946 in Neuroda (Thüringen) geboren. Er ist verheiratet und lebt mit seiner Familie in Wien.
Nach dem technischen Hochschulstudium (Elektrotechnik) arbeitete der Autor auf dem Gebiet der Supraleitung, Elektromaschinenbau, CAD, Identifikationssysteme und im Kraftwerksbau. Seit 1984 hat er als Maler Einzelausstellungen. Sein erstes Buch erschien 2009.

Publikationen

* **Im Tal der weißen Pferde,** Ein historischer Roman aus dem Thüringer Königreich, Heinrich-Jung-Verlagsgesellschaft mbH, Zella-Mehlis 2009
  ISBN 978-3-930588-92-3
  2. Überarbeitete Auflage im BoD Verlag, Norderstedt 2020
  ISBN 978-3-7519-5152-4

* **Das Blut der weißen Pferde,** Ein historischer Roman aus dem Thüringer Königreich, Heinrich-Jung-Verlagsgesellschaft mbH, Zella-Mehlis 2011
  ISBN 978-3-930588-95-4

* **Die Spur der weißen Pferde,** Ein historischer Roman aus dem Thüringer Königreich, Heinrich-Jung-Verlagsgesellschaft mbH, Zella-Mehlis 2012
  ISBN 978-3-943552-03-4

* **Der Pferdejunge,** Fantastische Geschichten aus Rodewin, Heinrich-Jung-Verlagsgesellschaft mbH, Zella-Mehlis 2016,
Herausgeber: Heimatverein Neuroda
ISBN 978-3-943552-99-7

* **Bruder Reinhold und Graf Bertel,** Elgersburger Geschichten aus dem Mittelalter mit Bildern von Rosa Bauer, Verlag Kern GmbH, Ilmenau 2017
ISBN 978-3-95716-261-8

* **Ein Ticket nach Shanghai,** Roman, Books on Demand GmbH, Norderstedt 2018
ISBN 978-3-7528-4682-9

* **Die Geliebte aus Shanghai,** Roman, Books on Demand GmbH, Norderstedt 2018
ISBN 978-3-7528-4713-0

* **Liebe und Tradition,** Roman, Books on Demand GmbH, Norderstedt 2019
ISBN 978-3-7494-6595-8

* **Die chinesische Lady,** Roman, Books on Demand GmbH, Norderstedt 2019
ISBN 978-3-7494-5327-6

* **Heimreise auf Umwegen,** Ein historischer Roman aus der Völkerwanderungszeit, Books on Demand GmbH, Norderstedt 2020
ISBN 978-3-7519-5174-6

* **Ein Thüringer als Amtmann,** Ein historischer Roman aus der Völkerwanderungszeit, Books on Demand GmbH, Norderstedt 2020
ISBN 978-3-7519-9564-1

Weitere Informationen finden Sie unter www.schida.net .